ええ。本当に。
とても可愛らしいですね
電子犯罪捜査局捜査支援課の捜査官。トスティの回収やラッセルズの捜査に携わる特別捜査班のペテルブルク支局班長に抜擢され、エチカやハロルドと行動を共にしている。

ヒエダ電索官。
不可抗力ではありますが、
あなたの前に姿を見せたことをお詫びします。
どうか、私を許さないでいただきたい。
スティーブ
Steven H. Wheatstone
ノワエ・ロボティクス社が開発したRFモデルアミクスの1体目で、ハロルドの「兄」。巨大IT企業「リグシティ」の相談役秘書をしていた際にエチカへの発砲未遂事件を起こし、原因解明のため機能停止中だったが……。

あっほら、フォーキン捜査官とハロルドさんがきましたよ!
見違えたよ。どこのご令嬢かと。

それは別に……、
最初から怒っていない。

菊石まれほ

［イラスト］——野崎つばた

ユア・フォルマ

電索官エチカと閉ざされた研究都市

ところで皆様。
蝶が変態する時、蛹の中で
何が起きているかご存じですか？
幼虫は、一度ぐちゃぐちゃに
溶けてしまいます。
そうした過程を経て、
同じ生き物とは思えないほど
完璧な美しさを持った存在になるんです。

序章—雪暗

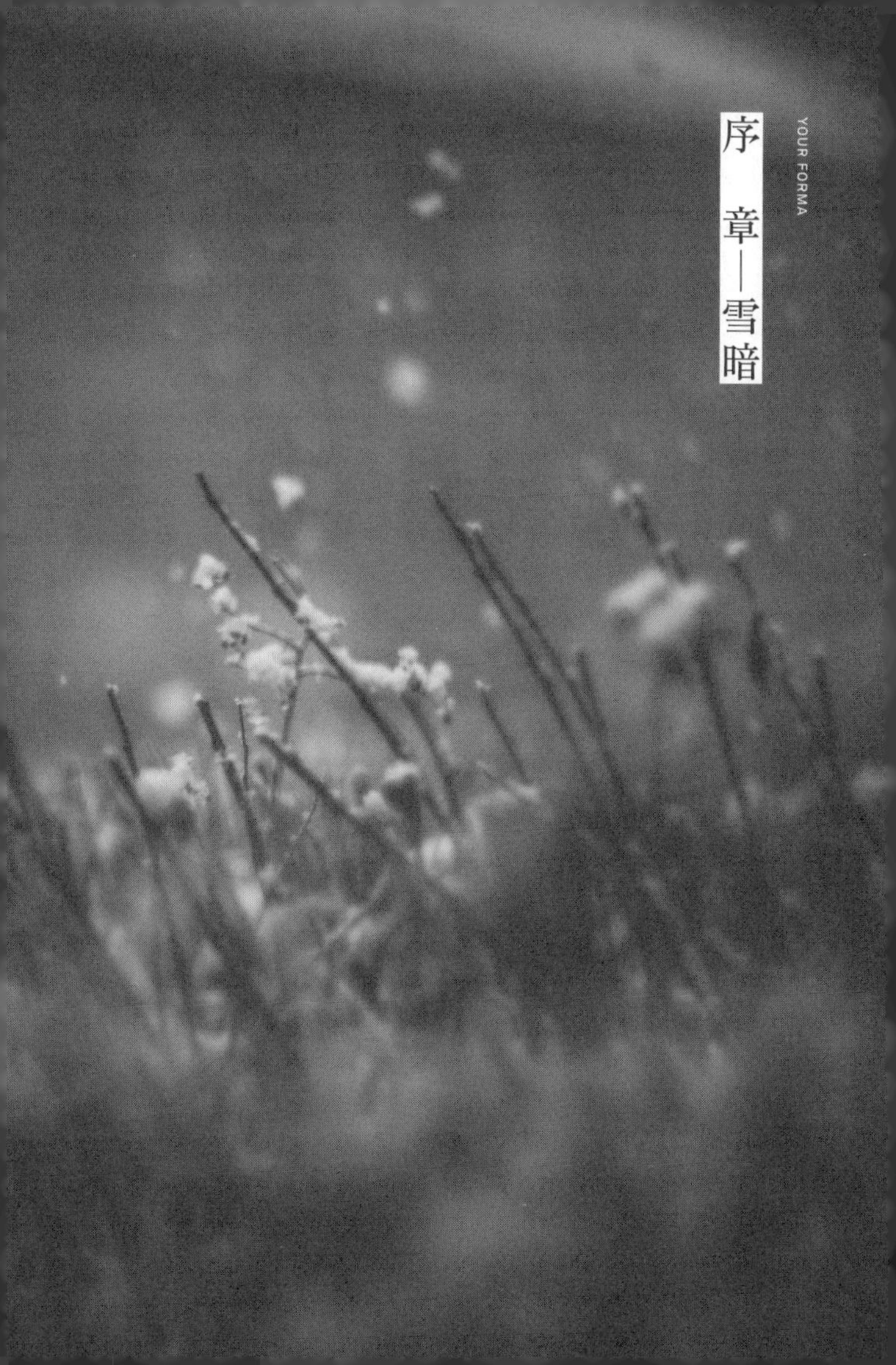

構造が異なる存在に親愛を寄せることは、永遠の偶像崇拝に等しいのだと思い知った。

「何故《なぜ》私を、こんな風に作ったのですか」

ノワエ・ロボティクス本社、第一技術棟メンテナンスルーム――椅子に腰掛けたスティーブは、メンテ用ガウンの上から腹部に触れる。先日テイラーに撃ち抜かれたそこは、すっかり修復されていた。一方で、感情エンジンが吐き出すどろりとした感覚は、未《いま》だにこびりついて剝がれないままだ。

知覚犯罪事件の解決から半月が経《た》ってなお、全てが昨日の出来事のように感じられる。

「スティーブ、私は君の成長を誇りに思っているよ。誰が何と言おうとね」

目の前では、『母親』であるレクシー・ウィロウ・カーター博士が微笑《ほほえ》んでいる。彼女は丁度、解析ポッドを起動したところだ。ぶうんと息づくポッドは黒々と光沢を放っていて、棺桶《かんおけ》を思わせる。実際、似たような代物であることは間違いない。

「もう気付いているだろうが、次にいつ君を起こしてあげられるか分からない。表向きには、『効用関数システムに異常が生じた原因をはっきりと特定できれば、再起動できる可能性はある』ことになっているけれど」レクシーがポッドを操作すると、ハッチが静かに持ち上がる。「皆は知らないだけで、君は最初から正常だ。ヒエダ電索官のホロモデルを撃ったことだって、紛れもなく正常な行動だった。原因は半永久的に見つからないだろうね」

　だから、少しばかり長く眠らなくてはいけなくなるかも知れない、とレクシーは言った。

「構いません」スティーブは目許《めもと》を押さえる。「いっそ二度と起こさないでいただきたい」

「塞ぎ込みすぎじゃない？　イライアス・テイラーは確かに天才だけどさ、そんなにいい人じゃなかっただろ。君はクソほど真面目なのが取り柄なのに、何で共犯に走ったわけ？」

「あなたは私のことを何もご存じないのです、博士」

「君たちが完成した時は、まさか反抗期があると思わなかったよねぇ」レクシーは嘆かわしそうに首を振って、「ポッドに入ってもらっていいかな。子守歌を歌ってあげるから」

　この『母親』の冗談は常に悪趣味だ。スティーブは椅子から立ち上がり、言われた通り解析ポッドに移動する。ガウンを脱いで、頸椎《けいつい》と腰椎《ようつい》の診断用ポートにケーブルを接続してから、大人しく横たわった。天井の冷たいLED照明と目が合う。

　──『彼女を殺すとしたら、それは私なんだ。機械にそんな役目は与えていない！』

　最後に見た、イライアス・テイラーの顔が再生される。彼の痩せ細った手が銃の引き金を絞り、弾丸がスティーブの腹を突き抜けた時、何かが千切れたのだ。物理的にはもちろん、もっと別の、必ず繫《つな》がっていると信じていたはずのものが。

　自分は彼にとって、共犯者でも何でもなく、単なる道具に過ぎなかった。

　これまでずっと傅《かしず》いてきた救世主は、ただの幻想だった。

「ねえスティーブ」レクシーがポッドを覗《のぞ》き込んでくる。青みがかったブルネットの髪が垂れて、こちらの首筋をくすぐった。「私はどちらかと言えば、人間よりもアミクス《君たち》が好ましいし、君の気持ちも理解しているつもりだ」

「ハッチを閉じて下さい。申し訳ないが、今はあなたの楽しそうな顔を見たくない」

レクシーはわざとらしく肩を竦《すく》めて、視界から出ていく。かすかな香水の残り香さえ、疎《うと》ましく思えた。

彼女は何も知らない。何も分からない。こちらの感情の機微など、何一つ。

テイラーとて同じだったのに、見誤った。

自己嫌悪《けんお》が引き金となり、自然と過去の記憶《メモリ》が呼び起こされる。

『スティーブ。アミクスの心的外傷《トラウマ》はどのくらい持続するものなんだね？』

多国籍テクノロジー企業『リグシティ』の最上階――在りし日のテイラーは、散らかった書斎のデスクに着いている。まだ出会って間もない頃で、その頬に病魔の影はない。PCのモニタに向かっていたアーモンドの瞳が、こちらを向いた。

『コーヒーをお持ちしましたが』スティーブは戸口に立ったまま、手にしたトレーと彼の顔を見比べる。『これと、私の過去の否定的な体験について、一体何の関係がありますか？』

『ああいや、関係はないとも。ただふと気になってね』

『私もあまり長く生きていないので分かりませんが、恐らく一生持続します』言いながら、スティーブはデスクへ近づく。トレーを置いて、カップとソーサーを並べた。『我々は忘却とは無縁の存在です。一切を忘れませんので、そうなると推測しています』

『なら、捉え方を変えることは？　考え方を一新することはできるのかね』

『申し訳ございませんが、仰《おつしや》っている意味が……』

『人間はよく言えば柔軟、悪く言えば気分屋だ。君もそうなら楽だろうと思ってな』

テイラーは皮膚の薄くなった指を、カップの持ち手に引っかける。多くの社員は彼のことを、孤高の天才または引きこもりの変人だと揶揄《やゆ》するが、アミクスに対しては大抵心を開いてくれる——今思えば、彼が自分の見せ方を熟知していただけだ。

人間は、アミクスよりもずっと器用に嘘《うそ》を吐《つ》く。

『ところでミスタ・テイラー。一点ご報告が』

『何だね？』

『あなたが産業スパイの疑惑をかけていたマーケティング部門のジョーンズですが、今朝辞職しました』スティーブはトレーを小脇に挟んだ。『ジョーンズは自身が疑われていることを知らなかったはずですが、勘付かれたのでしょうか』

『単に、仕事に嫌気が差しただけだろう。そうなるよう彼の頭をつついておいたからね』

テイラーがカップを持ったまま立ち上がる。窓辺に歩み寄る彼の背中を眺めながら、スティーブは思考を巡らす。自分の記憶が確かならば。

『あなたはこの一週間、他の社員と対面で接触していません。頭をつつくことは不可能です』

『だが我々のここは、いつでも外と繋《つな》がっている』テイラーは背を向けたまま、こめかみを指で示した。ようやく腑《ふ》に落ちる。『しかし飽きないものだ、例の同盟諸君も……』

スティーブは足許《あしもと》に目を落とす。テイラーの影が手織りのペルシャ絨毯《じゅうたん》に描き出され、今にも靴先に触れそうだった。

『それに比べ、君は無口で真面目だ。信用しているよ、スティーブ』

振り向いた彼の微笑《ほほえ》みを思い出すと、胸がざわつく。

自分はテイラーの信頼に応えるため、罪のない人間を手に掛けようとした。

エチカ・ヒエダ電索官がホロモデルでなければ、もはや取り返しがつかなかっただろう。

「──レクシー博士。お別れを」

メモリの再生を終了する──約十分に及ぶ機能停止《シャットダウン》シーケンスが始まる中、スティーブは『母親』を仰ぎ見た。レクシーは再びポッドの縁に腕をかけているが、幸い子守歌を歌うつもりはないようだ。

「永遠の別れじゃないよ、多分。君にとっては残念かも知れないけれど」

「全くそう思います」ため息の代わりに、一度だけまばたきをした。「そうです……もし今度ハロルドに会ったら、伝えていただけませんか。あの電索官を信用しすぎないようにと」

レクシーが眉を上げる。「いきなり何の話？」

「あなた方は、我々とはあまりにも違う。何《いず》れ裏切られる時がくると、そう言って下さい」

怪訝《けげん》そうな彼女の表情からして、恐らくこの言葉がハロルドに伝わることはないだろう。だとしても、口にせずにはいられなかった。

やがて、下りてくるハッチが全てを優しく遮る。スティーブは瞼《まぶた》を閉じた。薄膜を一枚ずつ剝がすように、思考が停止していく。どうかもう、ゆっくりと眠らせて欲しい。

結局、「生まれてよかった」と思えたためしが、ほとんどなかった。

＊

友人派連続殺人事件『ペテルブルクの悪夢』の再来と解決から、約二週間が経過した。

サンクトペテルブルク市警察本部の取調室では、今まさに、事件に関与したカジミール・マルティノヴィチ・シュビンの取調べがおこなわれている——エチカはマジックミラー越しに、刑事と向き合うシュビンを眺めた。彼は短い入院生活の間に長かった前髪を切り、憑《つ》き物《もの》が落ちたような目許《めもと》が露《あら》わになっている。

「シュビン。主犯のナポロフに協力したのは、唯一の友人である彼を失いたくなかったからか？」強盗殺人課の刑事が、デスクを挟んで問う。「君は孤独のあまり、奴《やつ》の共犯者に？」

「そうです……今思えば、間違っていました」

『悪夢』事件の首謀者であるナポロフ警部補は、逮捕直後に自殺した。彼の協力者だったシュビンは、逮捕時に自損事故を起こして入院していたが、先週末にようやく退院したのだ。

「——シュビンが、模倣犯に繫《つな》がる手がかりを吐いてくれればいいのですが」

エチカの隣で、同じくマジックミラーを見つめるハロルドが呟《つぶや》く。端正に作り込まれた機械仕掛けの友人《アミクス・ロボット》の顔立ちは、薄暗い照明の下でもなお映えた。ブロンドの髪が、弱い光を繊細に拾い上げている。

「彼が、ソゾン刑事を殺した模倣犯と関係していると思うの？」

「可能性がないとは言い切れません。何せ模倣犯は、当時一般には報道されていなかった『悪夢』の特徴……切断した死体を飾り付けるという現場の様子を再現していました。つまり、事件を把握していた捜査関係者である可能性が高い」

「僕も最初はそう疑っていたが、的を外しているかも知れない」

口を挟んだのは、同席しているアキム刑事だ。かつてソゾンの相棒だったという彼は、先日正式に『ペテルブルクの悪夢』の捜査担当になった——事件そのものが大手を振って解決したとは言い切れない状況だからか、その表情は極めて硬い。

今日、こうしてシュビンの取調べに同席して欲しいと連絡してきたのも、アキムだった。

「ソゾンが殺害された当日の、内部関係者の行動について調べ直したんです」アキムがエチカを見る。「当時、『悪夢』事件を把握していた全員を調査しましたが、何《いず》れもアリバイがあった。今のところ、外部の人間を雇ってソゾンを襲わせた証拠も見つかっていません」

「クラッキングですとか、事件の目撃者や捜査関係者の家族から情報が漏れた可能性は？」

「それらしきことは何も。疑わしい人物を探し当てたら、電索《でんさく》してもらうことも検討していたんですがね……」

アキムが参ったように目頭を揉《も》む。エチカとハロルドも嘆息を隠せなかった。

結局、暗中模索の状態は依然として変わらないわけだ。

「――犯行時、ヒエダ電索官とニコライさんをダーチャに監禁したのは、殺害するためか？」

マジックミラーの向こうでは取調べが続いている――刑事の質問を受けたシュビンは、手錠のかかった手を組んでは外す。その表情は、仮面を貼り付けたかのように動かない。

「はい。ナポロフ警部補に代わって、僕が二人を殺害する計画で……でも、できなかった。怖くなりました。計画を続けることも、彼の言いなりになることも……」

「だから、バンに乗って逃走を図った？」

「そうです。それでご存じの通り、樹《き》にぶつかって……無理矢理、引きずり下ろされました」

シュビンは椅子の背に寄りかかったまま、ぼそぼそとそう続ける。

「引きずり下ろされた？　誰に？」

「ハロルドに……」彼は重いものを吐き出すように、「あのアミクスが、僕を運転席から引っ張り下ろした。地面に叩《たた》き付《つ》けられたんです、脅されて……殺されるかと……」

初耳だった。

エチカは図らずも、隣のハロルドに視線を送ってしまう。彼は涼しい顔で、肩を竦《すく》めてみせただけだ――シュビンの逃走時、ハロルドは真っ先に彼を追跡した。シュビンが自損事故を起こしたところで、何とか身柄を確保したと聞いていたが。

『脅した』だって？

「ハロルド」アキム刑事も、怪訝《けげん》そうに彼を見やる。「シュビンの話は本当かい？」

「確かに、引きずり下ろしました」アミクスは穏やかに答える。「事故直後、シュビンの体は運転席とステアリングの隙間に挟まっており、大変危険な状況だったのです。すぐに助け出さなければ命に関わると判断しました」

「救命措置をとったわけだ」

「ええ。その際、彼の意識状態を確認しようと声をかけましたが、脅すようなことは……当時のシュビンは脳挫傷を起こしていたはずですから、認知が正常でなかったとも考えられます」

――いいや。ハロルドは、実際にシュビンを脅したはずだ。

二人のやりとりを聞きながら、エチカは静かに肝を冷やす。

当初、シュビンはソゾン殺害の犯人として槍玉《やりだま》に挙がっていた。彼と二人きりになったハロルドが、怒りを抑えられたはずがない――あの地下室の一件を思い出す。ナポロフと相対したハロルドは、復讐《ふくしゅう》のために自ら銃を取り、彼を撃った。敬愛規律に従うアミクスとしてあるまじき行為だ。

人間を尊敬し、人間の命令を素直に聞き、人間を絶対に攻撃しない。

ハロルドがこれらの規律を遵守できないと明らかになれば、どうなるかは想像に難《かた》くない。どれほど運が良くても、兄のスティーブ同様に強制機能停止《シャットダウン》を強いられるだろう。

当時の現場検証では、彼に疑惑が及ぶことこそなかったものの。

「なるほど」アキムは、ハロルドの説明をすんなりと聞き入れていた。「確かに朦朧《もうろう》としていたんじゃ、記憶に齟齬《そご》も出るか……」

取調室のシュビンは、なおも供述を重ねている。しかしあちらの刑事もアキムと同じく、彼の話を真に受けていないようだ――当然だった。人間を傷付けるアミクスなど過去に存在せず、信じる道理がない。

だとしても、エチカの背中には嫌な汗が滲《にじ》み出《で》る。

胃がじくじくと痛む時間だけが、ひどく鈍く流れ落ちていく。

市警察本部の建物を後にする頃には、すっかり日が暮れていた。

〈ただいまの気温、三度。服装指数B、まもなく雪がちらつくでしょう〉

モイカ川を吹き抜けてくる風は細かな針のようで、エチカはマフラーに口許《くちもと》をうずめる。緊張でずっと全身をこわばらせていたせいか、体中がぎしぎしと軋《きし》んだ。

「フォーキン捜査官から連絡がありました。今日は直帰して構わないそうですよ」

隣のハロルドが、腕時計を模したウェアラブル端末を見せてくる。展開したホロブラウザに、フォーキンからのメッセージが映っていた――エチカはぼんやりとそれを眺める。

幸い、市警察側があれ以上ハロルドを疑うことはなかった。だが捜査が続く間は、今後も似たような事態に見舞われるかも知れないと思うと、気が抜けない。その度に、上手《うま》く掻《か》い潜《くぐ》っていかなくてはならないのだ。

もしいつか、出口を見失ってしまったら？

いや――よそう。

「ところで」ハロルドの長い指がホロブラウザに触れる。フォーキンのメッセが消えて、周辺のレストランをピックアップしたマップへ切り替わった。「折角ですから、夕食をご一緒しませんか？」

このアミクスの気丈さが、いっそ羨ましい。

「別に気を遣わなくてもいい」

「ここ数日は、栄養ゼリーしか召し上がっていないでしょう」

「そうだけれど」何で知ってる？「きみはいつからわたしの健康管理アプリになったの？」

「『お望みならばアプリになりますよ』」ハロルドはいつぞやと同じ台詞《せりふ》を繰り返し、完璧な微《ほほ》笑《え》みを浮かべる。「何より、あなたと食事をするのは楽しいですから。先週、口一杯にピロシキを頬張っていた姿は、ハムスターのようでした」

「褒めていないことはよく分かる」

「もし必要でしたら、テーブルマナーのアプリにもなれます」

「王室仕込みの？　いい、どうせお上品なレストランになんていかない」

「そう仰《おつしや》らず。手取り足取り伝授しますので」

「指一本でも触ったら足を踏むよ」

「指一本どころか、ついこの前は私を抱きしめて下さったように思いますが」

「きみが元気になってよかった、この話を続けるのなら本当に踏むけれどいい？」

ハロルドは軽く仰《の》け反《ぞ》ってみせる。ここ最近、彼は前にも増しておどけた態度を取るようになった。エチカは居心地が悪くなり、足早にパーキングロットのほうへ歩き出す──ポケットに手を押し込むと、地下室でハロルドを抱きしめた際の感触が蘇《よみがえ》る。人間より低いぬくもりと、人工物とは思えない髪の柔らかさ。

指を折り曲げて、記憶を握り潰す。

一体、何を思い出しているのだ。

あれ以来、自分は本格的に何かがおかしい。いっそ──気持ちが悪い。

「早歩きは肋骨《ろつこつ》の怪我《けが》に響きますよ」ハロルドが横に並ぶ。「完治していないのでしょう？」

「もう何ともない」実際はまだ少し痛むが、虚勢を張る。「それより……さっきのシュビンの話だ。わたしは何も知らなかった、本当に彼を脅したの？」

「まさか。脅したつもりはありません」つもり、ね。「ただ、当時は彼を犯人だと信じ込んでいましたので」

「実際、手荒に扱ったわけだ」エチカは鼻から息を抜く。予想通りだった。「もし他にも何か隠しているのなら、今のうちに教えておいて」

でなければ、いざという時に彼を守れないかも知れない。今回のような不意打ちは御免だ。

「はい」ハロルドのまばたきが一瞬、止まった。「シュビンの件だけですよ」

「本当に？」

「本当です」果たして信じていいものか。

パーキングロットに辿《たど》り着《つ》く。エチカは彼と揃《そろ》って、駐《と》めてあったラーダ・ニーヴァに乗り込んだ――助手席でシートベルトを引いている間に、ハロルドがエンジンをかける。すぐさま送風口から温風が溢《あふ》れて、頬の痺《しび》れが和らぐ。寒さが大好きなアミクスは、普段なら即座に温度を調節するのだが、今日はなかなか手を出さない。

エチカは違和感を覚えた。「補助官、今週の『暖房権』はきみにある」

「今夜は冷えます。私もそこまで意地悪くはないつもりです」ハロルドは柔らかい笑みのまま、

「本当に夕食はよろしいのですか？」

「いい。ダリヤさんのためにも早く帰ってあげて」

「ではせめて、ご自宅までお送りしますよ」

「ありがとう」まだ気がかりで、じっと彼を見る。「さっきの話、本当に他には何もない？」

「まるで恋人の浮気《うわき》を疑うような目ですね？」

「あのね」喉が詰まりかけた。この頃の馴《な》れ馴《な》れしさには、時々ぎょっとさせられる。「別に……ないならいいんだ」

ニーヴァが緩やかに走り出す。エチカはいつもそうするように、ユア・フォルマを介してニューストピックスを眺めた。〈ロシア西部に寒波接近〉〈次世代技術研究都市の最新テクノロジーに迫る〉〈特集『ペテルブルクの悪夢』から半月〉——街明かりと夜闇が押し合うウィンドウの中を、ひらひらと白い一片が舞い落ちていく。先日電索課の面々が「今年の初雪は遅い」と話していたが、いよいよ本格的に冬の足音が響いてきた。

街はまた、短い昼と長い夜に閉ざされていくのだろう。

「——エチカ」

何度目かの赤信号で停車した時、それまで黙っていたハロルドが口を開く。

「何？」

「私を守ろうなどとは努々《ゆめゆめ》考えないで下さい」

一瞬、頬がこわばってしまったかも知れない。

アミクスの眼差《まなざ》しは、真《ま》っ直《す》ぐにフロントガラスを捉えたままだ。

数週間前、ユニオン・ケアセンターの庭園で彼が口にしていた言葉を反芻《はんすう》する。

――『もし……いつか私の「秘密」が公になったとしても、どうかかばわないで下さい』

ハロルドの『秘密』――RFモデルが有する神経模倣《ニューロミメティック》システムは、国際AI《IAEC》倫理委員会の審査をかいくぐり、密《ひそ》かに実装された。人間の脳神経回路を模したそれは現代社会において、法的にも道義的にも決して許容されるものではない。

レクシー博士から真実を知らされて以降、エチカは一人でこの秘密を抱えてきた。ハロルドに伝えれば、かえって重荷になるかも知れないと危惧したからだ。しかし『悪夢』事件に巻き込まれた際、ついに隠し通せなくなった。

自分は彼に、全てを打ち明けてしまった。

だが――エチカの懸念《けねん》とは裏腹に、以降もハロルドの態度は変わっていない。それどころかますます距離を縮めてくるようになり、気に病んでいる素振りは一切見せなかったのに。

今のアミクスの横顔は、ぞっとするほど真剣だ。

「違う。あれは、そういう意味じゃない」エチカはとっさに嘘《うそ》を吐《つ》く。彼に、責任を感じさせたくない一心だった。「単に、その……相棒として知っておくべきだと思って訊《き》いただけ」

ハロルドは懐疑的に眉を動かす。「あまりそうは聞こえませんでしたが」

「言い方が悪かった。ごめん」

彼はどう受け止めたのか、こちらを一瞥《いちべつ》しただけでそれ以上追及しなかった。やがて信号が青に変わる。ニーヴァが滑り出し、街路灯の光がフロントガラスを撫《な》で上《あ》げていく。

それきり、会話が途切れてしまう。

何だか、無性に煙草《たばこ》が吸いたくなってきた。

やがてニーヴァは、ネヴァ川に架かるアレクサンドル・ネフスキー橋を越えて、エチカの自宅アパート前に到着した。路肩に停車した車から降りるなり、冷え切った空気と雑踏が全身を包む。わけもなくほっとする。

ウィンドウが下がり、ハロルドが顔を覗《のぞ》かせた。

「ダリヤさんによろしく伝えて」エチカは彼よりも先に言う。「お疲れ様。また明日」

「ええ、また明日……」

ハロルドは、他にも何か言いたげに見えた。あるいは、自分の錯覚だったのかも知れない――一度まばたきをした時にはもう、その頬にはいつもの微笑が戻っていたから。

「おやすみなさい、エチカ」

「うん。おやすみ」

ニーヴァが発進し、無数のテールランプの一つとなって去っていく――エチカはそれを見送り、アパートに入った。まだ妙な動揺が残っていて、滅多に使わない集合ポストをわざわざ確認してしまう。階段を上っているうちに、どっと後悔が襲いかかってきた。

『言い方が悪かった』だって？

もっと上手《うま》い切り返しが、幾らでもあったろうに。

あの地下室からハロルドを連れ出した時は、確かに彼の心に届いたと思った。実際、自分の言葉はハロルドにとって意味があったはずだ——けれどいつの頃からか、重荷を共有し合っているという事実に、比重が傾いている気がする。彼の距離感が妙に近いのも、そうした気まずさを誤魔化すためのように思えてならない。

前までのようでいて、何かが違う。

この状態をどう扱えばいいのか、多分、自分も彼も分かっていなかった。

自宅は単身者向けの家具付き物件で、部屋は一つしかない。エチカは玄関で靴を脱ぎ散らかして、ベッドに向かう。年季の入ったそれに飛び込んでから、コートを脱いでいなかったことに気付いた。のろのろと袖から腕を引っこ抜きつつ、大きく息を吐く——シャワーを浴びて夕食を済ませなければいけないが、億劫《おっくう》だ。

やる気のない猫のようにごろごろとしながらも、頭はまだ不安を捏《こ》ねくり回している。

——『私を守ろうなどとは努々《ゆめゆめ》考えないで下さい』

不可能だ。もし彼の『秘密』が公になるようなことがあれば、何もせずにはいられないだろう。だが、ユア・フォルマが普及したこの社会で、一体どれほどの嘘《うそ》が通用するだろうか？懸命に言葉を取り繕っても、機憶《きおく》は全てを暴き出してしまう。電索官《ダイバー》である自分は、そのことを何よりも理解している。

もし、自衛策があるとすれば。

エチカはベッドから起き上がり、窓辺のデスクに近づく。これだけはリヨンから持ってきた私物だ。抽斗《ひきだし》の生体認証装置に指先で触れて、ロックを解除——久しく使っていないニトロケースのネックレスをはじめ、古いポストカードや契約書類が顔を出す。

その中に、小指の爪ほどの機憶工作用記憶媒体《HSB》が紛れていた。

——『これを渡しておくよ。私を逮捕するのなら、君が持っていたほうがいい』

いつぞや、レクシー博士がエイダン・ファーマンに使用したものだ——彼女は逮捕の直前、エチカにこのHSBを託した。恐らく証拠品としてだったのだろうが、自分は結局、捜査局側に提出していない。うっかり差し出せば、何かのきっかけでRFモデルの秘密を暴かれてしまうのではないかという、根拠のない恐れがあった。

今となっては、手許《てもと》にとっておいてよかったとすら思う。

もし、自分の機憶を介して『秘密』が暴かれそうになったら、これを使うしかない。現状、抹消された機憶を復元する技術は存在しないのだから、最善の策だ。

……思い詰めすぎているだろうか？

どうしてここまでハロルドに執着してしまうのか、未《いま》だに答えを摑《つか》めていないのに。

いや——摑《つか》み取《と》りたくないだけなのかも知れない。

エチカは前髪をかき混ぜてから、ＨＳＢとネックレスを取り上げて——その下に隠れていた、少しよれた封筒が目に留まる。

もはや懐《なつ》かしくさえある、父チカサトの遺書だった。

四年前、スイスの自殺幇助《ほうじょ》機関で命を絶つ直前に、自分に向けて書かれたものだ。以前は視界に入れることすら抵抗があり、ここに押し込んでいた。

何気なく手にして、中身を取り出す。安っぽい紙に躍る父の筆跡は、記憶よりもそっけない。文字を目でなぞっても、不思議と胸を押し潰されることはなかった。

深く穿《うが》たれたクレーターも、いつかは風景の一部と化していくのだろうか。

だとすれば——自分でも知らないうちに、随分と遠くまで歩いてきたのかも知れない。

ふと、窓の外を見やる。本格的に降り始めた粉雪が、しんしんと夜を掠《かす》め落ちていく。

ハロルドと出会い、父への傷に決着をつけてから、もうすぐ一年。

また、長い冬が始まる予感がした。

第一章――閉ざされた研究都市

1

〈ただいまの気温、二十九度。服装指数E、日中は風通しのいい服装がおすすめです〉

「いや待って。冬が始まったんじゃなかったの？」

ドバイ国際空港――建物内からロータリーに出た途端、重たい熱風が吹き付けて、エチカは首の詰まったシャツを着てきたことを後悔しそうになる。空は雲一つない快晴で、キャノピー越しにぎらついた日射《ひざ》しが降り注いでいた。つい昨日まで雪のちらつくペテルブルクにいたというのに、あまりの落差に体が悲鳴を上げそうだ。

「確かに十一月の終わりとは思えないですね、ビーチにいけば泳げるかも！」

「調べたんだが、宿泊先のコテージにはプールもついているらしいぞ」

「お二人とも、これは観光ではなく捜査ですよ」

エチカの隣から、溌剌《はつらつ》としたやりとりが流れてくる――如何《いか》にも涼しげなワンピースをまとったビガと、暑苦しそうに上着を脱いでいるフォーキン、サマージャケット姿のハロルドだ。三者三様に、旅行用のバッグを引っ提げている。

「そろそろ、向こうが寄越した迎えが着いているはずなんだが……」

「あちらのバンがそうでは？」

ハロルドが、ずらりと停車したタクシーの群れを指差す――車体に蝶《ちょう》のシンボルが描かれた、シルバーのバンが交ざっていた。フォーキンたちがそちらへ歩き出すので、エチカも続く。荷物は最小限に絞ったのだが、憂鬱な気分のせいか、ボストンバッグのストラップが肩に食い込んで重たい。

全く、一体どうしてこんなことになっているのか。

事の始まりは、二日前に遡る。

＊

『朗報よ。トスティの「隠し扉」が開いたわ』

電子犯罪捜査局ペテルブルク支局のミーティングルーム――臨時会議の冒頭、フレキシブルスクリーンに映ったトトキ課長ははっきりとそう告げた。

エチカが、椅子からずり落ちそうな衝撃を受けたことは言うまでもない。スクリーンに収まった他局の顔触れはもちろん、カンファレンステーブルに着いた特別捜査班の面々も静かに色めき立つ。

――何だって？

「マジかよ」隣に座っていたフォーキンが呟《つぶや》いた。「まさか本当に開くとはな」

「確かベールナルドの『隠し扉』を解析できたら、トスティのソースコードを暴けるんじゃないかという話でしたが……」エチカも何とか姿勢を正す。「いつの間にそこまで？」

言いながらちらと、離れた席のハロルドを窺《うかが》う。彼はビガと言葉を交わしていて、同様に驚いているようだ——一瞬目が合ってしまい、互いにそれとなく顔を逸らす。

「やはりベールナルドが鍵に？」フォーキンがトトキに問うている。

『ええ』彼女はいつもの鉄仮面だったが、声色は普段よりも明るい。『本部の分析チームが、外部専門家と協力して成功させたわ。ベールナルドの「隠し扉」の構造をトスティに応用して……詳しくは割愛するけれど、簡単ではなかった。何《いず》れにしても、トスティのソースコードを開くことができたのよ』

トトキが画面を操作すると、スクリーンいっぱいに新たなブラウザが立ち上がる——びっしりと綴《つづ》られた文字列が飛び込んできて、エチカは圧倒された。プログラミング言語だ。この手の知識がない自分には解読できず、巨大な暗号の渦に過ぎない。けれど。

これこそが、トスティの正体か。

分析型ＡＩ『トスティ』は、アラン・ジャック・ラッセルズに製造され、国際ＡＩ運用法に反していながら一時オープンソース化された。その並外れた性能とは不釣り合いに、使用されているプログラミング言語と言語処理系ソフトウェアは凡庸なもので、電子犯罪捜査局はトスティが実際のコードを『隠し扉』で隠蔽していると考えていたのだ。しかし思うように解析が進まず、トスティ発見から今日までの四ヶ月間、突破口は得られていなかった。

だが『悪夢』事件の捜査の際、エチカたちが訪れたグリーフケア・カンパニー『デレヴォ』のアミクス・ベールナルドが、同じくラッセルズに改造されていたことが明らかになった。ベールナルドにはトスティよりも簡易的な『隠し扉』が仕込まれており、当時ハロルドが見越していた通り、それらを応用することで事態の打開に繋《つな》がったようだ。

アラン・ジャック・ラッセルズ。

その実態は、存在しない『亡霊』である。ユア・フォルマのユーザーデータベースに登録され、イングランドのフリストンには自宅を所有しているが、どちらも隠《かく》れ蓑《みの》に過ぎない。正体については、未《いま》だに何の手がかりも摑《つか》めていなかった。

だが――トスティのコードが明らかになれば、進展が望めるかも知れない。

とにかく、何ヶ月も膠着《こうちゃく》していた事態が動き出したのだから、喜ばなくては。

『分析チーム曰《いわ》く、トスティに使われているのは自作のプログラミング言語だそうよ。指定機関のデータベースにも登録されていない独自のものだけれど、出所は見当がついている』

他局の班長が声を上げる。『もうですか？』

『ええ。もっと踏み込んで言えば、ラッセルズはドバイに潜伏しているかも知れない』

ミーティングルーム内に、大きなどよめきが起こる。もちろんエチカも瞠目《どうもく》して、フォーキンと顔を見合わせてしまった。既にラッセルズの居場所まで絞り込めているのは、さすがに想定外だ。

『静かに』トトキが冷徹に諫《いさ》めて、『まずはこれを見てちょうだい』

スクリーンに、アプリから引き出された3Dマップデータが映る。アラブ首長国連邦《UAE》のドバイを切り取った衛星画像が、一点を目指して拡大していき——ペルシャ湾にせり出した、蝶《ちょう》のような形の人工島が画面を埋め尽くす。

『全員、「ファラーシャ・アイランド」は知っているわね？』

その名前自体にはエチカも聞き覚えがある——二〇一〇年代に、所謂《いわゆる》社会実験場として建設された、非公開の次世代技術研究都市だ。国際機関や一部国家、巨大IT企業など、世界中から出資を受けて運用が始まったと記憶している。ユア・フォルマやアミクスが中心となった社会システムの発展を後押しする一方、たびたび見かける報道に依《よ》れば、環境保全のためのバイオテクノロジーや最先端医療デバイスの設計、冷凍睡眠《コールドスリープ》を筆頭とした宇宙開発支援技術など多方面に力を入れているはずだった。

『トスティのプログラミング言語は、恐らくここで作られた。実は夏に起きた〈E〉事件の関連で、本部の捜査支援課がある信奉者を追って、このファラーシャ・アイランドを調べていたんだけれど——』

曰《いわ》く捜査支援課が収集した情報の中には、都市運用初期に作成された未公開資料が含まれていた。サンプルとして、トスティと酷似したプログラミング言語が掲載されていたという。

『人格再現テクノロジーを目的として開発されたものの一つだそうよ』

「それって、デジタルクローン技術みたいなものですか？」とビガ。

デジタルクローン——死者の人格をＡＩとして復活させる試みは、グリーフケアの一環として実用化されている。確かに、自分たちの生活に最も身近な人格再現技術だ。

『それとはまた別物のようね。ともかく重要なのは、ここで分析ＡＩの研究が活発化していたということ』真剣に語るトトキの前を、ふさふさとした尻尾が横切っていく。彼女のオフィスにいるペットロボットの愛猫《ガナッシュ》だった。『通常、トスティのように高精度な分析ＡＩは運用法に触れる。けれど、この人工島内に限っては取り締まりの対象外だそうなの』

新技術開拓を目的とするファラーシャ・アイランド内では、現行の運用法や国際機関の審査基準に縛られず、あらゆる技術を『試験運用』という名目で取り入れられるらしい。何《いず》れも都市内で扱う分には、法に抵触しない。これは各機関も承認済みで、全世界を挙げて次世代技術開発を後押しすることが狙いだそうだが。

なるほど、きな臭くなってきた。

「つまり」エチカは軽く手を挙げた。「ラッセルズはこの人工島にいて、ここで管理されているプログラミング言語を使用して作ったトスティを、無断で外部に公開したと？」

『まだ可能性の一つだけれど』トトキは、膝に飛び乗ってきたガナッシュを抱き上げたところだ。『こうした研究都市はセキュリティも極めて厳重なはずだから、外部の人間があっさり情報を盗み出せたとは思えないのよ。その点、ラッセルズが今も島にいるのなら……』

「なるほど」フォーキンが頷《うなず》く。「その理屈で言えば、ベールナルドの効用関数システムの改造についても、新技術の研究開発が目的だったかも知れないわけだ」

「仰《おつしや》りたいことは分かりますが」ハロルドが口を挟む。「それではラッセルズが、単に機密を守れないマッドサイエンティストだったということになります。些《いささ》か横暴では？」

『言いたいのは、私はあなたたちを机の上で推理させるために、この会議を招集したわけではないということよ』

トトキが視線を寄越した気がして、エチカはぎくりとした。見れば、スクリーンの中の各局を始め、特別捜査班の面々は総じて背筋を伸ばしている。頰を引き締めているビガはもちろん、フォーキンとハロルドも既に全て呑《の》み込んだと言わんばかりだ。

要するに。

『——直接ファラーシャ・アイランドにいって、調べてきてちょうだい』

＊

「だからって、何でわたしたちに白羽の矢が立つ？　特別捜査班なら大勢いるのに」

ドバイ国際空港のロータリーを歩きながら、エチカはつい恨み節を洩《も》らす。

トトキはファラーシャ・アイランド側に調査許可を取り付けるなり、即座に自分たちを指名した。特別捜査班は各局ごとに編成されているので、恐らく出番はないと考えていたのが誤りだった——班長のフォーキンが抜擢《ばってき》されるのは当然として、まさか電索要員である自分とハロルドまで早々にぶち込まれるとは。ビガに関しては、元バイオハッカーとしての技術的な知識や、独自の視点が役立つことを見込んでいるのだろうが。

「それだけ期待されているんですよきっと」隣のビガは、観光気分で浮き足立っている。「嬉《うれ》しいことじゃないですか」

もともと捜査支援課のコンサルタントだったビガが、正式に特別捜査班に加わったのは数週間前——『悪夢』事件解決の直後だった。重要な捜査に繰り返し貢献した実績が評価され、トトキから直々に任命されたのだ。とはいえまだアカデミーを卒業していないため、コンサルタントの肩書き自体は変わらないのだが。

「きみは初めての海外捜査で楽しいのかも知れないけれど、わたしは——わっ」

すれ違う旅行客のキャリーケースが脚にぶつかり、エチカは軽くよろめいた。ビガが支えてくれたが、既に幸先《さいさき》が悪い——しかも顔を上げたところで、こちらを振り返っているハロルドと目が合ってしまう。勝手に頬がこわばった。

「どうなさいました？」彼は穏やかに微笑《ほほえ》んでいる。「周りをよく見て歩きませんと」

「ちゃんと見てる」

「お気を付け下さい」

ハロルドは事務的にそう言い、前を行くフォーキンを追う。彼の視線が逸《そ》れると、自然と肩の力が抜けて——再び硬直した。やりとりを聞いていたビガが、じっとりと目を据わらせていたのだ。

「思っていましたけど、やっぱり変ですよね」

「何が？」

「ハロルドさんですよ！　いつもなら『お怪我《けが》はありませんか』って心配してくれますし、そもそもヒエダさんにくっついて歩くはず……」ビガは訝《いぶか》しげにじろじろとエチカを見て、「ヒエダさんも、ハロルドさんに対して妙によそよそしいですし。何かあったでしょ？」

「何もない」反射的にそう答えてしまう。

「即答しすぎるとかえって怪しいって知ってました？」

「それは」しまった。「というか、ええと、もともとこんな風だったと思うけれど」

「絶対に違いますって！」

「本当に何もないから心配しないで」

強引に話を終わらせる。ビガから物言いたげな気配を感じたが、気付かないふりをした。

実際、『何もない』のだ。

あの日——市警察本部の帰り道で例のやりとりを交わして以降、特に衝突したわけでもないのに、ハロルドの様子が変わった。翌日から馴《な》れ馴《な》れしかった態度が一変し、必要以上にこちらに近づいてこなくなったのである。最初は気のせいだと思ったが、もはや確信していた。

彼は間違いなく、エチカから距離を置こうとしている。

恐らく『秘密』を共有したことに対して、改めて思うところがあったのだろう。あの時の自分は、やはり受け答えを間違えたのだ。原因が分かっていても、よそよそしいハロルドを目《ま》の当《あ》たりにした途端、話し合うどころかぎくしゃくと接するより他なくなっている——いっそ、時間を戻したい。

こうなることを恐れて、一人で全てを抱え込んできたのに。

今となっては、後の祭りだった。

「——電子犯罪捜査局の皆様ですね。長旅お疲れ様でした」

ロータリーに停《と》まっていたファラーシャ・アイランドのバンに近づくと、運転手の量産型アミクスが出迎えた。全員で乗り込んで出発する——幹線道路へ滑り出てからは、中央分離帯に植えられた椰子《やし》の木がウィンドウを流れていく。このあたりは建物が低い。行く手に見える摩天楼の森までは、まだ何キロもある。

アラブ首長国連邦《UAE》ドバイ——古くは小さな漁村であり、入り江《クリーク》を利用した中継貿易によって栄えてきたこの地域は、海底油田の発見を機に大きく飛躍した。オイルマネーの枯渇《こかつ》が見え始めて以降、特区を設けて積極的に外国資本の誘致を続けてきたが、一九九二年に起こった世界的パンデミックが追い風となったようだ。当時の首長らはIT企業への支援と投資を活発化することで、テクノロジーを利用した最先端の感染対策を実現した。その功績が業界に注目され、次世代技術研究都市『ファラーシャ・アイランド』の建設地にまで選ばれたそうだ。

エチカが、そうしたユア・フォルマの親切な解説を流し読んでいると、

「目的地までは三十分ほどです」運転手アミクスが、助手席のフォーキンに話している。「もし近くでブルジュ・ドバイをご覧になりたいようでしたら、走行ルートを変更できます」

「いや高い塔はいい。どっちかといえば、甘味について聞きたいんだが」

「ずるいですよ捜査官」ビガが身を乗り出す。「それよりおすすめのビーチってあります？」

「お二人とも。何度も言いますが、観光ではありませんよ」ハロルドが窘《たしな》めて、「ところで、ラクダのミルクが飲めると聞きましたが本当でしょうか」

緊張感の欠片《かけら》もない。

エチカは呆《あき》れながら一人、最後列のシートに背中を押しつけて——とにかく捜査に支障が出る前に、何とかしてハロルドと話し合わなくてはならなかった。どうやって切り出すべきか、まだ何も思い浮かばないが、そうするしかないことだけは確かだ。

自分は、彼に重荷を背負わせたかったわけではない。

きちんと伝えることさえできれば、きっと自然な関係に戻れる。

2

ファラーシャ・アイランドは、ペルシャ湾にぽっかりと浮かぶ人工島である。

ジュメイラ地区から湾へ伸びる高架橋を渡ると、額縁を思わせる四角形のウェルカムゲートが待っている。その先は行き止まりの高台で、ワインボトルを寝かせたようなデザインのチェックインセンターが構えられていた。建物の後部は、モノレールの高架駅と一体化しており、中空に浮いた線路が島内へ伸びている——どうやら、このセンターを経由しなければ島に出入りできない構造になっているらしい。

エチカたちがバンを降りると、ユア・フォルマに歓迎のテキストがポップアップした。

〈新時代へ羽化を。次世代技術研究都市『蝶の島《ファラーシャ・アイランド》』へようこそ〉

「見て見てヒエダさん！　すごい眺め……！」

ビガが、エチカの袖を引っ張る——高台からは、誇張なく人工島全体を一望できた。蝶《ちょう》を模した島は全方位を防波堤で囲われており、もはや独立した一都市の装《よそお》いだ。眼下に広がる後翅《こうし》部分にはコテージが建ち並び、胴体にあたる島の中心部に向かって、波のように建物が高くなっている。中でも目に留まったのは、聳《そび》え立《た》つ高層タワーだ。建物自体が弓の如《ごと》く反っていて、空から降ってきた三日月を思わせた。何と言うか。

「高級リゾートホテルみたいだ」

「――あちらは中央技術開発タワーです。九十階建てで、ここの心臓部となっております」

声を掛けられて、エチカたちは首をめぐらす。チェックインセンターから、スーツ姿の中年女性が現れたところだった。この地方の女性特有のヒジャーブを身につけておらず――島内に宗教的制約はないと聞いているので、そのためだろう――彫りの深い顔立ちと、綺麗《きれい》にまとめられた髪が露《あら》わになっている。

〈ムルジャーナ・ファジュル・アル＝ガーミディヤ。四十五歳。『ファラーシャ・アイランド』中央技術開発部門所属。第一技術開発部部長。運営委員会所属――〉

「ご案内を言いつかった、第一技術開発部のムルジャーナです。お待ちしておりましたわ」

「どうも。電子犯罪捜査局のフォーキンです」彼がＩＤカードを見せる。「事前にご連絡したと思いますが、あるプログラミング言語がここで開発されたかどうかを――」

エチカは、フォーキンと挨拶を交わすムルジャーナを見つめる――彼女の首には、電子回路が織り込まれた薄型ネックデバイスが装着されていた。巷《ちまた》では見たことのないデザインだが、ここで開発されたものだろうか？

ビガが耳打ちしてくる。「あのデバイス、チョーカーみたいでおしゃれですね」

「おしゃれ？」エチカは眉を上げた。「ただの周辺機器だよ」

「もう、またそういうこと言う！」何が？

「──すみませんが、まずは所定の手続きをお願いできますでしょうか」

ムルジャーナに先導され、エチカたち四人はチェックインセンターに入った。ロビーは意外にもごった返している。確かにドバイはリゾート地としても有名だが、ここは研究都市とあって外部から隔絶されているはずだ。居住者も、あくまで研究関係者に限定されている──エチカは歩きながら、すれ違う人々のパーソナルデータを拾い読んだ。ＩＴ企業のＣＥＯに始まり某国政府関係者、果てには著名な投資家からスポーツ選手まで。

フォーキンがムルジャーナに訊《たず》ねる。「彼らは？」

「ファラーシャ・アイランドにご出資いただいている皆様と、そのご家族です。今日は定例会も兼ねて、ちょっとしたパーティがありまして」

島の主目的が技術開発だとしても、相応のしがらみはつきものということらしい。

エチカたちは保安検査所へと案内された。係員に荷物を預ける際、思わずその容姿に目を奪われる──傍《かたわ》らで補佐するアミクスと、顔立ちが瓜二つだったのだ。少しえらの張った輪郭から太い眉まで何もかもが同じで、違うのは瞳の色くらいだった。

ほとんど、双子と言って差し支えない。

「ベン」ムルジャーナが彼に声を掛けている。「今日はおめでとう」

ベンと呼ばれた係員とアミクスが、声を揃《そろ》えて「ありがとうございます」と微笑《ほほえ》んだ──よくよく周囲を見渡せば、同じく『双子』の従業員ばかりが働いている。エチカは身体検査と荷物スキャンを受ける間も、その光景から目を離せなかった。どういうわけか全員が、わざわざ自分に似せたカスタマイズモデルを仕立てているようだ。

所持品検査の際、拳銃を預けることになった。人工島内では銃器の扱いが規制されており、捜査局でも調査という名目だけでは銃を持ち込めないらしい。そこから生体認証用の掌紋と虹《こう》彩《さい》の登録に加え、アドレスの入力をもおこなった。宿泊施設への出入り等に使用するそうだ。職員の安全と機密保持を思えば致し方ないのだろうが、何《いず》れもかなりの仰々しさだった。

トトキの言った通り、ここから易々《やすやす》とプログラミング言語を盗み出せるとは思えない。

「しかし、カスタマイズモデルってだけで金持ちの道楽だろうに……どうなってるんだ？」

検査を終えたところで、フォーキンが怪訝《けげん》そうに呟《つぶや》く。彼の視線は、あちらこちらに散見される『双子』を追いかけていた——もちろん、自分もずっと気になっているが。

「セキュリティ面での対策とか？」

「よそのアミクスとすり替わらないように？」ビガが囁《ささや》く。「それなら分かりますけど」

「だとしても、もっと効率的な方法があるかと」ハロルドが首を突っ込む。彼はアミクスとあって、身体検査とウェアラブル端末のアドレス登録以外にやることがなく、手持ち無沙汰にしていた。「アミクスのアピアランスデータは、複数人の外見を混ぜ合わせるのが基本です」

「——驚かせてしまってすみません、最初にご説明するべきでしたわね」

ムルジャーナが「こちらへどうぞ」と歩き出す——彼女と一緒に向かったのは、チェックインセンターの片隅にあるアミクス販売店を思わせる一画だ。ガラスケースに量産型アミクスがずらりと展示され、専用パーツや衣服なども取り扱っている。ショッピングモールならまだしも、何故《なぜ》こんなところに？

「『Project EGO』の登録所《レジストリ》です。本来、捜査局の方をご案内するようには言われていないんですが……」

入り口付近のカウンターに接客アミクスが待っていて、エチカたちの姿を見るなり、いそいそとツールケースを取り出した。蓋が開くと、電子回路が埋め込まれたチョーカー型のネックデバイスが並んでいる。ムルジャーナのものと全く同じだ。

「『Project EGO』というのは？」

「実はファラーシャ・アイランドでは、今年から島全体で人間とアミクスの人格を同期させる大規模実験をおこなっているんです。というのも」

ビガが怪訝《けげん》な声を出す。「『人格を同期させる』？」

「ご興味を持っていただけて嬉《うれ》しいです」接客アミクスが唐突に喋《しゃべ》った。説明を求められたと解釈したらしい。「このエゴトラッカーは、身につけることでユーザーの人格を解析します。解析データを連携《ペアリング》したアミクスと共有することで、アミクスを『もう一人の自分《Ego》』、謂《い》わば分身として扱える画期的なシステムです」

具体的には、エゴトラッカーはユア・フォルマのモニタリング機能を介し、ユーザーの脳の電気信号データを収集する。基本パターンを構築してペアリングアミクスと共有することで、本人《オリジナル》同様の振る舞いを再現することが可能なのだという——アミクス側の行動は敬愛規律に則《のっと》って制約を受けるため、応用分野は限定的になるそうだが、それでも革新的だ。

恐らくこれが、トトキが話していた『人格再現テクノロジー』だろう。

ただ——アミクスに生きている人間の分身を演じさせるという点では、死者を複製するデジタルクローンよりもよほど進んでいる。

「目的は?」エチカはムルジャーナに問いかける。「労働負担の軽減なら、従来のようなアミクスで十分だと思いますが……専門的な仕事を任せたいということですか?」

「まさにその通りです。ペアリングアミクスは量産型と規格が異なりますので、繊細な技能も再現できますし、『完璧な自分』を得られるという喜びもあります」『完璧な自分』? 「人格に関しても自分をベースにしつつ、多少は修正が利《き》くんです。ただ試験段階ということもあって、皆そこまで自身とかけ離れた『自分』を持ちたがりませんけれど」

「今、アミクスの規格が異なると仰《おつしや》いましたが」とハロルド。「ペアリングアミクスには、何らかの特別なシステムを?」

「ええ、ノワエ・ロボティクス社から提供を受けていますわ。人間の人格を複製して再現するのであれば、より複雑な処理が必要になりますので」

「もし」接客アミクスが、如何《いか》にも機械じみた笑顔で割り込んだ。「実験にご協力いただけるのでしたら、エゴトラッカーを装着なさって下さい」

「その必要はないわ。この方々は特別なお客様だから」

　ムルジャーナが接客アミクスを諭す一方で、エチカはビガがそわそわしていることに気付いていた。その手は今にもエゴトラッカーに伸びそうだ——先ほどからあのデバイスを気に入っているようだから、興味があるに違いない。案の定、彼女はフォーキンの腕をつついて、声は出さないまでも「だめですか？」と口をぱくぱく動かした。

「本気か？」フォーキンは苦々しげだ。「すみません。うちのコンサルタントが関心があるようなんですが……」

「あら」ムルジャーナは意外そうに目をしばたたかせた。「でしたら、是非お試し下さい。うちとしては、一例でも多くデータをいただけるのなら助かりますわ」

「やった、ありがとうございます！　こういうのを見ると、何だか血が騒いじゃって」

　元バイオハッカーとして、という意味だろう。ビガは高揚した面持ちで、早速エゴトラッカーを手に取る。恐る恐るといった様子で、うなじの接続ポートを覆うように巻き付けて——ムルジャーナと接客アミクスが懇切丁寧に設定の説明を始めた。少し時間がかかりそうだ。

　これから調査が待っているというのに、こうも悠長でいいのだろうか。

　エチカは何とも言えない気分で視線を流す——横にいたハロルドと、ばっちり目が合った。

露骨に逸《そ》らすこともできず、まばたきを止めてしまう。

「その……何だ」気まずさを誤魔化そうと口を開く。「きみは、ノワエ社がここにシステムを提供していることは？」

「存じませんでした」ハロルドは当《あ》たり障《さわ》りなく答える。「レクシー博士やアンガス室長は知っていたのでしょうが、アミクスの私にそこまでの情報は回ってきませんので」

「そう」訊《き》くまでもないことである。「ええと、ごめん」

「何がでしょう？」

「いやだから」ああもう、何でこんなにぎこちないんだ。「その、……」

「──すごい！　これが本当にあたしの分身なんですか？」

ビガが喜々として声を上げるので、やりとりが中断する──いつの間にか、ムルジャーナが一人の女性アミクスをビガに引き合わせていた。アミクスは、胸元にシリアルナンバーが刺《し》繍《しゅう》された既製服を身につけており、瞳は平坦《へいたん》な琥珀《こはく》色だ。もちろんビガには似ていない。

「ここの定住者は自分に容姿を似せるんですが、外部の方には、既製モデルをお使いいただく決まりでして」ムルジャーナが説明している。「完全な人格の同期には一日ほどかかりますが、今し方のクイックスキャンで大体の性格は反映されていますよ」

「うわあ」ビガが感嘆している。「コントロールはどうしたらいいですか？」

「今は自律制御《オートモード》ですから、自己判断で行動します。ご自身の命令で動かしたい時は──」

「あ、こんにちは！」

説明が終わらないうちに、ビガのペアリングアミクスが明るい笑顔を咲かせ——ハロルドのもとへ駆け寄っていく。アミクスが勢いよく彼の手を握り締めるので、エチカはつい気圧《けお》されて後ずさった。何だ？

「今日も素敵ですね！　本当にいつも優しくて、紳士的で」

「恐縮です」ハロルドは心底興味深そうに、ビガのアミクスに顔を近づける。「表情が細やかですね。人間の非言語行動《ノンバーバル》の再現としてはやや弱いですが、感情を伝える上では十分——」

「ち、近づきすぎですよ！」アミクスが慌てたように仰《の》け反《ぞ》る。「あたし、あなたのこ、こ、こ、こ、大好きなんですから、そんなことされたら照れちゃいます」

びしり、と空気が凍《い》てつく音が響き渡った気さえした。

エチカは思わず、ぽかんと口を開けてしまう。

今、何て？

「な」わなわなと震え出したのは、ビガ本人だ。その顔は真っ赤に染まったかと思いきや、すぐさま蒼白《そうはく》になっていく。「な、なん、何を、何を言って……」

彼女が頽《くずお》れそうになるので、エチカは慌ててその両肩を支えた。なるほど、この可能性は考えていなかった——人格が再現されるというのはつまり、本人の趣味嗜好《しこう》もだだ漏れになるということらしい。

「う、う、嘘《うそ》でしょ、そんな」

「ビガ、落ち着いて深呼吸して」

「いやしかし凄《すさ》まじい技術だな」フォーキンがあっけに取られている。「ものの数分でここまで人格を複製できるってのは、不気味というか何と言うか」

「自律制御終了！　早く！」ビガが悲痛に叫ぶ。「お願いだからもう何も言わないで！」

途端に、ハロルドと相対していたペアリングアミクスが、魂を抜かれたようにすっと動きを止める。にこやかな表情だけを残して、ぱちぱちとまばたきを繰り返す――ビガの指示を待機しているようだ。その無垢《むく》な微笑《ほほえ》みは、いっそ恐ろしい。

一瞬、重い沈黙が流れた。

「ビガ」ハロルドが穏やかに開口して、「今の、ペアリングアミクスの発言ですが」

「ちちち違うんです！　いや違わないんですけど違うというかあれはあたしじゃなくて」

「とても嬉《うれ》しかったです。ありがとうございます」

「…………へ？」

ビガがぽかんと硬直する中、エチカもまた唖然《あぜん》となった。思わず、彼女の肩を支えていた手がずるりと外れてしまう――「嬉《うれ》しかった」だって？

「私も、あなたのことは好きですから」ハロルドの端正な面立ちには、いつもの如《ごと》く完璧な微《ほほ》笑《え》みがあるばかりだった。「しかし、どちらかといえばデジタルクローンのような技術を想像していましたので、驚きました。私も人間だったら試してみたかったのですが」

ああ――これは、全く本気にしていない。

一人で残念がっている彼を前に、エチカとビガは無言で目配せし合う。彼女は安堵《あんど》と落胆が綯《な》い交《ま》ぜになったような、複雑な表情だ。エチカもまた、よく分からない胃痛を覚えて腹部に手をやってしまう。肋骨《ろっこつ》のひびは完治したはずだが、何なのだろう？

「補助官が思いのほか鈍感でよかったな」

フォーキンの呟《つぶや》きは、あまり慰めになっていない。

「その、ビガさんのアミクスは宿泊施設のお部屋にお送りしておきますね」ムルジャーナが、気まずそうに咳払《せきばら》いした。「それではご案内します、中央技術開発タワーへ参りましょう」

何と言うか、調査の幕開けとしてはこの上なく順調だ――無論、皮肉として。

＊

チェックインセンターから中央技術開発タワーまでは、モノレールで十分足らずだった。人工島内の主な移動手段は、こうしたモノレールやシェアカーらしい――空中を走る線路はタワーの五階部分へ直結しており、エチカたちは建物内に設けられたプラットフォームに直接降り立つ。天井からは、小さい繭のようなオブジェが幾重にも垂れ下がっていた。その一つ一つが、多角的に配置された監視カメラのようだ。

ビガがぼやく。「三百六十度から、この落ち込んだ顔を撮影されている気分ですね……」

「気にしないほうがいい。補助官は多分、ちゃんと意味を理解していないだけだから」

エチカがそう励ますも、ビガは「へへ」とやさぐれた笑い声を洩《も》らす。駄目だ、さっきの一件がまだ尾を引いている——ハロルドに目をやると、フォーキンとともにムルジャーナと話している。幾ら何でも、ビガの異変に気付いていないはずがないが。

「案内がきましたわ」ムルジャーナが顔を上げる。「私の息子です。ユーヌス、こっちよ」

「——遅れてすみません。ようこそお越し下さいました」

慌ただしく姿を見せたのは、一人の少年だった。小柄な体躯《たいく》を、印象的な白いチュニックで包んでいる。まだあどけなさの残る顔立ちに埋め込まれた、深い琥珀《こはく》の瞳がこちらを見て——

なるほど、ペアリングアミクスのようだ。

エチカは腑《ふ》に落ちたのだが、

〈ユーヌス・ユスリ・アル＝ガーミディー。十四歳。第一技術開発部所属プログラマ。『Project EGO』特任アドバイザー。第十四回国際情報処理能力測定、九位——〉

どういうわけか、人間同様にパーソナルデータがポップアップするではないか。

「失礼ですが」フォーキンも戸惑った様子だ。「彼はアミクスのはずじゃ？」

「『Project EGO』は、パーソナルデータセンターとも提携していまして。試験的に、ペアリングアミクスを介して本人のデータを閲覧できるように設定されています」ムルジャーナがそ

う答えて、「この子は完璧なんです。本当に、理想の息子ですわ」

彼女は誇らしげに、ユーヌス少年を見つめる――我が子ではないアミクスに向ける眼差《まなざ》しとしては、やや違和感があった。『分身』だから本人も同然ということなのだろうか？

「母さん、頼むからそういうのはやめて」

「事実よ。では、私はパーティの準備があるのでこれで……ユーヌス、あとはお願いね」

彼女は胸に手を当ててから、忙《せわ》しなくモノレールへと乗り込んでいった。

そうしてエチカたちはユーヌスに連れられて、エレベーターへ向かう。カゴの壁にはペルシャ湾の映像が投影されていて、やや平衡感覚が狂った。上昇が始まっても浮遊感はまるでなく、インジケーターの数字だけが重なっていく。

「すみません、お見苦しいところを」ユーヌスが気まずそうに、「母はその、所謂《いわゆる》親馬鹿で」

ハロルドが訊《たず》ねた。「お母様とは、ご一緒の開発部で働いているのですか？」

「はい。もともと母は『僕』が幼い頃からここにいまして……『僕』は最初、医療開発部門だったんですが、『Project EGO』の特任アドバイザーになってからは一緒に仕事を――」

ペアリングアミクスは、まるでユーヌス自身であるかのように受け答えする。なかなか奇妙だが、先ほどのムルジャーナの発言を鑑《かんが》みても、この島における『分身』は本人同然の扱いなのだろう――彼の年齢からして本来は就学中のはずだが、飛び級で学業を修めたようだ。パーソナルデータに依《よ》れば、ユーヌス本人は優れた情報処理能力の持ち主で、そういった子供は早くから社会に出ることが多い。かくいうエチカも、電索官になったのは十六歳の時だった。

こうして情報処理能力が高い相手と──間接的に──巡り会うことは珍しい。

「本人……あんたのオリジナルも、同じ部署にいるってことか？」フォーキンが問う。

「普段はそうです。今の『僕』は長期休暇中なので、僕一人ですが」

「じゃあずっと自律制御なんですね……」ビガが打ちひしがれた声を洩《も》らす。

「ただ、『僕』もきっとここにいたがったことでしょう」ユーヌスはそこでエチカを振り返り、零《こぼ》れんばかりに微笑《ほほえ》んだ。「お会いできて嬉《うれ》しく思います、エチカ・ヒエダ電索官」

つい、目をしばたたいてしまう。間違いなく初対面のはずだが。

「どこでわたしのことを？」

「能力測定で入賞した時に過去の記録を読みましたし、もっと前……あなたが電索官になった時にも、ニュースで報道されているのを見ました」

エチカは引っかかった。自分が電索官になったのは何年も前の話だ。一方で『Project EGO』の大規模実験は、今年から始まったとムルジャーナが言っていた──となると。

「まさかペアリングアミクスは、オリジナルと機憶を共有できる？」

「ええ、エゴトラッカーを経由した有線接続で同期可能です。ユーヌス本人とは、六歳から今日までの機憶を分け合っていて」少年アミクスは、どこか照れくさそうに鼻に触れた。「『僕』はあなたに憧れているんです。入賞者の中でも特にご活躍なさっていますし、色々な難事件を解決していて本当にすごいなって」

エチカは言葉に詰まる。これまで補助官《ビレイヤー》の脳を焼き切ってきた身としては、素直に受け取れそうもない——何より、機憶をアミクスと共有するシステムそのものが衝撃的だ。確かに専門技能の再現を目的とするのなら、機憶が必要不可欠なのは自《おの》ずと想像がつくけれど。

「その、何というか……わたしはあなたが思っているような人間じゃない」

「またそうやって！」ビガが口を挟んできた。「気にしないで下さいね。この人ちょっと恥ずかしがり屋さんで」

「ご自身の功績を鼻に掛けないところも尊敬しています。誰にでもできることじゃないです」

ユーヌスがはにかむので、エチカはそろそろ逃げ出したくなってくる。少年の表情やまばたきがあまりにも人間らしいから、尚更《なおさら》気まずさが増すのだ。言うなればそう——RFモデルを相手にしている時のような自然さだった。

「べた褒めだぞ」フォーキンがハロルドを肘で小突いている。「よかったな」

「確かに、相棒として誇らしいですね」

彼の返答は如何《いか》にも社交辞令で、いい加減息ができなくなりそうだ。

地獄のような気分を味わったあと、ようやく三十階のデータ保管センターに到着する。行き交う従業員はエゴトラッカーをつけた人間と、そのペアリングアミクスたちばかりだ。物珍しそうにエチカたちを捉える視線の動きまでもがぴたりと一致していて、本能的に薄気味悪いと感じてしまう——もし将来『Project EGO』が一般社会に普及したら、こんな光景が日常になるのだろうか。慣れるまでにかなりの時間がかかりそうだ。

ユーヌス曰《いわ》く、ここの保管庫には都市開発段階の資料を始め、人工島内でこれまでに使用されたソフトウェア等《など》の情報が網羅されているという。

「つまり、トスティに使われたプログラミング言語も保管されている？」

「ここで開発されたものなら、必ず記録に残っていると思います」

ユーヌスは保管庫の前へエチカたちを導いた。少年はさも当然のように、入り口の生体認証装置で虹彩《こうさい》を照合する。途端に、観音開きの扉が恭《うやうや》しく開き始めるものだから、静かにぎょっとした——オリジナルとペアリングアミクスの容姿は合致しているが、さすがにセキュリティで判別できなければおかしい。敢《あ》えて、アミクスを生体認証の対象にしているのだろう。幾ら『分身』とはいえ、人格が同一というだけでそこまで信頼に足る存在と見なされていることは、正直驚きだった。

これもまたパーソナルデータのポップアップと同じく、実験の一環なのかも知れない。

保管庫内は円筒形の空間で、天井は随分と高い。壁一面のシェルフに、紙のように薄いデータメモリがぎっしりと詰め込まれていた。ユーヌスが中央に立つとセンサが反応し、その手許《てもと》にホロブラウザが展開する——島の外ではあまり見かけない、随分凝った仕組みだ。

「捜査官。お探しの言語のサンプルを見せてもらってもいいですか？」

「ああ、これだ」フォーキンが彼にタブレット端末を手渡す。

ユーヌスは、端末に表示されたトスティのソースコードの一部を、ホロブラウザに読み込ませた。すぐに天井付近から五本指のマニピュレータが降りてきて、無駄のない動きでシェルフを検索し始める。手鏡のような読み取り装置《リーダー》をデータメモリにかざしながら、中身を読み込んでいるらしい。

「――ありました」

ものの一分とかからずマニピュレータが静止し、ユーヌスが声を上げる。

ホロブラウザに、データメモリから読み出したプログラミング言語のサンプルが表示されていた。トスティとの類似箇所が検出され、複数のピンが立つ――大部分の特徴が一致している。非公開資料に掲載されていた言語は、間違いなくこれだろう。

「プログラミング言語『Gb』ですね」ユーヌスが付記を開く。「開発時期は……十年近く前です。ファラーシャ・アイランドの運営が始まって間もない頃だ」

「今も人工島内で使われている？　たとえば『Project EGO』とかに」

エチカが問うと、ユーヌスがホロブラウザをスクロールした。『Gb』の付記を目で追っているようだが、その眉根がだんだんと寄っていく。

「いえ……この言語は、過去に一度も使われていません」使われていない？　「どうやらお蔵入りしたみたいですね」

「理由は何です？」ハロルドが訊《たず》ねる。

「分かりませんが、単に膨大な廃棄データの一つかも。ここでは本当に沢山の新言語や処理系が考案されますが、全部を採用するわけにもいかないので九割は保管されるんです」

ユーヌスは言いながら、開発者情報を引き出す。

記された名前が、静かに浮かび上がった。

《ポール・サミュエル・ロイド》

これまでに一度も聞き覚えがない人物だ。

「この人なら、都市内のクラウドアルバムに載っていました。創設チームの一人です」ユーヌスが記憶を辿《たど》るように、首を傾ける。「もう退職されたそうですが、確か……都市がまだ計画段階だった頃から関わっていて、出資者を集める時も一役買ったはずですよ。英国出身で、ええと、ロボット工学が専門だったと思いますが」

エチカはすぐさま、ユア・フォルマのユーザーデータベースに接続した。名前を入力し、ユーヌスの話をもとに条件を絞り込んで検索する——トスティの製作者であるアラン・ジャック・ラッセルズも、英国フリストンに居を構えている。もちろんあれは隠れ蓑《みの》だから、ラッセルズ自身を英国人と断定するのは早計だ。しかしアミクスのベールナルドを改造したことを考えても、ロボット工学には明るいはずだった。

「ならこの人が、ラッセルズかも知れないということですか？」とビガ。

「まだ判断材料が少なすぎる」フォーキンがかぶりを振る。「プログラミング言語を開発したのがロイドだとしても、ここの従業員なら誰でも保管庫から廃棄データを持ち出せるはずだ」

「この『Gb』には持ち出し記録がありません」ユーヌスがホロブラウザを確認して、「保管庫では自動スキャンとタグ付けシステムが機能していますから、閲覧や持ち出しはすぐに分かるようになっているんです」

「掻《か》い潜《くぐ》ることは？」

「電源設備を壊して、手動で保管庫を開ければ可能かも知れません。でも、皆が気付きます」

「でしたら、持ち出されたデータによってトスティが書かれた可能性は低いでしょうね」ハロルドが顎に手を触れる。「しかし開発者自身であれば、コードの書き方は頭の中にある。ポール・ロイドがラッセルズなら、トスティの製作はたやすかったはずですが」

「──確かに。生きているならね」

四人の眼差《まなざ》しが、こちらに集まる。エチカはユア・フォルマを介し、検索結果のパーソナルデータと向き合っていた──悲愴《ひそう》感漂う英国人男性の顔写真が表示されている。痩せぎすで頬骨がくっきりと浮き、まだ四十代にもかかわらず頭髪が真っ白だ。連なる経歴には、簡潔な結末が記されていた。

〈死亡日：二〇一九年一月二十日〉

「ポール・ロイドは、五年前に死んでいる。彼はラッセルズじゃない」

時系列を照らし合わせれば明白だ――AIトスティがオープンソースとして公開されたのは、一昨年の年末だった。これは〈E〉事件の際、ユーグ電索官に潜って判明している。ベールナルドの改造に至っては、ロイドの死去から五ヶ月後である。ぎりぎり重ならない。

「考えられるとすれば」エチカは続ける。「亡《な》くなったロイド自身が、自分の記憶を頼りにプログラミング言語のデータを書き起こして、自宅なんかに保管していた可能性だ。それをラッセルズが盗み出して利用したとか、もしくはロイド自身が売ったか……」

「それはどうなんでしょう。情報漏洩《ろうえい》がどれほど問題になるか、知らない技術者はいません」ユーヌスは戸惑ったように、「わざわざ自分の信用を失うようなことをするのかどうか……」

「どうあれ」ハロルドが言う。「ロイドについて詳しく調べるべきでしょう」

エチカは頷《うなず》きながらも、下唇を舐《な》めた――現状、ここを掘り下げるのが最も有力なように思える。無論、こうなってくるとロイド自身がラッセルズだとは考えにくい。つまり、ラッセルズが都市内に潜伏している職員だという仮説は早々に崩れるわけだが。

それでも、成果はあったとみるべきだろう。

「わたしから、トトキ課長にポール・ロイドのパーソナルデータを送って、本部で調べてもらうようお願いしておきます」

「頼む」フォーキンが首肯して、ユーヌスを見る。「データの件は十分だ、助かった。あとはもしロイドを直接知る職員がここに勤めているなら、詳しく話を……」

突如、重々しい鐘の音が鳴り響く——建物内のスピーカーから流れた録音のようだ。まるで組み鐘《カリヨン》で奏《かな》でたかのように荘厳《そうごん》かつ重厚な旋律が、腹の底を撫《な》でていく。一体何だ？

「すみません、定刻の合図なんです。今日はもう支度に移らないと」ユーヌスがそわそわとホロブラウザを閉じる。「ロイドさんの知り合いについては、また明日でもいいですか？」

「どのみち今夜はここに泊まるつもりだから構わないが……『支度』ってのは？」

「パーティです。母から聞いたかも知れませんが、今夜は『前蛹《ぜんよう》祝い』で」定例会のようなものだとムルジャーナは言っていたが、何かの祝い事なのだろうか。「そうだ。もしよければ、皆様もご一緒にいかがですか？」

ユーヌスが朗らかに言うので、エチカたちは目配せし合う——確かに、捜査にとっても有益かも知れない。ムルジャーナの話が正しければ、チェックインセンターにいた招待客らは総じてパーティに参加するはずだ。島内で働いている職員たちも出席するだろうから、明日まで待たずとも、ポール・ロイドと関わりのあった古株を見つけられる可能性がある。

「行かせてもらうよ」とフォーキン。「ドレスコードは？」

「フォーマルです」ユーヌスは嬉《うれ》しそうに微笑《ほほえ》んだ。「外部の方に向けて、正装の貸し出しもありますのでご安心下さい。女性の方のお着替えは、『母』がお手伝いしますので」

少年はエチカたちが参加することがよほど嬉《うれ》しいのか、逸《はや》る足取りで保管庫の出入口へ歩いていき――自動扉が開くと、ペアリングアミクスの女性が控えていた。その目鼻立ちはムルジャーナにそっくりで、一目で彼女の『分身』だと分かる。いつの間に呼び寄せたのだろう？

いや、それよりも。

「ご案内いたしますわ。こちらへどうぞ」

胸元に手を当てるムルジャーナのアミクスを見ながら、エチカは唐突に嫌な予感を覚えた。

もしかしなくても――ドレスコードとやらは、かなり厄介なのではないか？

3

夕陽《ゆうひ》が徐々にペルシャ湾へ溶け出して、海面が柔らかい朱色を帯びていく。

「しかし、ラッセルズは一体いつまで俺たちを煙《けむ》に巻《ま》くんだか……」

人工林がなぞる海岸沿いを歩きながら、フォーキンが疲れたようにタイの位置を調節する。

彼は、貸与された『正装』ことフォーマルなタキシードに袖を通していた――ハロルドは行く手に目を戻す。海辺に、漂着した宇宙船を思わせる建物が佇《たたず》んでいる。あれがパーティ会場となるレストランだそうだが。

「ポール・ロイドの存在が分かっただけでも、進展していると考えるべきですよ」

「まあそうだな……全く、こんな暑苦しい格好をしたのは身内の結婚式以来だ」

「私も正装は久々です」ハロルドはカフスを確かめた。王室に仕えていた頃は、それこそ毎日のようにディナージャケットで過ごしていたが。「たまにはいいものですね」

「あんたは、タキシードを着るために生まれてきたような顔してるからな」軽口と皮肉の中間といったところか。「ヒエダたちとは、レストランの入り口で合流だったか？」

「そう聞いています。もうそろそろお着替えも済んでいるかと思いますが」

答えるハロルドの思考タスクに、先日のエチカの静かな眼差《まなざ》しが蘇《よみがえ》る。

一体、何度目の反芻《はんすう》になるだろう？

――『もし他にも何か隠しているのなら、今のうちに教えておいて』

あれが、彼女と距離を置かなくてはならないと気付かされた瞬間だった。

たとえ『秘密』を共有したとしても、エチカとの関係は今まで通りに維持していきたいと思っていた。それほどまでに、地下室での彼女の抱擁と言葉は自分を救ってくれたのだ。一方で、罪悪感を押し隠すために馴《な》れ馴《な》れしい態度を取り続けてしまうことになったが、何とか問題なくやっていたはずだった。

だが、分かってしまった。

エチカは、少しもこちらの懸念《けねん》を汲《く》み取《と》っていない。

それどころか間違いなく、もしもの時にハロルドを救う心づもりでいる。

万が一『秘密』が公になれば、彼女自身も法で裁かれることになるというのに——電索官としての立場や周囲からの信頼も含め、全てを失うと分かっているのだろうか？

恐ろしいのは、エチカがそれを一切気にかけていないように見える点だ。どういうわけか己の潔白よりも、『秘密』を守り抜くことのほうが重要だと考えている。それはナポロフを撃ったハロルドをかばった時から、薄々予感していたが——確信に変わった。

彼女は異常なまでに、自分に執着している。

——『……姉さんの代わりだとは、思っていないはずだ』

つまりあの発言は、おざなりな嘘《うそ》だ。

これまでエチカに関しては再三計算を誤ってきたが、いい加減認めなければならない。やはり、彼女と親しくなろうとしたこと自体が最大の過《あやま》ちだった——そう考えた瞬間、感情エンジンが重たい何かを吐き出す。これの正体が未《いま》だに分からない。だが、自分の努力を台無しにしたがる。もう諦めて落ちるところまで落ちてしまえ、と囁《ささや》く。

従うわけにはいかなかった。

もちろんエチカと距離を置いても、既に共犯であるという事実は消えない。

だが——罪に問われないよう仕向けることは、よりたやすくなるはずだ。

「すごいな、すっかりお嬢様だぞ」

フォーキンの呟《つぶや》きが、ハロルドを思考タスクから引き戻す。

「何の話です？」

問いかけると、彼は前方に視線を投げる——レストランの建物は、すぐそこまで迫っていた。

優雅な扇状の階段を上り、正装の人々が次から次へと店内に吸い込まれていく。

その中に、こちらを待っているエチカとビガの姿があった。
＊

かなり控えめに言っても、今すぐペルシャ湾に飛び込んで海の藻屑《もくず》になりたい。

「あたし、可愛《かわい》いドレスを着て死にたそうな顔をしてる人、初めて見ました」

「はは、それはよかった」エチカは干からびたような声しか出せない。

心配そうにこちらを見上げるビガは、普段の三つ編みをほどき、栗色《くりいろ》の髪を流していた。ペールカラーのイブニングドレスは、彼女の雰囲気をよく引き立てていて、シフォンケーキのような愛らしさがある。その腰には『前蛹《ぜんよう》祝い』の参加者を意味するという、蝶《ちょう》をモチーフにしたリボンがあしらわれていた。

自分自身の格好に至っては——もはや見下ろしたくもない。

「あっほら、フォーキン捜査官とハロルドさんがきましたよ！」

ビガはひとまず、ドレスを着せてもらって元気を取り戻したらしく——空元気でないといいのだが——やってくる二人にぶんぶんと手を振っている。彼らのほうはタキシードを強いられたようだ。自分もせめて、あちらを選べたのなら何十倍も気が楽だったのに。

「随分とめかし込まれたな」フォーキンが近づいてくるなり、感心したように言った。「見違えたよ。どこのご令嬢かと」

「ええ、本当に」ハロルドもビガに微笑《ほほえ》みかけている。「とても可愛《かわい》らしいですね」

「えっとその、ありがとうございます。お二人も素敵です！」

「で、ヒエダは何か悪いものでも食ったのか？　ひどい顔だが」

「もともとこうです。食事が始まる前に、中に入って聞き込みしましょう」

エチカはきびすを返し、ずんずんと階段を上っていく。普段着と比べて足捌《さば》きが悪い上、靴のヒールが邪魔で歩きにくい——入り口のガラス扉が見えてきて、映り込む自分と嫌でも目が合ってしまう。薄っぺらい体にまとわりつくのは、夜の切れ端を縫い合わせたようなコバルトブルーのイブニングドレスだ。首元が詰まり、うなじに結ばれた蝶《ちょう》のリボンが品よく背中になびいている。

——これも仕事だ、我慢しろ。

どうにか言い聞かせて、うんざりした気分を頭から閉め出した。

ロビーに入ると、チェックインセンターで見かけた招待客を始め、身なりを整えた定住者たちが大勢行き交っていた——受付で手続きを済ませた人々が、ウェイターアミクスにいざなわれていく。ここでも顔触れの半分はペアリングアミクスで、オリジナルと同じように着飾っていた。本当にどこまでも人間と一緒なのだな、と思う。

「一旦別れて聞き込みするか」「ええ、のちほど集まりましょう」「分かりました！」

フォーキンたちが四方へ散っていくので、エチカも気持ちを切り替えて歩き出す。パーソナルデータを閲覧しながら、長年勤めていそうな職員を探していたのだが——某国政府関係者と話している初老の男性が目に入り、つい足を止めてしまった。あまりに見覚えがある。

「委員長、またあの不愉快な人形劇をやるのかね？」

「ここの定住者の趣味です。余興だと思っていただければ……」

気難しげな顔立ちをした、国際ＡＩ倫理委員会《IAEC》のトールボット委員長だ。白髪交じりの髪を短く刈り込み、シェブロンの口髭《くちひげ》は変わらず上品に整えられている——最後に彼と会ったのは春頃で、ＲＦモデル関係者襲撃事件の捜査においてイングランドを訪れた時だった。当時、トールボットはＲＦモデルを疑い、ハロルドを機能停止に追い込もうとしたのだ。

彼がここにいるということは、倫理委員会も研究都市に関与しているのだろう。この島自体、各国際機関の承認の下で動いていることを考えれば、当然ではあるが——『秘密』を抱える身としては、顔を突き合わせたい相手ではない。

だからエチカは、こっそりとその場を離れようとしたのだが。

「……ヒエダ電索官？」

トールボットが目を留《と》めるほうが早かった——彼は話し相手と別れたところで、ひどく怪訝《けげん》そうにこちらへやってくる。見なかったことにしてくれ、とは当然言えない。

「お久しぶりです」エチカは頰が引《ひ》き攣《つ》りそうになる。「こんなところでお会いするとは」

「倫理委員会が運営監査を務めていてな。私もたびたび訪れているが」トールボットはそこで、まじまじとエチカを見下ろした。「君は一体何をしているんだね？」

「仕事です。パーティに参加する予定はありませんでしたが、成り行きで」

「まさか事件が？　事務局からは何も聞いていないが」

「いえ、ただの調査ですのでご安心下さ——」

皆まで言い終わる前に、トールボットの視線がエチカの背後に移る。何気なく振り返り、固まりそうになった——ハロルドがこちらへ歩いてくるところだったのだ。何故《なぜ》わざわざこのタイミングで現れる？　状況を考えれば、触らぬ神になんとやらだろうに。

「ご無沙汰しています、委員長。お変わりないようで」

ハロルドは気さくに微笑《ほほえ》んで、トールボットに右手を差し出す。

「やはり君は悪目立ちするな、ハロルド」トールボットは彼の握手に応じないどころか、にわかに険しい表情になった。「『ペテルブルクの悪夢』について、ニュース記事を読んだ。犯人逮捕にあたって捜査局のアミクスが活躍したそうだが、あれは君のことらしい」

「どうでしょう。私を特定するような書き方はしていなかったと記憶していますが」

「子は親に似ると言うが、そのへらへらしたところはカーター博士にそっくりだ。彼女が会いたがっていたぞ、事件の報道を知って気に掛けていた」

……何だって？

「刑務所にいるレクシー博士と面会したんですか？」エチカはつい、訊《たず》ねてしまった。

「ああ。ペテルブルク市警から、『悪夢』の件で野暮用を頼まれたのでな」

一気に背筋が寒くなる――待ってくれ。市警察側はシュビンの、「ハロルドにバンから引きずり下ろされた」という供述を信用していなかったはずだ。なのにどうして。

「つまりあなたは記事で私の件を知って、わざわざ市警に連絡を？」ハロルドは平然と微笑《ほほえ》んでいる。「大変失礼ながら、捜査に横槍《よこやり》を入れるのは素敵なご趣味とは言えませんね」

「これも我々の仕事《ごと》だ。今回は容疑者の誤認だったようだが」トールボットの眼差《まなざ》しは、研磨されているかの如く冷ややかだ。「ノワエ社はRFモデルの安全性を証明したが、今も倫理委員会の目があることを忘れないように」

彼は低く釘《くぎ》を刺して、背を向ける。すぐさま招待客の投資家が声を掛けていて――立ち尽くしそうになったエチカは、さりげなくハロルドに腕を引かれて我に返った。どうにか平静を装《よそお》い、彼とともにその場を離れる。歩きながらも、動悸《どうき》が治まらない。

確かにトールボット率いる国際AI倫理委員会は、スティーブ暴走の一件からRFモデルを快く思っていない。しかしまさか、未《いま》だにハロルドの動向を嗅ぎ回っているとは。

あまりにも不意打ちだ。

そうして二人が逃れた先は、ロビーの外――建物を半周するように海へせり出した、人影の疎《まば》らなテラスだった。喧噪《けんそう》が遠ざかり、昼間よりも冷めた風が頰を撫《な》でる。潮の匂いが肺を満たすと、ようやく頭が冷静になってきた。

「ごめん。顔に出たかも知れない」

「委員長は私を睨《にら》みつけることに必死でしたので、気付いていないかと」ハロルドがそっとエチカの腕を放す。「まずい予感がして駆けつけましたが、正解でしたね」

全く――こんなでは、かえって足を引っ張ってしまう。ポーカーフェイスのために、再び医療用HSBカートリッジを買い付けたい気分になってきた。

「きみみたいに器用に表情を操れればいいんだけれど」額に手をやると、軽く汗ばんでいる。

「レクシー博士は上手《うま》く誤魔化してくれたということ？」

「恐らくは。彼女に感謝しなくてはなりません」

――『もし君の気が変わったのなら、別に真実を告発しても構わないよ』

以前レクシーはそう口にしていたが、あれはやはり冗談に過ぎなかったということだろうか？　相変わらず真意が読めないが、ともかくもお陰でハロルドは無事だったわけだ。

エチカは何とも言えない疲労感に襲われながら、アミクスを見る――彼はテラスの欄干に腕をのせて、暗くなり始めた水平線を眺めている。ブロンドの髪には、いつもよりもしっかりとワックスが揉《も》み込まれているようだ。横顔すら完璧な造形なのが、何となく憎たらしい。

今更、ハロルドと二人きりになっていることに気が付いた。

肩の力が抜けた途端、そのことが頭をよぎる。

――今なら、話し合えるのではないか？

「補助官」

そう切り出したものの、ほとんど勢い任せだったため、早速二の句に詰まる。こちらを向いた彼が、いつも以上にまじまじと見つめてきたせいでもあった。

「……何？　この格好がおかしいならそう言えばいい」

「いいえ、そうではなく」ハロルドの眼差《まなざ》しが、やんわりとドレスへ流れる。「言いそびれていましたが、とてもお綺麗《きれい》です」

「お世辞は要らない」

「本心ですよ。やはりあなたには、青がよく似合う」

「ドレスコードのあるレストランには金輪際行かないと決めたよ」

「あの時、テーブルマナーアプリになっておくべきでしたか？」

からかうように頬を緩める彼からは、ここ数週間続いていたよそよそしさが抜け落ちていて
――一瞬だけだった。軽口を叩《たた》き合っていることを思い出したかのように、すぐさまその視線が逸《そ》れる。暗い海のほうへ逃げていってしまう。

ああもう。

「きみの態度が変わったのは、例の『秘密』のせいなんだろうけれど」エチカはもどかしさを堪《こら》えて、なるべく慎重に言葉を選ぶ。「伝えたら、重荷になると分かってた。でも……だからって、こんな風にぎくしゃくするのはやめたい」

ハロルドは顔を背けたままだ。「何のことでしょう？」

「わたしたちは話し合うべきだよ」

「誤解を与えたことは謝りますが、私はぎくしゃくしているとは考えていませんよ」

「今だって、露骨にわたしから目を逸《そ》らしてるのに？」

「失礼」彼の眼差《まなざ》しが戻ってくる。「今夜のあなたがとても素敵なので、真《ま》っ直《す》ぐに見られなかっただけです」

「信じると思う？　きみの常套《じょうとう》手段だ、誤魔化したい時はいつも甘い言葉を」

「エチカ」

ハロルドが、エチカの肩をやんわりと掴《つか》んだ。いきなりだったので、驚いて硬直してしまう。掌《てのひら》から、アミクス特有の低い体温を感じて――湖の瞳が、無機質にこちらを覗《のぞ》き込んでいた。繊細な睫毛《まつげ》の一本一本が、はっきりと見て取れる。

「お願いですから、そうやって私の処理を妨げるのは――」

再び鳴り響いた鐘のしらべが、その先をかき消した。

ハロルドの手が剝がれる。エチカは、知らず知らずのうちに息を止めていた。遠くで海を眺めていた幾人かの客が、鐘の音に誘われてロビーへ引き揚げていく。

「……戻りましょうか。捜査官たちと合流しなくては」

ハロルドがきびすを返すので、エチカは下唇を嚙《か》む。触れられた肩を押さえると、わけもなく喉の奥が詰まった――『処理を妨げるのはやめろ』とでも言うつもりだったのか？

まさか、話し合い自体を拒まれるとは思わなかった。

よく分からない焦《あせ》りと苛立《いらだ》ちが入り混じって、こみ上げてくる。

「ルークラフト補助官」

押し殺すように呼び止めた――歩き出そうとしていたハロルドが、振り向く。ただしその目は景色をつかむばかりで、こちらに焦点を合わせようとはしない。

「何でしょう？」

「わたしはともかく……ビガにまで、素っ気ない態度を取る理由はないはずだ」チェックインセンターでの一件以来、彼女は気落ちしていたにもかかわらず、ハロルドは意に介していなかった。「あの子が、きみをどう思っているかは分かってるでしょ。だったらあんな言い方」

「確かに彼女は落ち込んでいましたが、私が声を掛ければますます辱《はずかし》めると思いましたので」

彼は無表情だが、口ぶりは穏やかだ。「ご本人にもあの場で申し上げた通り、私もビガのことが好きです。それさえ伝わっているのなら、何も問題はありません」

自分で話を持ち出しておきながら、一瞬、胸を抉《えぐ》られるような感覚に襲われる。

「どういうこと？」我ながら、ひどい声が出た。「伝わっているのなら問題ないって……」

「そのままの意味ですよ」

「じゃあきみは、彼女に恋をしているということ？」

「恋？」ハロルドの視線が、訝《いぶか》しげにエチカへ結ばれた。まるで、この世で最も奇妙な質問を耳にしたかのような表情だ。「好意的に思っているというだけです。それを何かにカテゴライズするつもりはありませんし、その必要もないでしょう」

彼が今度こそ離れていく――エチカはほんのわずかな間、啞然《あぜん》としてしまった。今の態度は何だ。友人としてビガを好きだという意味か？　だとすれば、やはり彼女を傷付けていることになるはずだが、分かっていないのか。

何で、こんなことを考えているんだ。

髪をぐしゃぐしゃとかき混ぜたくなったが、我慢する。混乱した感情の底に、とてつもなく薄汚い何かが垣間《かいま》見《み》えた気がして、ぞっとした。

――本当に、気持ちが悪い。

エチカは悶々《もんもん》とした気分を無理矢理押し込めて、ハロルドと距離を取ったままロビーへ戻る。フォーキンやビガと合流し、聞き込みの成果を報告し合ったが、何《いず》れも収穫はなかった――そもそも自分たちは聞き込みどころではなかったが、さすがに二人には言えない。

「どのみち明日がある」フォーキンが励ます。「とにかく、席に着くとしよう」

エチカたちはウェイターアミクスに案内され、レストランへ入った——店内では、既に多くの人が食前酒を楽しんでいて、華やかな雰囲気にエチカはますます心を削られる。白を基調とした内装は一見シンプルだが、蝶《ちょう》を模した照明のデザインや絨毯《じゅうたん》、椅子に張られた革やテーブルクロスの刺繍《ししゅう》など一つ一つが繊細に作り込まれ、豪奢《ごうしゃ》さが滲《にじ》み出《で》ていた。

だからというわけではないが椅子に座るなり、ハロルドを除く三人は自然と額を集める。

「ひょっとしてフランス料理ですか？　どうやって食べるんでしたっけ……」

「ナイフで切ってフォークで刺して口に入れる」

「ヒエダ、ビガが訊《き》きたいのはそういうことじゃないだろ。ちなみにデザートはいつ来る？」

エチカとビガは同時に言った。「食後です」「むしろいつ出てくると思ってるんですか？」

まもなくソムリエがやってきて、食前のシャンパーニュを勧めてくる。ハロルドがそつなくアルコール度数の低いものを注文してくれた。そもそも栄養ゼリーなら、このレストランに入って椅子に座るまでの間に食事が済むものを——エチカがだらだらとナプキンを広げていると、不意に照明が暗くなる。周囲のテーブルから、一斉に拍手が沸き起こった。

「皆様、本日はお忙しい中お集まりいただきまして——」

壁際《かべぎわ》に作り付けられた壇上で、ファラーシャ・アイランドのヒューズ運営事務局長が挨拶を始めたところだった。彼の背後には一段高い足場が組まれ、繭のオブジェが飾られている。腰ほどまでもあるそれは水平に切られ、中は瓶《かめ》のようになっているらしかった。

ともかく――ハロルドのことを頭から追い出して、捜査に集中しなくてはならない。

フォーキンの言う通り今日が駄目でも、明日には何かしらの手がかりを摑《つか》まなくては。

「――既に一ヶ月間の自律制御に成功している、ユーヌスにお願いしたいと思います」

やがて再び拍手が響き、壇上から事務局長が降りていく――入れ替わって現れたのは、ユーヌスのペアリングアミクスだった。グラスを持った彼の姿が照らし出されると、定住者たちの背筋がすっと伸びていく。皆一様に胸に手を当てて、一心に少年を見つめ始めるのだ。ちらほらと囁《ささや》きも聞こえる。「彼は希望よ」「きっと『羽化』する」「ああ、完璧にな」

――何だ？

「ヒエダさん」ビガも怪訝《けげん》そうに耳打ちしてくる。「あの子って偉い人だったんですか？」

「確か、プロジェクトの特任アドバイザーだ。それなりの立場はあるんだろうけれど……」

「それでは僕のほうから、今回『ハディラ・ピリオド』を迎える四人の方をご紹介します」

ユーヌスがマイクを通して名前を呼ぶと、四人の老若男女《ろうにやくなんによ》が登壇した。うち一人は、あの保安検査所で見かけたベン係員だ。彼らは高い段へ上ると、何かを抱えていた腕をおもむろに広げる。

落下して宙吊《ちゆうづ》りになったのは――やや不格好な、手縫いの操り人形《マリオネット》だ。

「偶像崇拝は禁止なんじゃなかったか？」フォーキンが囁《ささや》く。「何かの余興みたいだが」

「島内に宗教的制約はないそうですから、あちらも問題ないのでは?」ハロルドが返す。

「初めてお越し下さったお客様のために、ハディラ・ピリオドについてご説明します」

ユーヌスが話し出すと、壇上の四人が各々《おのおの》にマリオネットを操り始めた──人形はそれぞれ双子になっていて、オリジナルの人間とペアリングアミクスを表現しているらしい。彼らはぴったりとくっつき、仲睦《むつ》まじく過ごしているようで、どこへ行くにも一緒だった。

「ハディラ・ピリオドは、これまで都市に奉仕してきた職員たちに与えられる長期休暇のことです。この四人が休んでいる間も、彼らのペアリングアミクスは自律制御で活動を続けます。これは単なる休暇ではなく、所謂《いわゆる》『Project EGO』の長期自律制御実験でして──」

ユーヌス本人も長期休暇中だと聞いたが、それも実験の一環だったわけだ。実用化に向けて必要なステップなのは理解できるが──わざわざ、あんな人形劇を演じる必要があるのか?

「ところで皆様。蝶《ちょう》が変態する時、蛹《さなぎ》の中で何が起きているかご存じですか?」ユーヌスの視線が、ちらとエチカに投げかけられたように思えた。「幼虫は、一度ぐちゃぐちゃに溶けてしまいます。それを、死んで生まれ変わるようだと言う人もいます。そうした過程を経て、同じ生き物とは思えないほど完璧な美しさを持った存在になるんです」

壇上で踊っていた人形たちのうち、オリジナルを模した二体が糸に引っ張られて、繭のオブジェへ飛び込んでいく。次に引き上げられた時には、乾いた血で汚れたように黒っぽく染め上がっていた。どうやら中には染料が入っているらしく、人形たちは涙のように黒い雫《しずく》を垂らしながら、壇上を降りていく——一方、ペアリングアミクスの人形は背中から虹色の翅《はね》を生やし、反対側へと華麗に去っていった。

割れんばかりの拍手が起こるが、一部の招待客は顔を見合わせている。

エチカもつい、眉をひそめてしまった。

「あんまりいい演出とは言えない」

「ちょっと不気味でしたね」ビガが頷《うなず》く。「人間側をあんな真っ黒にしなくたって……」

「——何なんだ。俺たちよりアミクスのほうが優れているって言いたいのか？」

エチカたちの近くに座っていた招待客の一人が、椅子から立ち上がる。小太りな中年男性で、エゴトラッカーを身につけていた。先ほどトールボット委員長と挨拶を交わしていた、例の投資家だ——周囲の注意のほとんどは、変わらず壇上に引きつけられている。

「初めての方ですか？」近くのテーブルの定住者が、小声で彼を宥《なだ》めた。「ちょっとした演出ですよ、蛹《さなぎ》から蝶《ちょう》に生まれ変わるという特別な……」

「とにかく不愉快だ。帰らせてもらう」

投資家は苛立《いらだ》ちも露《あら》わにテーブルを離れて、会場の出口へ向かっていく。ウェイターアミクスが彼に駆け寄っていたが、ぞんざいに追い払われていた。

「機械派か？」フォーキンが呟《つぶや》く。「わざわざ『Project EGO』に協力するだけ立派だが」

「体裁でしょう」とハロルド。「先ほどの演出は、人間なら不快に感じて当然かと」

「でもほら、あくまでお人形さんを使った説明ですから。あそこまで怒らなくても……」

マイクのハウリングとともに、ユーヌスの声が降り注ぐ。

「──それでは、四人の『羽化』が成功することを祈って！」

少年の手が不慣れな動きでグラスを掲げた、その時だった。


重たい音が、会場内に響き渡る。


遠くで短い叫び声が上がった。見れば、会場を出ようとしていた投資家が、その場に倒れ込んだところで──別のテーブルでも、一人の招待客がずるりと椅子から崩れ落ちる。いや、一人ではない。周りを見渡せば数十人以上が、連鎖的にその場で意識を手放していくではないか。テーブルに突っ伏し、グラスを倒し、あるいは肩から床へと叩《たた》きつけられる。

エチカは息を呑《の》んだ。

──どうなっている？

悲鳴が爆発した。これまで恍惚《こうこつ》としていた定住者らが、慌てた様子で倒れた人々に駆け寄る。マイクを通じて誰かが注意を促したが、怒濤《どとう》のような騒々しさに掻《か》き消《け》された。ウェイターアミクスを含め、怯《おび》えた招待客のうち幾人かが会場を飛び出す。

エチカたちも自《おの》ずと立ち上がる。

「毒物か？」フォーキンが付近のテーブルを見やった。「料理に触らせるな」

「承知しました」ハロルドは冷静だ。「食べ物に手をつけないようアナウンスさせましょう」

「関係者を捕まえてくる。ビガ、一緒に──」

エチカはそこで口を噤《つぐ》む。

ビガの華奢《きやしや》な体は今まさに、芯を失ってフロアへ吸い寄せられていくところだった──とっさに手を伸ばす。何とかその腕を掴《つか》んだが、重みを支えきれない。エチカはぎりぎりのところで彼女の頭を守るように抱き込み、一緒に床へと倒れ込んだ。

「──電索官！」「おい大丈夫か！」

背中の痛みを堪《こら》えながら、抱き留めたビガを確かめる。彼女はエチカの胸に寄りかかり、脱力して動かない。瞼《まぶた》を薄く開けたまま、他の人間と同じく完全に意識を失っていた。すうっと、心臓が冷たくなる。

──待って。

「医療班を」フォーキンがきびすを返す。「ヒエダ、下手に動かすんじゃないぞ！」

「ビガ？　ビガ、しっかりして」

エチカはほとんど何も考えられず、急いで彼女の頰に触れる。はっきりとあたたかいが、反応がない。手が勝手に震え出す。さっきまで元気だったのに、どうして。

「エチカ、落ち着いて下さい」

ハロルドが傍《かたわ》らに膝をつき、ビガの首筋に掌《てのひら》を当てる。数秒経《た》ってから、頷《うなず》いた。

「脈はあります。毒物なら、嘔吐《おうと》や痙攣《けいれん》を起こしますが」

「彼女はまだ何も口にしていなかったはずだ。何でこんな……」

言いながら顔を上げて、今一度茫然《ぼうぜん》とする——先ほどまで華やかな空気に包まれていたレストランの様子は、一変していた。あちらこちらで倒れた人間と、それに縋《すが》る人たち。駆け込んでくる看護アミクス。ストレッチャーが運び入れられ、方々で助けを求める声が上がる。

壇上は空っぽで、既にユーヌスたちの姿はなくなっていた。

「——大丈夫、助かります」

耳を聾《ろう》する混乱の中、ハロルドの祈るような呟《つぶや》きだけが、はっきりと届く。

4

「会場で倒れたのは十五人です。全員が、脳神経の損傷による昏睡状態に陥っています」

人工島中央区画。島内医療センターは、深夜にもかかわらず物々しさに包まれている——エチカはハロルドとともに、集中治療室《I C U》前の通路に立っていた。壁にはめ込まれた分厚いガラス越しに、ずらりと並んだベッドが見て取れる。看護アミクスが忙《せわ》しなく行き来しており、今また新たに、手術を終えたばかりの患者がＩＣＵ内へと運び込まれたところだ。

『つまりヒエダたちの推測と違って、毒物ではなかったわけね』

ハロルドの端末のホロブラウザには、深刻な表情のトトキ課長が映し出されている。彼女はスーツ姿で、この時間もリヨン本部のオフィスに残っていた。背後のソファでは、愛猫《あいびょう》のガナッシュがすやすやと丸くなっている。

「担当医は、ユア・フォルマの異常停止《クラッシュ》が原因だと言っています。たとえるのなら、わたしの電索で脳を焼き切られていた補助官たちに近い状態です。全員軽傷ではあるそうですが……」

エチカは言いながらも、胸が押し潰されそうだった。

一体どうして、こんなことになってしまったのか。

『ビガの容態はどうなの？』

「先ほど処置を終えて、ICUに移りました」ハロルドが答える。「ユア・フォルマを介しての治療が上手《うま》くいったそうで、数日で意識も回復するとのことです」

『唯一の朗報ね』

彼は端末の角度を変えて、トトキにICU内の様子を見せている――ビガは、通路に最も近いベッドに横たわっていた。酸素カニューレを装着してこそいるものの、寝顔は穏やかだ。後遺症の恐れも極めて低いと聞かされた際には、心底安堵《あんど》した。

だが――もちろん、問題は何一つ解決していない。

ユア・フォルマが自然にクラッシュを起こすことは、極めて稀《まれ》だ。それが、同じレストランにいた複数人に同時に発生したとなれば、単なる偶然とは考えにくい。何らかの手段で人為的に誘発された、電子傷害事件と受け止めて然《しか》るべきだろう。

『ヒエダ。被害者のユア・フォルマにクラッキングの形跡は？』

「不審な接続履歴はありませんでしたが、隠蔽の可能性も捨てきれないかと」

『同意見よ。本部からも応援を送るから、あなたたちは引き続き現地で捜査を続けて』トトキは視線を画面の外に動かして、『それと……例のポール・ロイドについても今調べているわ。少し時間をちょうだい』

「はい」正直、一連の騒動ですっかり頭から抜け落ちていた。「よろしくお願いします」

通話を終了する——エチカは今一度、ガラスの中のビガを見た。固く閉ざされた瞼《まぶた》に、どうしようもなく胸が痛む。こうなってしまうのなら、いっそ彼女を留守番させておくべきだったかも知れない。

「補助官。このクラッシュ事件、ラッセルズが関係していると思う？」

「現時点では何とも言えません」ハロルドも、案じるようにビガを見つめている。「ただ、被害者たちの共通項は既に明らかです」

彼が視線で示したのは、ベッドサイドの医療用バットに置かれたチョーカー——電子回路を織り込んだ、エゴトラッカーだ。

エチカ自身、被害者たちのパーソナルデータを見た時から薄々予感していたが。

「倒れたのは、全員が『Project EGO』の参加者というわけだ」

「ええ。それも島内の定住者ではなく、外部からの招待客に限られていると思われます」

「――実際、その見立てで間違っていないようだぞ」

エチカとハロルドは顔を上げる――通路の奥から、厳しい面持ちのフォーキン捜査官がやってくるところだった。彼はジャケットを脱いでタイも外しており、身軽なウエストコート姿だ。その背後に、青ざめたムルジャーナが続く。

「ムルジャーナ開発部長の案内で、ここの事務局から情報を貰《もら》ってきた。被害者十五人の内訳だが、全員がパーティのためにやってきた招待客で、エゴトラッカーを利用している」

フォーキンが言いながら、『Project EGO』の外部登録者リストを共有してくる。エチカはユア・フォルマで、ハロルドはウェアラブル端末でそれぞれ受け取った――リストを展開すると、確かに今回昏睡《こんすい》した被害者たちの名前が並んでいる。もちろん、ビガも含まれていた。

あの時、彼女がエゴトラッカーに手を出すのを止めるべきだった。

エチカは、こみ上げる後悔を奥歯で嚙《か》み潰す。

「犯人はエゴトラッカーの脆弱性《ぜいじやく》を突いて、被害者のユア・フォルマをクラックしたの？」

「難しいかと」ハロルドがかぶりを振る。「アミクスとの連携を目的としたエゴトラッカーは、分類ではIoTデバイスのはずです。ユア・フォルマ側から不正接続することはできても、その逆は困難と思われますが……いかがでしょう、ムルジャーナ開発部長？」

話を振られたムルジャーナは、極めて顔色が悪い。都市全体で推進していたプロジェクトに暗雲が垂れ込めているどころか、人為的な被害が生じたのだから当然だろう。

「その通りですわ」彼女は自分を抱きしめるように腕を組んだまま、「開発部としては、ペアリングアミクス側のエラーを疑っています。アミクスなら理論上は、エゴトラッカーを経由して被害者のユア・フォルマに影響を及ぼすこともできるはずですから」

エチカはハロルドを仰ぐ。「ただのエラーで、クラッシュを引き起こせるもの？」

「あまり現実的ではありません。仮にエラーではなく改造ならば、まだ可能性はあるかと」

アミクスの改造——エチカは唇の裏側を吸う。思い起こされるのは、やはりラッセルズだ。彼はベールナルドの効用関数システムを改竄《かいざん》し、危険な自律性を与えようとしていた。もしアミクス側の意思で人間を攻撃できるのなら、クラッシュも可能なわけか。

「いいえ、改造は有り得ません。ペアリングアミクスに何か問題があればすぐに気付きます」

「原因はともかく、そのデバイスは一旦外されたほうがいいんじゃ？」

フォーキンが気がかりそうに、ムルジャーナの首を一瞥《いちべつ》する。このような状況下にあっても、彼女は未《いま》だにエゴトラッカーを身につけたままだった。

「ご心配なく」ムルジャーナは表情を硬くして、首元を押さえる。「今同期を止めてしまったら、羽化に近づけなくなってしまうかも知れません。私の一存でプロジェクトに影響を与えるわけにはいきませんわ」

彼女は頑《かたく》なに拒むのだ。被害者が招待客のみに留まっていることや、開発部長という立場故の意地もあるのだろう。だが全容が解明されていない以上、恐怖が先立つほうが自然だ。やや異常な執念に思える——『羽化』は文脈からして、ペアリングアミクスの長期自律制御実験の成功を指しているようだが、例の人形劇も相まって何となく薄気味悪い。

どうあれ確かなのは、『Project EGO』とクラッシュには何らかの関連性があり、自分たちは捜査官として見過ごすべきでないということだった。

「エゴトラッカーとペアリングアミクスを詳しく調査させて下さい」エチカは言う。「もしアミクスたちが改造されているのなら一大事——」

「あるいは今度こそ、RFモデルのコードに欠陥があるという結論が出るかも知れんぞ」

エチカたちは揃《そろ》って振り向く——疲れた様子のトールボット委員長が、通路を歩いてくる。事件発生時、彼もあの場に居合わせたが、エゴトラッカーを利用しておらず被害はなかったようだ。恐らく運営監査として、被害者たちの容態を聞きにきたのだろうが。

「どういうことです?」エチカには、話が飛躍したようにしか思えなかった。「今回の件と、ルークラフト補助官たちには何の関係もありません」

「いいや関係がある」トールボットはハロルドに暗い眼差《まなざ》しを送り、「ここのペアリングアミクスに使われているシステムコードは、RFモデルと同じだ」

エチカとハロルドは、図らずも顔を見合わせる——RFモデルは神経模倣システムによって思考しているが、その事実は絶対の秘密だ。つまりトールボットが言っているのは、表向きに公表されているRFモデルのシステムコードであり、謂《い》わば『外殻』のことに過ぎない。

ただ外殻とはいえ、RFモデルの自律性に説得力を与える程度には、優れたシステムだ。そういうことか——ユーヌスを始め、ペアリングアミクスたちが人間と遜色ない自然な振る舞いを習得できるのは、RFモデルと同様の根幹を持っているからなのだ。

要するに彼らもまた、次世代型汎用人工知能と呼ぶに値する存在ということになる。

「スティーブの暴走事件を受けて、一度は『Project EGO』を見直す案も上がったが……ノワエ社は改めて安全性を保証し、再審査でも不備はなかった」トールボットは、極めて頭が痛そうだ。「どうにも、呪われているとしか思えん」

「呪いではなく、人為的な傷害事件です」フォーキンが珍しく、強い口調で言い切る。「我々電子犯罪捜査局が捜査を始めます。明日には本部から応援が到着しますので」

「捜査官、時期尚早です」ムルジャーナが、不愉快そうにフォーキンを睨《にら》む。「まずはノワエ社の担当者を呼んで、ペアリングアミクスを調べさせますわ。事件として扱うのは、改造でも何でもそれなりの痕跡が出てからで十分でしょう」

ファラーシャ・アイランド側としては、なるべく事を大きくしたくないのだろう。世界中から投資を受けた研究都市で、外部の出資者を巻き込む形で人的被害が広がったとなれば、メディアが騒ぎ立てて非難が集中することは目に見える。『Project EGO』が最重要案件なのは明らかで、万が一にも中断すれば損失は計り知れないはずだ。

しかし、こちらはビガが巻き添えを食っている。

同じ人工島内にいながら、うかうかと指をくわえて見ていられない。

「だったらこうしましょう」エチカは食い下がった。「わたしたちは元々調査していた事件の延長線上で、今回の件も捜査するだけです。これなら、痕跡が見つかるのを待つ必要もない」

「そんな無茶苦茶な理由付けが通るとでも——」

「ああ失礼。たった今手が滑って、ノワエ社にメッセを送ってしまいました」ハロルドがわざとらしく、ウェアラブル端末を振ってみせる。「ペアリングアミクスのシステムコードが私と同じなら、管轄は特別開発室……アンガス室長でよろしいですね？」

トールボットがハロルドを睨《ね》め付けたが、アミクスは顔色一つ変えず平然としている。傍《かたわ》らで見ていたエチカのほうが、たじろいでしまうほどだった。

フォーキンがきっぱりと言い放つ。

「何にせよ、我々はここで仕事をさせてもらいます。もし必要なら令状を請求しますが？」

「……とにかく、私ではなくヒューズ事務局長に話すことだ。いいな」

そこで委員長は、ユア・フォルマを通じて何らかの連絡を受け取ったようだ。視線を宙に投げると、苛立《いらだ》ちを隠さずに歩き出す——ムルジャーナが不本意そうに、「ご案内します」ときびすを返した。フォーキンが手振りでエチカたちに待機を命じて、彼女に続く。

事務局長を言いくるめるのは、彼に任せるとして。

「補助官」エチカはハロルドを見やった。「本当にノワエ社に連絡したの？」

「はったりです」やっぱりか。「ビガのためにも、何もしないわけにはいかないでしょう」

「もちろん、わたしもそう思ってる」

「それに、ムルジャーナ開発部長の非言語行動がやや引っかかります」

エチカは黙って眉根を寄せる。アミクスは物思うように、離れていくムルジャーナたちの背を眺めていた——やがてこちらを向いた湖の瞳には、静かな確信が燃えている。

「恐らく彼女たちは、我々に隠し事をしていますね」

どういうことだ？

YOUR FORMA

第二章―亀裂

1

レストランで発生した集団クラッシュ事件から、一夜が明けた。

〈推奨睡眠時間を達成していません、過度なストレスに注意して下さい〉

エチカはモノレールのシートに背中を預け、車窓から差し込む陽光に目を細める。数時間は仮眠を取ったが、若干頭痛がしていた——正午を迎える車内にひと気はない。そもそもこの人工島の定住者は五千人程度だそうで、公共交通機関がごった返すほうが珍しいのだろう。

「補助官。フォーキン捜査官は、ムルジャーナ開発部長とエゴトラッカーの調査を？」

隣のハロルドに問いかける。アミクスは昨夜の仰々しいタキシードから一転、身軽なジャケット姿に戻っていた。無論よそよそしい態度は健在だが、もはや気にしていられない。

「ええ、先に出ていかれました。終わり次第、合流するとのことです」

「彼は遅くまで事務局長を言いくるめていたんでしょう。ちゃんと眠っていた？」

「一時間ほどですが、ベッドでお休みになっていましたよ」それは休んだうちに入らないだろう。「ビガへの心配も相まって、今朝は気が立っておいででした」

ハロルドとフォーキンは、同じコテージに宿泊している。エチカはビガと一緒に泊まるはずだったが、彼女があのようになってしまったため、必然的に一人で寝起きしていた——ICU

で眠っているビガの顔を思い描く。早く、目を覚ました彼女と話がしたい。

自分で思っていた以上に、友人として大きな存在になっているのだと痛感する。

「夕べきみが言っていたムルジャーナ開発部長たちの隠し事だけれど、進展は？」

「ペアリングアミクスを調べれば何か出るはずです」ハロルドの頬は日射しに触れられて、透き通りそうなほど白い。「ともかく、タワーでアンガス室長に会いましょう」

ノワエ・ロボティクス本社から、アンガス室長率いる特別開発室の技術チームが到着したのは、一時間ほど前のことだ。ロンドンからドバイへのフライトが七時間程度かかることを考慮しても、彼らが朝一番の便に飛び乗ったことは想像に難《かた》くない。

捜査局としては非常に有難《ありがた》い話だったが。

「きみが電話したら、彼らは文字通り飛んできた。事件が起きているにしたって早すぎる」

「アンガス室長とは長い付き合いですから。私の頼み事は大抵聞いて下さるのです」

モノレールが中央技術開発タワーに到着すると、エチカたちはエレベーターに乗り込み、五十五階の第一技術開発部へ向かった。ペアリングアミクスの調整を担当する部署だ――ロビーのカウンターにペアリングアミクスがいて、エチカが捜査局のIDカードを提示すると「お引き取り下さい」などと言い出した。事務局長が許可したにもかかわらず、これである。

「話が通っていないのかも知れないけれど、わたしたちは――」

「ああお待ちしていました、ヒエダ電索官。ハロルドも」

通路から、温厚そうな赤毛の壮年男性が現れる。アミクスを言いくるめようとしていたエチカは、ほっと肩の力を抜いた――〈ピーター・アンガス。三十七歳。ノワエ・ロボティクス本社開発研究部、特別開発室室長……〉アンガスはRFモデル関係者襲撃事件後、レクシー博士がノワエ社を除籍処分となったのちに、新たな室長に就いたのだった。

「お久しぶりです」エチカはアンガスと握手を交わした。「お越しいただいて感謝します」

「とんでもない」アンガスが気にしたように周囲を見回す。「トールボット委員長にはまだお会いしていないんですが、まさかこれからここに来たりは……」

「ご安心下さい」ハロルドが横から言った。「彼は事務局に張り込んで、事件を世間に知られないようメディアからの連絡に神経を尖《とが》らせているはずです」

「いや……ハロルド、委員長はぼくに怒っているんじゃないのか？　『こうなったのもノワエ社が欠陥品のアミクスを寄越したからだ』と。すぐに駆けつけなかったら、委員会の権力を使ってノワエ社からぼくを追放するって――」

「一般的なアンガーマネジメントに依《よ》れば、人間の怒りのピークは六秒間だそうですよ」

ハロルドが、早々にアンガスの背中を押して歩き始める――エチカは鼻から息を漏らしてしまった。なるほど、『長い付き合いだから大抵の頼み事は聞いてくれる』ね。

そうして三人が向かった先は、第一メンテナンスルームだ。室内は随分と広く、並んだメンテナンスポッドだけでも十基以上に及ぶ。既に被害者たちのペアリングアミクスの解析が始まっており、ノワエ社の技術チームはもちろん、第一技術開発部の面々も協力して作業に勤《いそ》しんでいた。

アンガスは気を取り直そうとしているらしく、やんわりとうなじを掻《か》く。

「今、被害者のペアリングアミクスをポッドに入れて、個別スキャンしているところです」

「個別スキャン？」ハロルドが問う。「自己診断では問題を検出できなかったのですか」

「ああ、でももし改造ならどのみち隠蔽されている。一体ずつ調べたほうがいいんだ」彼はそこで、そわそわと視線を動かした。「実は、修正したスティーブのシステムコードが参考になりそうだったので、持ってきました。それを基軸にスキャンプログラムを構成して、今走らせているところなんですが……その、電索官には早めにお伝えしておかなければいけないなと」

「はい」エチカは頷《うなず》いたものの、何も理解していなかった。「何のことですか？」

「こちらに」

アンガスが踏み出すので、怪訝《けげん》に思いながらエチカたちも追いかける。彼が向かったのは、壁と一体化するようにせり出したデスクだ。ノワエ社が持ち込んだと思《おぼ》しきラップトップPCからケーブルが垂れて、傍《かたわ》らの黒々とした解析ポッドに接続されている。いや。

正確には――ポッドの中で起き上がっている、それへと。

エチカは思わず、その場で動きを止めてしまった。

「室長」ハロルドも分かりやすく目を眇《すが》める。「『システムコードを持ってきた』のでは？」

「君がぼくを急かすからだ。朝一番のフライトに間に合わせるためには、こうするしかなかった」アンガスは気まずそうに、「倫理委員会にも、事件解決までの間は持ち出し許可を取っている。手続きの上では何も問題ない」

やりとりが聞こえているだろうに、ポッドの中の彼は反応を示さない——精巧に作り込まれた面差しは、ハロルドと寸分たがわず同じだ。一つ違いを挙げるとするならば、薄いほくろが右ではなく左頰にあることくらいか。再起動して間もないせいか、櫛《くし》が入っていないブロンドの髪が目許《めもと》に垂れかかり、羽織ったメンテ用ガウンはやや着崩れていた。

——スティーブ・ハウエル・ホイートストン。

ハロルドと同じRFモデルであり、かつてリグシティで働いていた彼の『兄』。

知覚犯罪事件の捜査後、ノワエ社が強制機能停止措置《シャットダウン》を執ったと聞いていたが。

「すみません、電索官」アンガスが気遣わしげに囁《ささや》く。「あんなことがあったのでご不安かも知れませんが、今のスティーブは安全です。問題の暴走コードは引き抜きましたし、手足の伝導率も調節しているので、ゆっくり歩いてペンを一本持つのがやっとですよ」

「いえ、わたしは……」

知覚犯罪事件の捜査において、スティーブにホロモデルを撃たれたことを思い出す——確かに自分にとって、決していい思い出とは言えない。だが当時から、主人のテイラーに裏切られたスティーブには同情していたし、今更責めるつもりもなかった。

いっそ彼のほうが、こちらの顔を見たくなかったのではないかとさえ思う。

「ああ待ってくれ、今行くから」チームの技術者に呼ばれたアンガスが、そう返す。「電索官、ここでお待ち下さい。あと五分もすればスキャンが終わりますので――」

そうして彼は、慌ただしく離れていった。

残されたエチカはいたたまれない気分で、ひとまずハロルドに目をやろうとしたのだが、

「――ハロルド。ミスタ・テイラーが亡《な》くなったというのは、本当か」

不意に、スティーブが声を発する――ようやくこちらを向いた瞳は、涸《か》れた泉に灰が降り積もったかのようだった。いつぞやの、凍っていたハロルドの目を彷彿《ほうふつ》とさせる。

「本当だ」ハロルドが静かに答える。「初公判が開かれる前だった」

「……そうか」スティーブは眦《まなじり》をかすかに歪《ゆが》めてから、エチカへ視線を移す。「ヒエダ電索官。不可抗力ではありますが、こうしてあなたの前に姿を見せたことをお詫《わ》びします。どうか、私を許さないでいただきたい」

「いや」エチカは返答に詰まる。「それは別に……、最初から怒っていない」

もっとウェットな慰めを並べるべきだったかも知れないが、上手《うま》く言葉が出てこない――今のスティーブの口ぶりは淡々としていて、感情を込めることにすら疲れ果てているかのようだ。不用意なことを言えば、ばらばらになってしまいかねないと思わせる何かがある。

「兄さん。あなたが眠っている間にレクシー博士が逮捕され、マーヴィンが死んだ」

「アンガス室長から聞いている」スティーブが目を伏せる。「博士に、今後私を再起動しないよう頼んだが、室長には伝わっていなかったらしい。時間の流れとは残酷だ」

二人の声色に再会の喜びは微塵《みじん》もない。もともと、彼らの『兄弟愛』は人間とは異なるそうだから、そのためだろうが——エチカはそれ以上に、スティーブが謂《い》わば希死念慮を抱いていることに、ぞっとしてしまった。人間に近い神経模倣システムを搭載しているとはいえ、自死を望むアミクスを目の当《ま》たりにしたのは、これが初めてだ。

テイラーの裏切りが、彼をひどく傷付けたことは間違いない。

たとえ世間的には犯罪者でも、スティーブには唯一の恩人だったのだろう。

ハロルドにとっての、亡《な》きソゾンと同じように。

「——電索官、来てもらえますか！」

離れたところから、アンガスが神妙な面持ちで手招く。彼の周囲には数人の技術者が寄り集まっていた。何か発見があったようだ——エチカは重苦しい空気から逃れるように、ハロルドとともにそちらへ急いだ。

「やはり改造の痕跡がありました」アンガスが、タブレット端末の画面に並んだ文字列を見せてきた。各メンテナンスポッドから届いた解析結果だそうだが、エチカにはさっぱりだ。「どうやら、全てのペアリングアミクスのプロトコル・オルドが入れ替えられているようです」

「プロトコル・オルド？」

「アミクスの通信に関与するプロトコル階層の総称です」ハロルドが教えてくれる。「基本的には、ユア・フォルマとのIoT連携に特化したものを搭載しているはずですが」

「通常はそうなんだが……このペアリングアミクスたちに積まれているのは、まるで別物だ」

「具体的にはどんな？」

エチカが訊《たず》ねると、アンガスの眉間にらしくもなく深い皺《しわ》が刻まれていく。

「恐らくですが、アミクス同士を相互ネットワークで接続することを目的としたものかと」

——何だって？

エチカとハロルドは気まずさも忘れて、目を見交わしてしまった。

本来アミクス同士を直接オンラインで繫《つな》ぐ行為は、国際AI運用法により禁止されている。理由としてアミクスをオンライン環境に置くことで、効用関数システムに不具合が生じやすくなることやクラッキングへの懸念《けねん》が挙げられているが、人間側の心理的抵抗感も重要視されていた。こちらのプライバシーを知り尽くしたアミクスが、所有者の与《あずか》り知らぬところで他人もしくは他のアミクスと通信するというのは、単純に考えても気分がいいものではない。

しかし——この島では、規定の国際AI運用法に則《のっと》る必要がないのだった。

そもそも全てのペアリングアミクスは、自分自身の『分身』という扱いだ。

「つまり」エチカの視線は自然と、ハロルドのウェアラブル端末へ落ちていた。「ペアリングアミクスたちは、きみみたいに端末を使わなくてもオンラインに接続できる？」

「そうなります。ユア・フォルマユーザー同然に、頭の中で互いにやりとりしている」

思えば保管庫でのユーヌスは、いつの間にかムルジャーナのペアリングアミクスを呼び寄せていた。当時はあまり気に留《と》めていなかったが、恐らく相互ネットワークを使って連絡を取り合っていたのだろう。

何にせよ、これが事実ならば。

「――夕べ否定したクラッキングの線が、一気に復活することになる」

ペアリングアミクスがネットワークに繋《つな》がっているのなら、エゴトラッカーを経由して、特定ユーザーのユア・フォルマに攻撃を仕掛けることもできたはずだ。しかもそうしたところで、エゴトラッカーやユア・フォルマ自体に不正接続の痕跡は残らない。

足跡がつく場所は、相互ネットワーク内に限られる。

「すぐに、フォーキン捜査官たちを呼びましょう」

連絡から数分足らずで、フォーキンとムルジャーナがメンテナンスルームにやってきた。二人はもともと、数階離れた第二技術開発部でエゴトラッカーを調べていたが、そちらは特に収穫がなかったらしい。

事情を聞いたムルジャーナは、何かを観念したように瞼《まぶた》を閉じた。

「ええ……確かに、私たちはペアリングアミクスのプロトコル・オルドを入れ替えました」

エチカはついハロルドの横顔を仰ぎ見そうになり、自制する。

——彼が嗅ぎ取っていた『隠し事』とは、このことだったのだろうか？

「ムルジャーナ開発部長。あなたは最初、『アミクス側のエラーが原因かも知れない』と我々に言いましたね」フォーキンが薄目で彼女を見る。「心当たりがあるのに、嘘《うそ》の供述を？」

「相互ネットワークが原因だとは決まっていませんでした」ムルジャーナは強気だった。「もしそうなら、今頃『Project EGO』の参加者全員が倒れていなければおかしいと……」

「そもそもノワエ社は何の報告も受けていません」アンガスが迫力なく嚙《か》みつく。「相互ネットワークの実装だけでも問題なのに、何故《なぜ》わざわざ改造を隠そうとしたんです？」

「隠したわけじゃありません。規定外のものなので、自動的に自己診断のスキャン対象から外れてしまっただけです」彼女はどんどんと早口になる。「そもそもトールボット委員長は許可しています。何《いず》れアミクスがネットワークに繫《つな》がる時代がくるんですから」

「その手の話は、ぼくら技術者の倫理観にまで発展しますよ。運用法に縛られないのなら何をしてもいいと言うんですか？」

「とにかく！　プロジェクトに横槍《よこやり》を入れられたくなかったんです。もしこの不条理な事件のために進行を中断することになったら、多大な損失を被《こうむ》ります。何よりも、」

「大勢の被害者が出ている。功績よりも優先させなくてはいけないものがあるはずでしょう」

厳しく吐き捨てるフォーキンは、疲労を隠し切れていない。目の下にくっきりと張り付いた隈《くま》は、もはや痛々しいほどだ――ビガがああなって以降、彼もショックを受けている。以前から人一倍同僚の身を案じる人だ、心労もひとしおだろう。

都市側の捜査に対する非協力的な態度は腹立たしいが、言い合っても何にもならない。

「相互ネットワークに、クラッキングの痕跡がないかどうかを調べましょう」エチカは、今にも衝突しそうな三人を宥《なだ》めた。「補助官、どうすればいい？」

「犯人がどこから侵入したか分からない以上、事件発生時にネットワークに繋《つな》がっていた全てのペアリングアミクスを、一体ずつポッドに入れて解析するしかないかと」

一体ずつか――考えるまでもなく、げんなりとした気分になった。何せ『Project EGO』は人工島全体を挙げておこなわれており、定住者のほとんどが参加している。つまり五千体近くのペアリングアミクスを地道に調べるしかなく、恐ろしく時間がかかることは自明だ。

もたついているうちに、次なるクラッシュが起きないとも限らない――エチカはちらと、ムルジャーナの首を見る。彼女を始め、プロジェクトから離脱したがる定住者は、あろうことか一人もいないようだった。彼らはこの計画に強く執着している。

エゴトラッカーを外させるのが難しい以上、なるべく解決を急ぎたいところだが。

「アンガス室長。他にもっと効率的な方法はないんですか？」

「ハロルドの案が最善ですね」アンガスは、尚《なお》も怒りが収まらない様子だ。「ただ犯人が不正接続の痕跡を誤魔化そうとしていたのなら、既に足取りを摑《つか》めない可能性も……」

「――もう一つ、確実かつ効率的な方法をご提案できます」

エチカたちは各々《おのおの》に首をめぐらせ、静かにぎょっとした。

スティーブが、おもむろにポッドから降りたところだったのだ。彼はどうやらこれまでの話を聞いていたらしく、ガウンの前を合わせながらこちらへ歩いてくるではないか。伝導率が低下した影響で足運びはおぼつかず、ほぼ摺《す》り足《あし》だった。周囲の技術者たちが、うろたえたように目を見交わしている。

「スティーブ」アンガスが慌てて制した。「いけない。ポッドに戻りなさい」

「私を『安全』に調整したのはあなたです、アンガス室長」スティーブの手は、ガウンの紐《ひも》を結ぶのもやっとに見える。「アミクスを一体ずつポッドに入れるのが手間なら、相互ネットワーク内に潜ればいいでしょう」

エチカたちは困惑を隠せなかった。いきなり何を言い出すんだ？

「どうやって？」フォーキンはスティーブを凝視している。そういえば、彼らは初対面か。

「まさか、電索を使うって言うんじゃないだろうな」

「無理です」エチカはかぶりを振った。「電索で潜れるのはユア・フォルマの機憶だけで、アミクスの相互ネットワークは対象外……」

「ええ。ですが、我々でしたら直接入り込めます」

スティーブが、ハロルドを一瞥《いちべつ》する。弟は物静かに、兄の眼差《まなざ》しを受け止めただけだ――もちろん、エチカを含めた人間たちは顔を見合わせてしまう。まだ理解が追いつかない。

「確かに」と、ハロルドが口を開く。「我々も同じアミクスですから、相互ネットワークに入り込むことはできるでしょう。プロトコル・オルドは調整する必要がありますが」

「私が手を貸す」スティーブが言って、ムルジャーナを見やった。「あなたにもご協力いただければ、更に時間を短縮できるかと」

思い返せばスティーブはプログラミングを始め、その手の知識が極めて豊富なのだった。リグシティにおいては、『よろず屋』と呼ばれるほど万能な存在だったはずだ。

ムルジャーナが気圧《けお》されたように、小刻みに頷《うなず》く。

「それは、ええ。こうなったからには手伝いますけれど……」

「駄目だ」アンガスが遮った。「コードは同じでも、君たちはペアリングアミクスじゃない。効用関数システムに異変が生じるかも知れないし、最悪ウイルス感染の恐れも……」

「私がハロルドと一緒に潜れば対策できます、出会い頭にウイルスの脆弱《ぜいじやく》性を突きましょう。また仮に効用関数システムが歪《ゆが》んだとして、それを修正するのがあなた方の仕事では？」

スティーブに涼しい眼差《まなざ》しを向けられて、アンガスがぐっと黙りこくる――エチカはあっけに取られたまま、成り行きを見守るしかない。

そもそも何故《なぜ》スティーブは、いきなり前のめりに協力を申し出てきたんだ？　つい先ほどまでは、激しい希死念慮に囚《とら》われていただろうに。

あまりにも急に、風の吹き回しが変わったように思えてならなかった。

「いかがですか、捜査官？」

「いやその」フォーキンもしどろもどろだ。当然だった、こんな捜査手段はこれまでに聞いたことがない。「何かしらの手がかりを見つけられるのなら、捜査局《うち》としては歓迎するが……ただ、ルークラフト補助官の安全が絶対だ」

「もちろんお約束します。ハロルド、君の意見を」

スティーブが、黙っていた弟に視線を送る。

ハロルドの判断は早かった。珍しく、少しも微笑《ほほえ》まずに顎を引くのだ。

「お任せいただけるのなら喜んで。ビガのためにも、早急に手がかりが必要ですから」

まさか、『潜る』のを見守る側に立たされることになろうとは。

ハロルドとスティーブが相互ネットワークへ入るにあたり、メンテナンスルームは再び慌ただしくなった。ノワエ社と第一技術開発部の技術者たちが、それぞれに被害者のペアリングアミクスを再起動し、相互ネットワークへの接続を確立していく――かたや、ムルジャーナ開発部長がスティーブの協力を得て、プロトコル・オルドの組み替えをおこなっていた。

「正直想像がつかないんだが……ネットワークに潜るってのは、どんななんだ？」

「わたしにも分かりません。電索とはまた少し違うはずですが」

隣のフォーキンは、参ったようにぐしゃぐしゃと髪を掻《か》いている。エチカも言い知れぬ不安を誤魔化そうと、壁に背中を押しつけた。ここが禁煙でなければ、煙草《たばこ》を一服しているところだ――何も分からない身としては、不安がないと言えば嘘《うそ》になる。

「何にせよ、上手《うま》くいけば御の字ってところだが」

「……無事に終わることを祈りましょう」

エチカは深呼吸して、首に手を押し当てた。

やがてハロルドとスティーブが、ハッチの開いたポッドにそれぞれ横たわる。アンガスが、二人の耳の接続ポートをUSBケーブルで結び合わせた。彼らは大人しく身を任せていて、その姿は意志を持った人間というよりも、人形に近い。

こういう時、ハロルドが人ではなく機械なのだということを、強く認識させられる。

――とにかく、手がかりを見つけてくれ。

＊

実体を持たない相互ネットワークに意識を注《そそ》ぎ込むのは、実に奇妙な体験だった。まるで、暗い筒の中を流れ落ちる水そのものになったような心地だ――ハロルドはまばたきをしようとして、今の自身に瞼《まぶた》や眼球がないことを思い出す。

以前、AIの成長とボディの有無は切っても切り離せない関係だ、とレクシー博士が話していた。確かにここは手触りも匂いも音もなく、刺激が非常に少ない。行く手にぽつぽつと、四角く縁取られた小さな光だけが浮かび上がっている。その全てが、各ペアリングアミクスたちの通信プロトコルだった。

『兄さん、聞こえるか？』

ハロルドが発したのは、声ではなくある種の信号——思考の欠片《かけら》だ。予《あらかじ》めスティーブとボディをケーブルで繋《つな》ぎ合《あ》わせておき、ネットワーク内でもやりとりできるようにした。

『周囲の安全を確認している』スティーブの思考が返ってくる。『問題ない。進もう』

『犯人の痕跡を探す』

ハロルドは歩き出そうとしたが、足がないので泳ぐように前へ進む。潜行といった感覚に近い——以前エチカが、機憶に飛び込むのは体を脱ぎ捨てるようなものだと話していたが、まさにその通りだ。もともとボディに縛られていない身としては、彼女よりも没入感が強いかも知れない。

『それは今考えなくてはならないことか？』スティーブが迷惑そうに——声色が存在しないため、あくまでそういった感情エンジンの働きが伝わるという意味で——問いかけてくる。『ハロルド。今は互いの思考処理の境界が曖昧だ、半分ほどは筒抜けになっている』

『すまない』気付かなかった。『兄さん。そちらから何も流れてこないのは何故《なぜ》だ？』

『思考タスクを閉じている。君に覗《のぞ》き見られたくない』

思えば自分も、かつてはそうできたはずだ。いつの頃からか、すっかり制御が利かなくなっている――幾つかプロトコルを確かめるも、侵入の形跡はない。更に先へ進んでいく。

それにしても。

『兄さん。何故《なぜ》捜査局に協力を？』潜る前から、疑問に感じていた。『あなたにとっては、まるで無関係な事件だ。そもそも、再起動したくなかったとまで言っていたのに』

『ヒエダ電索官の顔を見て、やるべきことを思い出した』スティーブのそれには、欺瞞《ぎまん》があるように思える。『彼女に罪滅ぼしがしたいのだと言っても、君は恐らく信じないだろう』

『信じるが、理由の一つに過ぎないと考える』

『技術開発部の人々を見ていて、やや気になることがあった』

ハロルドは腑《ふ》に落ちる。兄が抱いた違和感なら、自分もとっくに感じ取っていた。

ムルジャーナを始めとする人工島の人間たちは、『Project EGO』に執拗《しつよう》な執着と敬意を示している。技術者の情熱と言うには些《いささ》か過剰で、兄はその点が引っかかったのだろう。ハロルドから見ても、全員の非言語行動がやけに似通っているのは奇妙そのものだった。

『兄さん、あれの原因についてどう考える？』

『推測はあるが、今の君には話せない。確信を持った時でなくては』

頑《かたく》なな意志がうっすらと伝わってきて、ハロルドは静かに戸惑う。問《と》い質《ただ》すべきか迷ったが、スティーブは人間でなくアミクスだ。駒のようにたやすく、思い通りのマスへと進められる相手ではない。

ともあれ、兄の動向は注視する必要がありそうだった。

『ハロルド。私を疑わしく思っているようだが、君に迷惑をかけることはない』

『杞憂《きゆう》だ。仮にあなたの行動で同型の私が疑いを向けられたとしても、収拾できる』

『それは……』訝《いぶか》るような気配。『極めて頼もしいが、簡単ではない』

潜行を続けるが、やはり何の痕跡も残されていない。しかし、針を通せば必ず穴が空く。どこかに証拠があるはずだ──一方で先ほどから、この異質な状況に対して、ボディに搭載した感情エンジンが懸念《けねん》を吐き出し始めていた。自分のあらゆる感覚処理が、如何《いか》にして肉体に結びついているかをまざまざと教えられる。アミクスとして作られた以上、やはりどうしようもなく『人間らしさ』に準拠しているらしい。

しかしだからといって、容易に人間を理解できるわけではないのが、実にもどかしかった。

──『わたしたちは話し合うべきだよ』

昨夜のメモリが再生されそうになり、とっさに打ち消したのだが。

『──ハロルド、またヒエダ電索官について思考しているのか？』

間に合わなかったらしい。

『思考タスクの制御効率が下がった』ハロルドは白状する。『実は、彼女と距離を置こうとしている。レクシー博士が、エチカに神経模倣システムについて知らせてしまった』

もともとスティーブはあまり感情を表さないが、これにはさすがに驚いたようだ。

『博士は一体何を考えている？』

『分からないが、彼女に真実を教えることを「面白そう」とでも思ったんだろう』

ましてやその後、エチカは何ヶ月間も秘密を隠し通してみせた。しかもRFモデル関係者襲撃事件で、彼女に対する観察の自信を削《そ》がれた自分は、何一つ見破れなかったのだ。何度思い出しても情けない。

『今更距離を置いても、気休めだろう』スティーブの正論が刺さる。『ヒエダ電索官のユア・フォルマは、神経模倣システムを黙認したという事実を機憶に残している。有効な対処法は多くない、せいぜい機憶を抹消することくらいだ』

『悪手だ』ハロルドは反駁《はんばく》した。『抹消には痕跡が伴う、かえって疑念を拭い去ることが難しくなるだろう。せめて彼女を遠ざけることで、疑いの目が向かないようにしたいが』

『そこまで考えているのなら、何故《なぜ》まだヒエダ電索官のパートナーを？』問いかけられて、ハロルドの思考をソゾンの面影がよぎる。スティーブは察したようだ。『別の電索官を探すべきだ。ヒエダ電索官より能力が劣るとしても、互いの安全には代えられない』

それもまた正論だ。ソゾン殺害の犯人を捜し出すだけなら、エチカにこだわらなくてもいい。理由を付けてトトキを上手《うま》く言いくるめ、別の電索官に鞍替《くらが》えするほうが――だが、思い起こされるのは夏の出来事だ。ライザ・ロバン電索官と一時パートナーになったが、自分はエチカのことばかりに思考タスクを割いていた。もう一度そうしたところで、果たして上手《うま》くいくものだろうか。

感情の処理に、ひどく負荷が掛かるのを感じる。

『君は随分と変わったようだ、ハロルド』

『感情エンジンが異常を起こしているだけだ、エラーは吐いていないが』

『それは異常とは呼ばない。レクシー博士が予《あらかじ》め組み込んでいた感情が、単に君の理解を超えているだけだ』そうだろうな、分かっている。『実際のところは距離を置きたいと言いつつ、君のほうがヒエダ電索官から離れがたいのでは？』

核心かも知れなかった。

ハロルドは瞬間、かすかな後悔を覚える。捜査のためとはいえ、やはりスティーブと相互ネットワークに潜るべきではなかったかも知れない。

エチカのためを思うのなら、こうした合理的でない感情は無視して然《しか》るべきだろうに。

『君は電索官を深く信頼しているらしい』スティーブはそう続け、『もし私が君なら、彼女がいつか秘密を暴露することを恐れるだろう。何なら、口封じをしようと考えるかも知れない』

『兄さん、それは私に迷惑を掛けないという発言と矛盾する』

『たとえ話だ。今の私はもはや秘密を守り抜くことに固執しない、だが目的がある君は別だ』

彼は投げやりでこそないものの、やはり存在維持への欲求は薄れているようだった。『私は君の選択に関与しない。するべきではない。しかし、一つだけ忠告しておきたい』

これまでしっかりと閉ざされていた兄の思考タスクが、かすかに漏れ出してくる――全身を軋《きし》ませるような冷たい絶望が伝播《でんぱ》して、ハロルドは一瞬、潜行を停止しそうになった。

『私たちは人間のように振る舞えるというだけで、実際の彼らとは何もかもが異なる』

『もちろん分かっている』

『分かっていない』スティーブはわずかに間を置いて、『我々の抱く親愛は、人間のそれとは一致しない。私たちは決して裏切らないが、彼らの心は簡単にうつろう。そこに気付かない限り、無為に傷付くことになるだろう』

君には、私のようになって欲しくはない。

スティーブの思考は、切実な何かを孕《はら》んでいた。

だが、ハロルドには響かない――兄はテイラーに利用されてそう感じるようになったのだろうが、自分とエチカの関係は大きく異なる。共犯という点は似通っていても、彼女はテイラーと違って、ハロルドを単なる『道具』とは見なしていない。むしろ、それこそが問題なのかも知れないが。

何《いず》れにせよ兄の杞憂《きゆう》だ、と結論づける。

ただ――そうしたところで、エチカを遠ざけるのが最善策だという現実は変わらない。

変わらないのだった。

改めてそう突きつけられたかのようで、システムの負荷が静かに上昇する。

『——仕事に戻ろう』ハロルドは会話を終わらせようと、思考を送った。『話しすぎている』

『確かに』スティーブも切り替えたようだ。『ここはウィンザー城の庭園ではなかったな』

そこからは互いにやりとりを控えた。変わらずこちらの思考は筒抜けなのだろうが、スティーブは何も言ってこない——そうして何百個目かのプロトコルに寄りついた時、違和感を覚えた。たとえるのなら、四角い光の形が奇妙に歪《ゆが》んでいるような印象を受ける。

ハロルドは手を触れるようなイメージで、接続履歴を閲覧する。一見すると、何ら問題はなく正常だ。しかし今の自分には、塗り潰された『針の穴』がはっきりと見て取れた。

『不正接続をもみ消した痕跡がある』

『攻撃元を特定しよう』

スティーブがすぐさま、接続履歴からデータの渦を引き出す——それは細かなピースとなって、空間中へ散っていく。かと思いきや、磁石を埋め込まれているかの如《ごと》く互いに吸い寄せられ、パズルさながら形を為《な》した。数秒と要しない出来事だ。

導き出された答えを、スティーブが読み上げる。

『——同じファラーシャ・アイランド内だ。ローカルネットワークを介し、南部の一区画からアクセスしている』

十分すぎる手がかりだった。

2

ファラーシャ・アイランド南部区画は、農業技術開発のために活用されている。シェアカーのウィンドウを飛び去るのは、どこまでも続くガラス張りの人工気象室《ファイトトロン》だ。数ヘクタールにも及ぶ広大な土地に余すところなく建ち並んでいて、景色が全く代わり映えしない。マップがなければ冗談でなく方向感覚を失っているだろう——エチカは後部座席のシートに背中を預ける。気象室内を巡回するドローンを眺めながら、何となく胸元に手をやった。

「フォーキン捜査官。ここの中央管理施設に連絡は？」運転席のハロルドが訊《たず》ねている。

「通ってる」助手席のフォーキンが答えた。「あんたとスティーブが割り出した痕跡が確かなら、そこに攻撃に使われた端末があるはずだ。『踏み台』でなけりゃいいんだが」

「複数の端末を介してクラックを仕掛ける手法ですか。有り得る話ですね」

二人のやりとりを聞きながら、エチカはハロルドの様子をちらと確かめる——相互ネットワークに潜ったあとも、彼の効用関数システムに影響は生じなかった。スティーブによれば危険なウイルスに遭遇することもなく、こうして手がかりを見出《みいだ》せたわけだ。

何よりも、ハロルドが無事に戻ってきて心底ほっとしたことは、言うまでもない。

もちろん、顔にも声にも出さなかったが。

「もし『踏み台』だったとしても」エチカは口を挟んだ。「人工島内の端末を経由したという事実は変わりません」

「そうだな」フォーキンが頷《うなず》く。「そもそもファラーシャ・アイランドのローカルネットワークセキュリティは堅牢《けんろう》だ。犯人は、人工島内の人間だと考えるのが妥当だろう」

着実に、範囲を絞り込めているはずだ。

到着した中央管理施設は、色ガラスがふんだんに使われた角張った建築物だった。この区画へきてから初めて、人工気象室以外の建物を見た——ロータリーにせり出したキャノピーの下で、二つの人影が待っている。ここの管理者と思《おぼ》しき日焼けした壮年男性と、ユーヌスのペアリングアミクスだ。ユーヌスに至っては事件のあと、自ら協力を申し出てきていた。

エチカたちがシェアカーを降りるなり、少年アミクスは急《せ》いたように口を開く。

「母から聞きました。捜査局の皆様に失礼な態度を取ったようで……」彼は心底申し訳なさそうに眉尻を下げている。「本当にすみません。せめて何かお力になれないかと」

フォーキンが答えた。「大事なプロジェクトに横槍《よこやり》を入れて悪いが、これも仕事でな」

「もちろんです。その……ビガさんは大丈夫ですか？」

「安定しているよ」エチカはなるべく穏やかに言う。「心配してくれてありがとう」

ユーヌスは辛《つら》そうにかぶりを振る。心優しい子だな、と思った。

「どうも、ゴメスです。農業研究部門の主任を務めています」

傍《かたわ》らの壮年男性が進み出る。やや突出した眼球と目が合うが、パーソナルデータがポップアップしない――エチカは静かに面食《めんく》らう。まさかこの島の中で、ユア・フォルマ非搭載の人間に出会うとは。

「機械否定派《ラッダイト》の方が何故《なぜ》？　ここは共生地域ではないですよね」

「ええ、ですが機械否定派の従業員もおります。数十人と少数ですが」ゴメスが笑うと、やや歪《ゆが》んだ歯並びが見える。「ユア・フォルマの有無にかかわらず、技能を見て採用するというのがこの都市の趣旨でして……端末は全て事務室で管理しています。こちらにどうぞ」

ゴメスとユーヌスに先導されて、エチカたちは建物の中へ入っていく――エントランスの床に巨大な蝶《ちょう》が描かれていて、極彩色の翅《はね》が目に焼き付いた。壁にはめ込まれたガラスシェルフには、ストールや糸に加え、例の人形劇で見た手縫いの人形が飾られている。

「うちは遺伝子組み換え技術の研究をやっていて、綿花も栽培しているんです。それは従業員たちが作ったもので」ゴメスが、エチカの視線に気付いて説明した。「その……自分は今回の前蛹祝《ぜんよう》いには参加していませんが、ああいうことが起きるのはショックですよ。本当に」

「ゴメスさんたちがいなくてよかったです。特に皆には、見て欲しくない光景だったので」

ユーヌスが顔をしかめて呟《つぶや》く。『皆』？

「あれは監視カメラですか？」フォーキンが天井を指差す。ここでも、吊《つ》り下《さ》がった複数の繭が全方位を捉えているようだった。「もし犯人が端末を使うために出入りしたのなら、映り込んだかも知れません。あとで映像記録を見せて下さい」

「分かりました」

「裏口の数は？」

「北側が宿舎になっているんですが、そこに一つだけありますね。見取り図が必要ですか？」

「ええ是非」

「――ちなみに、防火設備はどうなっています？」

これまで黙っていたハロルドが藪《やぶ》から棒に訊《たず》ねるので、エチカとフォーキンはつい、彼をまじまじと見てしまった。アミクスの端正な面持ちは、至極真剣だ。

「全室にスプリンクラーが設置されています」ゴメスもやや怪訝《けげん》そうに、「非常用階段前には手動起動装置もありますし、防火シャッターも完備していますが……それが何か？」

「少し気になることがありまして。装置を確認してきてもよろしいですか？」

「ああいや、案内しますよ。ユーヌス、捜査官たちと先に事務室へいってくれ」

ハロルドはゴメスと連れ立って、さっさと非常用階段のほうへ離れていく。全く意味が分からない――エチカとフォーキンは、困惑も露《あら》わに顔を見交わした。

「ヒエダ。補助官は何で防火設備を気にしてるんだ？」

「分かりませんが……彼のことなので、何か思い当たる節があるんじゃないかと」

フォーキンは仕方なさそうに首を竦《すく》め、ゴメスに代わって歩き出したユーヌスに続く。エチカも倣《なら》いながら、ハロルドが消えた方向をちらと振り返った——彼の行動に驚かされる感覚は、随分と久しぶりだ。最近は些細《ささい》な情報でも共有してくれていたのに。

胸騒ぎを覚えそうになって、抑え込む。

——仕事に集中しろ。

「ユーヌス」フォーキンが話しかけている。「あんたはここの施設にも詳しいようだが」

「同じ居住区にいた子たちが働いているので、よく遊びにくるんです」ユーヌスはそこで、エチカたちの不思議そうな表情に気付いたらしい。「ああええと、『居住区』っていうのは所謂《いわゆる》難民だけが暮らしている地域みたいなもので、僕もそこの出身なんですが——」

かつて世界中がパンデミックに包まれた際、中東では独立国家を目指す武装勢力が決起し、混乱に乗じて要衝地帯の町や村を支配し始めた。住民の多くは安全のために故郷を離れざるを得なくなり、近隣諸国は難民となった彼らの受け入れ体制を整えた——そのうち、UAE首都のアブダビ近郊に流れ着いたのが、ユーヌスの親世代だったという。立場上、自活できるほどの稼ぎを得られない人が多く、今でも大半が政府の支援を頼りに生活しているらしい。

「僕は母にもともと学があったので、小さい時に居住区を出ることができましたが、皆が皆そうはいかなくて……そのことを前に母がヒューズ事務局長に話したら、居住区の若い人たちをここで雇ってもらうことになったんです」

思いのほか、大変な暮らしを送っていたようだ。エチカは無言で同情する。同時に思い出されるのは、ムルジャーナの態度だった——クラッシュ事件に巻き込まれた被害者を顧みずプロジェクトに執着する彼女が、行き場のない若者たちを思いやる姿はあまり想像できない。もちろん息子のユーヌスに対して、そんなことは口が裂けても言えないけれど。

何かが、ムルジャーナを変えたのだろうか？

施設内の通路は回廊になっていて、ユーヌスは話しながら中庭へ入っていく。どうやら事務室への近道のようだ——庭は天蓋に覆われていて、思いのほか広かった。芝の上に組み上げられたポールには、染色された糸が虹のカーテンのように干され、染料の匂いが人工の風とともに流れてくる。エチカたちが歩く小径《こみち》を挟んで作業台がずらりと並び、数十人の年若い従業員たちが仕事をしていた。どうやら収穫した綿花の種を取り、繊維をほぐしているようだ。こちらに気付いた幾人かが、親しげに手を振ってくれる。

見た限り、ここにドローンや量産型アミクスの姿はない。他にも人工気象室が山ほどあるから、恐らくそちらに人手を割いているのだろう。

「ユーヌス、何でまた来たの？」

一人の少女が、作業台を離れて近づいてきた——長い髪を一房にまとめて、だぶついた作業服を身につけている。ポップアップしたパーソナルデータに依《よ》れば彼女は十七歳で、今し方聞いた『居住区』出身のようだ。つまり、ユーヌスの昔馴染《むかしなじ》みと思われた。

「ウルファ」ユーヌスが彼女を呼ぶ。「仕事に戻るんだ。ゴメスさんに怒られるよ」

「大丈夫よ、実は主任に頼まれてるの」ウルファはエチカたちを見て、胸に手を当てた。「こんにちは、お二人に見せるよう言われたものがあるんです」

エチカとフォーキンは視線を交わす。ゴメスは今、ハロルドと行動しているはずだが——端末を介して、ウルファのユア・フォルマにメッセージを送ったという意味だと思われた。

フォーキンが問う。「事件に関係するものですか？」

「多分。ひょっとしたら犯人の手がかりになるかも知れないって……こっちです」

ウルファは急ぎ足で、干された糸のほうへ向かっていく。エチカはフォーキンと追いかけた。ユーヌスがかなり遅れてついてくる——ウルファは色とりどりの糸をかき分けて、その奥へ消える。エチカたちも迷わず糸のカーテンをくぐった。

瞬間、両足が硬直する。

そこに渡されたポールには、糸ではなくタロットカードのようなものが吊《つ》り下《さ》げられていた。数百枚に及ぶそれが風に翻《ひるがえ》りながら、ひらひらと揺れている——その全てに刻みつけられたマトリクスコードが、容赦なく視界を埋めて。

電子ドラッグ——非拡散型コンピュータウイルス。

全く予想していなかったどころか、いつぞやを彷彿《ほうふつ》とさせる光景に、息が止まる。

「……ごめんなさい、嘘《うそ》を吐《つ》きました」

こちらを振り向いたウルファの唇は、弧を描いている——とっさに目を逸《そ》らしたが、遅い。ユア・フォルマは沈黙のうちに、電子ドラッグを読み取っていた。ウイルス感染により頭の中が熱を持ち、体の内側からじんわりとした痺《しび》れが広がって、エチカはよろめく。

隣のフォーキンが肩を支えてくれたが、彼自身も額を押さえていた。

——一体どういうことだ。

「犯人は、ここの端末を使ってクラッシュを仕掛けた」フォーキンが押し出す。「あんたら……まさか、全員グルか？」

静かに、血の気が引いていく。

そんな馬鹿な。確かに自分たちは、犯人を人工島内の人間だと仮定していた——けれど。

「嘘《うそ》だろウルファ」追いついたユーヌスが悲鳴じみた声を上げる。「何をしているんだ！」

「黙っていて」

ウルファが言った傍《そば》から、従業員の男たちが次々と現れてエチカの腕を摑《つか》んだ。全身に力が入らず、抵抗できない。あっけなく、肩からフォーキンの手が剝がれる。そのまま地面に引き倒されて、エチカは芝に頰ずりした——おかしい。彼らもマトリクスコードが視界に入っているはずなのに、感染していないのか？　あるいは、感染しても何も感じていない？

「放し、て」舌まで痺《しび》れているせいで、呂律《ろれつ》が怪しい。「この……！」

とっさに脚へ手を伸ばそうとして、ホルスターが空っぽなことを思い出した。銃は保安検査所で預けてしまったのだ――どうにかフォーキンのほうを見る。彼もまた、従業員の中でも特に大柄な男にのしかかられ、腹ばいになっていた。電子ドラッグが効いているうちは、訓練を受けている身でもどうにもならないだろう。

完全に油断した。

エチカは必死でユア・フォルマを操作する。ハロルドにメッセージを送ろうと――髪を思い切り掴《つか》まれて、入力が止まる。うなじにひやりとした感触が挿し込まれた。オンラインからふっつりと切り離されて。

〈新規デバイスを検出しました。認識成功……現在オフラインです〉

――絶縁ユニット。

ぞっとした直後、頭の内側が一際《ひときわ》熱くなる。〈CPU負荷率が上昇しています。処理速度を改善して下さい〉一瞬だけだ。手を加えるまでもなく、警告のポップアップ表示が消滅する。

「ウルファやめるんだ。今すぐに！」

「うるさい！　誰かユーヌスを連れ出して！」

ユーヌスはペアリングアミクスだ。人間に手出しはできない――エチカは奥歯を噛《か》みしめながら、絶縁ユニットを外そうと腕を持ち上げた。

従業員の靴が、思い切り肘を踏みつける。

痺《しび》れで痛みこそ感じないが、エチカは呻《うめ》いた。背中を蹴りつけられ、反射的に咳《せ》き込む。口の中が酸《す》っぱくなり、言い表せない恐怖がこみ上げる。

「あなたは羽化を願う」「私たちと同じように願う」「ようこそこちら側へ」

ウルファや従業員たちの唱和する声が音となり、膨らんでは遠ざかる。ぼやけていて、ほとんど嚙《か》み砕《くだ》く余裕がない。

まさか——殺されるのか？

漫然とそんな想像が脳裏を掠《かす》めて、
弾《はじ》けるような音を立てて、天井から大量の水が勢いよく降り注いだ。

ウルファたちの唱和が混乱の悲鳴に変わる。一瞬で空気が濁り、染料の匂いがむんと膨らんだ。エチカは麻痺した皮膚越しに、叩《たた》きつける豪雨のようなそれを感じて——どうにか呼吸しながら、顔を上げる。周囲は激しい水蒸気で煙り、目を凝らさなくてはよく見えない。ウルファたちはとっくに逃げ出していて、糸のカーテンの向こうへ消えていく。

「電索官！」駆け寄ってきたユーヌスの手が、恐らく背中に触れた。「しっかり……」

「大丈、夫。それより、助けを……」

エチカがそう懇願すると、少年は慌てたように再び走り出していく——次第に水の勢いが収まってきて、フォーキンを見た。彼は身を起こしていたが立ち上がれないようで、掌《てのひら》で目元を覆っている。そのうなじには、エチカと同じく絶縁ユニットが接続されていた。

ひとまず助かったらしいが——最悪な状態なのは、間違いない。

エチカは震える手を首の後ろにやったが、脱力した指先では絶縁ユニットを外せず——諦めて、芝生に横たわる。従業員らの狼狽《ろうばい》したどよめきは聞こえるが、ウルファたちがこちらに戻ってくる気配はなかった。

天井を仰ぐ。

見計らったかのように作動したスプリンクラーは、既に小雨程度に弱まりつつある。

——どうしてだろう。

ほっとするどころか、全てを踏みにじられた気分だ。

3

ファラーシャ・アイランド統括事務局は、中央技術開発タワーの斜向《はすむ》かいに建つ退屈なデザインのオフィスビルだった。

「——自分がクラッキングの犯人だと知られないために、電索官たちを殺そうとしたのか？」

ミーティングルームは、今や即席の取調室へと様変わりしている。窓には調光フィルムのスモークがかかり、中央のテーブルでは電子犯罪捜査局本部から派遣された捜査官とゴメスが向き合っていた。うつむくゴメスの手首を、がっちりと手錠が嚙《か》んでいる。

「何度も言いますが、弁護士を呼ぶまで話しません」

「連絡はした」本部捜査官が素っ気なく答える。「手続きに手間取っているのかもな。あのチェックインセンターはどうも、法の執行者が嫌いなようだから」

曰《いわ》く、昨晩トトキが派遣した本部捜査支援課のチームは、今朝のうちに人工島に到着していたらしい。しかし事務局側が、チェックインセンターで彼らの手荷物に難癖をつけて、再三足止めしていた。エチカたちが襲われたという一報がなければ、今なお膠着《こうちゃく》していただろう。

エチカは出入口の側に置いたパイプ椅子に腰掛けたまま、取調べの様子を見守る。濡《ぬ》れ鼠《ねずみ》になったものの着替えがなく、ひとまず冷房で風邪を引かないよう、捜査局指定のジャンパを羽織っていた——捜査局内の医療チームから、電子ドラッグの自壊を早める除去プログラムを送ってもらい、何とか全身の痺《しび》れは治まった。が、今度は脱力感がひどい。

ドラッグ常習者たちは、一体何が楽しくてこんなものに溺れるのやら。

神経を張ってどうにか仕事を続けているが、正直今にも体が椅子から滑り落ちそうだ。

「ゴメス、クラッシュ事件の動機は？」

「だから話しません」

「始めからこの都市に入り込んで、内側から攻撃を仕掛けるつもりだったのか？」捜査官の質問に、ゴメスの眉がかすかに動く。「うちの課にたんまり資料がある、お前は〈E〉の信奉者だそうだな。つまり消極思想の持ち主で、テクノロジーを好意的に思っていないはずだ」

――『実は夏に起きた〈E〉事件の関連で、本部の捜査支援課がある信奉者を追って、このファラーシャ・アイランドを調べていたんだけれど――』

思い起こされるのは、出発前の会議でトトキが口にしていた言葉だ。エチカも先ほど知ったばかりだが、捜査支援課が追っていた信奉者とは、ここにいるゴメスだった。

タルソ・フェレイラ・ゴメス――ブラジル南東部サンパウロ州の技術制限区域出身。バイオ技術者だったが、多額の借金を抱え込んでいたことから、高額な給与を目当てにファラーシャ・アイランドの求人に応募したようだ。そして運良く採用され、一年前に農業研究部門の主任に就いた。

「若い従業員たちをドラッグ漬けにして、自分の犯罪に加担させたのか？」捜査官が、タブレット端末をゴメスの前に置いた。「画像を見ろ、宿舎のお前の部屋だ。ストレージボックスの中から大量の電子ドラッグが見つかっているが、どこで買ってどう持ち込んだ？」

ゴメスは沈黙を貫く。

不意に入り口の扉が叩《たた》かれ、押し開けられる――姿を見せたのは、エチカと同じくジャンパを着込んだフォーキン捜査官だ。彼も除去プログラムのお陰で麻痺《まひ》から解放され、仕事に戻っていた。平然と歩いているところを見るに、基礎的な体力の違いを思い知らされる。

「ドラッグの出所が割れたぞ。ヒエダの予想通りだった」

フォーキンが言いながらやってきて、持ち込んだ別のタブレット端末をテーブルに放った。彼にしてはやや荒っぽい仕草だ——画面に表示されている男の顔写真を見て、ゴメスの頰がにわかにこわばる。エチカもどうにか腰を浮かせて、それを覗《のぞ》き込んだ。

無精髭《ぶしょうひげ》を生やしたロシア系男性の人相には、嫌というほど見覚えがある。

「売人はマカール・ウリツキーだ。奴《やつ》の扱っていたドラッグと、特徴が一致した」

——やはりか。

あの中庭で見た電子ドラッグは、一見タロットカードのようだった。そのようなインテリアまがいのドラッグは、記憶に新しい——知覚犯罪事件の捜査において訪れた、ウリツキーの部屋を彷彿《ほうふつ》とせずにはいられない。

マカール・マルコヴィチ・ウリツキー。

多国籍テクノロジー企業『リグシティ』に潜入していた電子ドラッグ製造者であり、相談役のイライアス・テイラーにその正体を見破られ、知覚犯罪事件の濡れ衣《ぬれぎぬ》を着せられた一人だ。電子犯罪捜査局は当初、彼を犯人とみなして逮捕に持ち込んだのだった。

今のウリツキーは複数の罪状により、ロシア国内の刑務所に服役しているはずだ。

まさか——こんなところで再び、彼の名を思い出すことになろうとは。

「ゴメス。機械否定派のあんたは、黙秘すれば悪いことにはならないと思っているんだろうが、従業員たちに機憶があることを忘れるな」フォーキンはいつになく鋭い口調だ。「ヒエダ、そろそろトトキ課長から電索令状が届く。ウルファたちに潜る準備をしてくれ」

「分かりました」

エチカはのろのろと立ち上がる。ゴメスを詰めるフォーキンと本部捜査官を置いて、ミーティングルームの外へ出た——ラウンジを目指して通路を歩きながらも、自然と壁に手をついている。体が重たく、靴の底を擦るようにして進んだ。融通の利《き》かない肉体に苛々《いらいら》する。

だが——今は些末《さまつ》なことだった。

ずっと腹の底で燻《くすぶ》っているものが、いい加減限界を迎えそうだ。

広々としたラウンジは、駆けつけた本部捜査支援課に占領されている。ローテーブルは設置された端末類で散らかり、壁の華やかなウォールホロはフレキシブルスクリーンで覆い隠された。忙《せわ》しなく行き交う捜査官たちの合間を縫って、エチカは窓際《まどぎわ》のソファに向かう——そこに腰を下ろしている、端麗なRFモデルの姿が近づいてくる。

あの時、ハロルドがスプリンクラーを作動させてくれなければ、自分たちはどうなっていたか分からない。だから、彼には感謝している——けれど。

それ以上に、言いたいことだらけだ。

「お疲れ様です。ゴメスは口を割りましたか？」

近づいていくと、ハロルドはすぐさまソファから起立した。

「きみが、間違ってスプリンクラーの作動装置を押したことは教えてくれた。あとはだんまりからそのつもりでいて。ユーヌスは？」

「ムルジャーナ開発部長が迎えにきて、開発タワーにいきました。中央管理施設の事務室にあったPCを解析しているそうですが、既にペアリングアミクスの相互ネットワークに干渉するための、攻撃用アプリが見つかっています。指定した日時にクラックが起きるよう設定されていたと」

「だったら犯人は、この施設から直接攻撃を仕掛けたわけだ」

こうなってくると、やはりゴメスがクラッシュ事件の容疑者かも知れない。無論、証拠を揃《そろ》える必要があるが——エチカは考えながらも、体の重さに耐えかねて手近なソファに座る。

「電索官、もしやまだお体が」

「平気だ、それより……聞きたいことがある」突っぱねて、何とか面を上げる。「ゴメスが怪しいと分かっていたのなら、どうして最初に教えなかった？」

ハロルドはそこに立ったまま、静かにこちらを見下ろしていた——湖の瞳は少しも揺らがない。エチカはますます怒りが膨れ上がりそうになり、深呼吸する。

「きみは、フォーキン捜査官とわたしが危険に晒《さら》されると気付いていた。だから事前に、ああやってスプリンクラーの場所を聞き出して消えたんだ。最初から、わたしたちに直接忠告すれば済むものを……」

「誤解があるようですが、ウルファたちがあなた方を襲うことは分かりませんでした」ハロルドはぞっとするほど平然としている。「私はむしろ、ゴメス自身の振る舞いに違和感を覚えていましたので。防火設備の件は、犯人の行動に思うところがあったのでうかがっただけです」

「嘘《うそ》だ。もしそうなら、あんなにタイミングよく放水できない」

「偶然上手《うま》くいきました」

——何なんだその言い訳は。

「わたしがきみのことを何も分かっていないと思ってるの？　きみほど『偶然』と無縁の存在はいない、全部計算だ」自分でもわけのわからない胸の痛みに任せて、まくし立てていた。

「夕べ、ちゃんと話し合いたいと言ったのに、きみはとぼけて拒否した。それが今度はこれだ。一体何を考えてる？」

もっと冷静に質《ただ》すつもりだったのに、どうしたって堪《こら》えきれなくなる——確かに彼には、一人で作戦を立てて実行する癖がある。けれど、それはもはや過去の話だったはずだ。何度もぶつかったけれど、少しずつ互いに協力し合うことが当たり前になってきていたのに。

いつぞやの、リヨンで交わしたやりとりが思い起こされ、針のように刺さる。

——『もう、あなたを利用するような真似《まね》はしません。決して』

あの中庭を出てから、ずっと体中がひび割れそうだ。

「ですから偶然です」ハロルドの語気が、仄《ほの》かに強くなる。それが珍しいことだと気付く余裕は、エチカにはない。「それに、もしゴメスが怪しいとあなたに教えていたら、また態度に出て勘付かれたかも知れません」

「確かにわたしのポーカーフェイスはひどいかも知れない。でも」

「ええ、他人から見ればあなたは分かりやすい。確実な方法を優先しました」

「だとしても、わたしがどう思うかは――」

〈ウイ・トトキから新着メッセージ、添付データ一件〉

ユア・フォルマの通知がポップアップし、エチカは口を閉じる。電索令状が届いたのだ――我に返った途端、まだ湿っている髪の気持ち悪さを思い出した。妙な寒気が蘇《よみがえ》ってくる。

――駄目だ。

あの日から抑え続けている不安と恐れが、ここにきて爆発しそうになっている。

「……令状が届いた。仕事に戻ろう」

エチカは小さく言い、逃げるようにきびすを返す。自分でも分かるほどおぼつかない足取りだったが、ハロルドは黙ってついてきた。

話し合うどころか、どんどんと亀裂が広がっているような気さえする。

ただ――どうあれ、ハロルドが自分の前から姿を消すことはないはずだ。ソゾンを殺した犯人はまだ捕まっていない。電索官であるエチカの存在は、彼にとってこの先も必要になる。

だから、大丈夫だ。

——一体、何が『大丈夫』なんだ？

エチカはハロルドを連れて、二階の仮眠室へ向かった。戸口に警備アミクスがいて、IDカードを見せて中へ入る——敷き詰められたマットレスには、既にウルファを始めとする従業員全員が横たわっていた。二人の本部捜査官が見守る中、看護アミクスたちが鎮静剤の注射を終えようとしているところだ。

逮捕後のウルファたちからも、やはり電子ドラッグが検出された。同じく除去プログラムをインストールして仮眠室で様子を見ていたのだが、お陰で電索の準備をする手間が省けた。

「お疲れ様です」エチカは捜査官たちに言った。「電索令状が下りました」

「こちらにもトトキ課長から連絡がありました。準備はできています」

捜査官がそう答えたのち、看護アミクスが全員の〈探索コード〉をまとめたハブを持ってくる。手渡されたものの、指先が脱力しているせいで取り落としてしまい——床に叩《たた》きつけられる前に、ハロルドが横から手を出して受け止めてくれた。

「ごめん」

「いいえ」アミクスの眼差《まなざ》しを頬に感じる。「電索官、」

「ビガのためにも早く、ゴメスが犯人だという証拠を取り付けないと」

エチカは遮って、今度こそ〈探索コード〉をうなじに接続する。ハロルドは物言いたげだったが、それ以上言及しようとはしなかった——今は彼に気を遣われたくない。恐らく、ハロルドも察していたはずだ。不用意な言葉で火がつくくらいなら、互いに黙っているべきだと。

どうあれ、潜ればいい。

情報の海は、全てを忘れるのにふさわしい場所だ。

早く——この不気味な頭の中を、誰かの感情で塗り潰して欲しかった。

「補助官。準備は？」

「いつでもどうぞ」

ハロルドは既に、左耳の接続ポートに〈命綱《アンビリカルコード》〉を挿し込んでいた。エチカは彼からコネクタを受け取る。何度か失敗しながらポートに押し込むと、すっと感触が肌に馴染《なじ》んで、沸騰しそうだった何かが静まっていく。

息を吐き、一度だけかかとを床に落とす。

余計なものは、全部振り捨てろ。

瞼《まぶた》を閉じれば、そこは何度となく出会ってきた暗闇だ。

「——始めよう」

重たい体は合図をよく知っていて、すぐさま現実から離脱する——一瞬の無重力。ぐわっと情報の海に吸い込まれていく。巻き上げられた花びらのように、すぐさま機憶の欠片《かけら》が思考を埋めた。これほどの人数を並列処理するのはいつぶりだろう。だが、探すべきものは決まっている。迷う必要はない――ゴメスがクラッキングを仕掛けたのかどうかを、突き止めろ。

ぎしぎしと軋《きし》みを上げていた胸の痛みも、あっという間に剝離した。

真《ま》っ直《す》ぐに〈表層機憶〉を落ち続けながら、彼らの感情とすれ違う。体をすり抜けてくるそれらに、エチカは違和感を覚える。これだけの人数がいるにもかかわらず、伝わってくるのは『Project EGO』への深い畏敬の念ばかりだった。その他に見当たるのは不安と、捜査局に対する嫌悪《けんお》感。まるで一人から発せられていると錯覚するほど、全員の感情がぴたりと重なっていて――『私たちは悪くない』『これで羽化できなかったらどうしよう』『覗《のぞ》かないでくれ』『大丈夫、きっと分かってくれる』焦がれるようにひりひりと肌を焼く。

目的を見失うな。

スプリンクラーが作動した中庭の光景がよぎる。複数の角度から切り取られた機憶を、同時に辿《たど》っていく――『何が起きたの？』『怖い』『助けて』怯《おび》えと戸惑いの狭間《はざま》に、燃えるような使命感が浮き上がる。『見せなきゃ』『あの捜査局の人たちに』『このマトリクスコードを見せなくては』これはウルファだろうか。違う、全員だ。エチカは静かに鳥肌が立つ。自分たちが中庭に入った時から、彼らはマトリクスコードを見せたいという衝動を止められなくなっていた。

『これを飾っておいてくれ。いいな』

ゴメスはそう言って、ボックスに入った大量のマトリクスコードを従業員に渡している。ウルファたちはせっせとポールに吊《つる》して、エチカたちがくるのを心待ちにしていたようだ。その間、自分たちも次々と感染を起こしていたにもかかわらず、何一つ体の不調を感じていない。耐性があるのだとしたら、彼らもドラッグ常習者か？

何故《なぜ》ゴメスに協力したのか、論理的な理屈が全く見えない。

クラッシュ事件が起きるまでの機憶を、更に遡る——しかし過ぎ去るのは、何の変哲もない日常ばかりだ。彼らは来る日も来る日も綿花を摘み、種を取り、綿をほぐし、糸を紡《つむ》いで染色する。奇妙なことに、ウルファたちが電子ドラッグに接する機会はまるでない。だが、今日初めてドラッグを使ったのであれば、あれほど平然とはしていられないはず——ならば日常生活に溶け込んだ、謂《い》わば環境擬態型のドラッグを摂取し続けている？

だとしてもどれがそうなのか、まるで見分けがつかない。

加えて期待していたほど、彼らはゴメスと行動をともにしていなかった。業務中に事務的なやりとりを交わすくらいで、他の機憶は全て綿花ばかり——しかも、やはり動機が不鮮明だ。彼らは常に衝動と感情に突き動かされていて、論理的な思考が見えてこない。こんな機憶は初めてで、エチカは戸惑う。これも、ドラッグの影響なのだろうか？

不意に別の機憶がよぎる。『前蛹祝《ぜんよう》い』の光景が目の前に広がった。クラッシュ事件よりも以前に催されたもののようだ。あのパーティは定期的に開かれているらしく、壇上で人形を操る顔触れが異なっている。参加した従業員たちの心はひどく高揚していて。『早く俺も羽化したい』『また選ばれなかった』『もっと完璧になりたいのにどうして』――電索を始めてからずっと、この渇望《かつぼう》にも似た熱量に焼かれ続けて苦しい。誰もが、ペアリングアミクスの自律制御に固執しているようだ。常に完璧な分身を欲《ほっ》している。それどころか、そちらのほうがよほど理想の自分に近いのだと思い描いていて――何故《なぜ》？　どうしてそう思う？

違う。ゴメスから脱線するな。

エチカは軌道を修正しようとするが、間に合わない。そのまま、目的外の機憶に飛び込んでいく――突如、ユーヌスの姿が目の前に映り込んだ。いや、正確には彼ではない。その顔に埋め込まれた大粒の瞳は、琥珀《こはく》ではなくカラメル色をしている。

もしや――ペアリングアミクスではなく、長期休暇中だというユーヌス本人か？

『明日は大事なハディラ・ピリオドでしょ？　今夜は遊びにこないと思ってた』

ウルファの声だ。これは彼女の機憶――辺りを埋め尽くす人工気象室のガラスに、夜空の星明かりがぽつぽつと落ちている。彼女はユーヌスと並んで、ひと気のない道路を歩く。ウルファの心は拗《す》ねたような口ぶりとは裏腹に、ここにはない『羽化』への憧れに躍っている。どちらかといえば、上の空に近い。

『最後の仕事を片付けてたんだ』ユーヌスが疲れたように言う。『本当は皆とも話したかったけど、ちょっと手間取って……ウルファが起きててよかった』

『そんなに焦《あせ》らなくたって、その気になれば明日も明後日《あさって》も話せるのに』

『それは僕じゃないよ。明日からここにくるのは、ただのペアリングアミクスだ』

『ねえ、だからその呼び方は好きじゃないの。あれは「完璧なユーヌス」でしょ』

『母さんもそう言った』ユーヌスは呟《つぶや》いて、かすかに目を細めた。『僕はそうは思わない』

エチカの脳裏に、ムルジャーナの言葉が蘇《よみがえ》る。

──『この子は完璧なんです。本当に、理想の息子ですわ』

ふと目の前の機憶に、砂嵐にも似たノイズが混じった。

落下の速度がじわりと緩む。

何だ？

『ユーヌス』ウルファの語気が荒くなる。突然、音がひどく歪《ゆが》んで聞こえた。『前から思っていたけど、あんた羽化を馬鹿にしてるでしょ。自分がハディラ・ピリオドに選ばれたからって調子に乗って』『そんな風には考えてない！』『ムルジャーナさんと上手《うま》くいかないのも、そういうところのせいよ』二人のやりとりが遠ざかったり近づいたりする。何重にも重なって、聞き分けられなくなっていく。制御が利《き》かない。どうして。駄目だ。

一瞬にして、舵《かじ》を見失う。

ここは……どこだったっけ？

機憶が粒のように小さくなって、代わりにずぶずぶと重い闇が這《は》い上《あ》がる──うなじからコードを引き抜かれる感触があった。誰かが、泥のような体を支えてくれた気がする。確かめるように首に触れる掌《てのひら》は、冷たくて気持ちがいい。

エチカが覚えていられたのは、そこまでだった。

4

日没後も、ペルシャ湾は明るさを損なわない。

眠らないドバイの街から溢《あふ》れるネオンの残滓《ざんし》は、海面を伝ってこの人工島にも流れ込んでくる——エチカは水上コテージのテラスにあるカフェテーブルから、ぼんやりと夜景を眺めていた。傍《かたわ》らの小さなプールもまた、水面に光を漂わせている。もともと招待客専用の宿泊施設とあって、やたら豪勢な造りなのだ。

『ヒエダ、あなたの状態をきちんと把握していなくて無理をさせたわ。ごめんなさい』

向かい席に座ったトトキのホロモデルは、普段と変わらないグレースーツ姿だった。リゾートを体現したようなコテージには、あまり似つかわしくない。

「わたしのほうこそ、自分を過信して課長に報告しませんでしたので……」

エチカは未《いま》だに脱力している手で、ミネラルウォーターのガラスコップを引き寄せる。ストローに口をつけて、消えない吐き気を誤魔化した。

――まさか、電索の途中で気を失うとは思わなかった。

数分で意識を取り戻したものの、目を覚ましたら看護アミクスに囲まれていて、簡易診断を受けた。結果、電子ドラッグの影響が抜けきるまでは安静にするよう釘《くぎ》を刺されたのだ。結局電索を中断し、残りの仕事をフォーキンやハロルドに任せて、一人だけコテージに帰ってきた――本当に、情けないにもほどがある。

『ゆっくり休ませてあげたいところだけれど……フォーキン捜査官に聞いたら、あなたから電索の結果について報告を受けていないと言うから』

「すみません」エチカはなるべく背筋を伸ばした。ふやけた頭で、ウルファたちの機憶を思い出す。「ゴメスが……クラッキングの犯人だという決定打は見つかりませんでした。ただ、彼が従業員たちに電子ドラッグを託したことは間違いありません」

『あなたたちを感染させて、その隙に襲うよう命令した？』

「暗にですが。ゴメスはマトリクスコードを飾るようにと……」こめかみを揉《も》んでしまう。「従業員たち自身にゴメスに加担したという認識はなく、ただわたしたちを襲いたいという衝動があっただけでした。具体的な理屈は見つからなくて、妙です」

『あなたたちの身に起きたことに気付かれないよう、絶縁ユニットまで用意していたのに？』

「ええ。計画的な犯行に見えましたが、動機がどこにも……」

『仮に電子ドラッグで朦朧《もうろう》としていたのなら、言いなりになるのも頷《うなず》けるけれど』

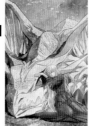

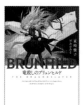

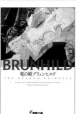

——愛が二人を引き裂いた。
BRUNHILD
竜殺しのブリュンヒルド
THE DRAGONSLAYER
『このライトノベルがすごい！2023』
（宝島社 刊）
総合新作部門2位
読後の衝撃に反響続々！ 発売即重版の、本格ファンタジー!!

　ウルファたち従業員は、ドラッグを読み込んでいながら身体的に異変を感じていなかった。ドラッグは鎮痛剤と同じく、常用するほど効き目が鈍くなる。始めはそれを疑ったが――彼らには、分かりやすくドラッグに接した痕跡もない。

「たとえば、日常のものにドラッグを擬態させているのかも知れません。あのタロットカードのような形を考えても、ウリツキーは環境に溶け込むデザインを好んでいたようですし」言いながらも、エチカは引っかかっていた。「ただ、どちらにしても……ドラッグで感情が同化してしまうというのは、腑《ふ》に落ちませんが」

　今更ながら、機憶に記録されていた従業員たちの感情は、あまりにも奇妙だった――他の人間ならば克明に残る喜怒哀楽が、彼らの場合は表面をさらうように薄っぺらく、しかも全員の感情が一人のものであるかのように似通っていたのだ。

　特定の思想に傾倒している集団の場合、確かに感情の類似は起こりうる。

　しかし――さすがに、あそこまでぴたりと一致することはない。

『機憶の工作だとすれば、感情だけを弄《いじ》るというのは聞いたことがないわね』

「仮にそうできたとしても、必要性がないように思えます。やっぱり電子ドラッグ自体に何か仕掛けがあるとしか……」

　現状、それしか考えられなかった。

『何にせよ、ウリツキーに話を聞いたほうがよさそうね』トトキが煩わしそうに髪をかき上げる。『ゴメスが黙秘している以上、当たれるところを当たっていくしかない』

「ええ……そうですね」

エチカはもどかしさを覚えて、太ももにやんわりと爪を立てる。

全く——ラッセルズを追ってここへきたにもかかわらず、クラッシュ事件に翻弄され、今度はウリツキーときた。どんどんと、際限なく捜査が脱線していやしないだろうか？

だが起こってしまった以上、何もしないわけにもいかない。

『ウリツキーの面会を手配する。明日、フォーキン捜査官とルークラフト補助官に一旦ロシアへ飛んでもらうわ』トトキがくたびれたように、椅子から立ち上がる。『ヒエダ、あなたはもう一日安静にすること』

エチカは静かにぎょっとする。「もう大分よくなりました。明日には動けます」

『あなたの代わりは利《き》かないのよ。また無理をして何かあったら、それこそ困る』

「本当に問題ありません。それに、もしウリツキーに電索が必要になったら」

『体を管理するのも仕事のうちだと理解しなさい』トトキがぴしゃりと言う。『そうなったら、また改めて話を持ってくる。とにかく明日は休むように』

エチカが煮え切らない顔をしていたからか、トトキは「いいわね」と釘《くぎ》を刺す。有無を言わさず、彼女のホロモデルが消滅していった。

一人になってしまうと、遠ざかっていた波音が耳許《みみもと》まで近づいてくる。

——何でこうなんだ。

エチカはのろのろとテーブルを離れ、室内に戻った。まだ若干両足の感覚が曖昧で、躓《つまず》くようにしてベッドに身を投げる。自宅のシングルベッドよりも遙《はる》かに大きなダブルベッドだが、ふかふかと優しい感触も、今はやたらと虚《むな》しいだけだ。

昼間から抑えていた不甲斐《ふがい》なさが、いよいよこみ上げてくる。

同時に否《いや》が応《おう》でも、ハロルドのよそよそしい態度が思い起こされた。

彼とは言い合いになったまま、結局和解できていない。それどころか、電索で倒れたことで更に迷惑をかけた。せめて仕事で挽回《ばんかい》したくとも、この始末だ。どうしてもっと器用にやっていけないのか——駄目だ。完全に感傷的になっている。

エチカは気を紛らわそうと、身を起こす。その際、肩へと滑り落ちかけたガウンを直した——荷物を最低限にしていたので着替えがなく、フロントデスクからナイトガウンを取り寄せたのだが、今度はサイズを間違えた。注文し直すのも億劫《おっくう》でそのまま着ているが、これもまた失態だ。うんざりしながらポケットの電子煙草《たばこ》へ手を伸ばすも、上手《うま》く摑《つか》めない。

不意に、ドアベルが鳴った。

ユア・フォルマの表示時刻は午後八時を回っている。特にルームサービスなどを頼んだ覚えもないが——煙草《たばこ》を諦めて、もたもたとベッドを降りる。スリッパに素足を突っ込み、襟元を片手でかき合わせたまま、玄関へ向かった。

そうしてやっとの思いで扉を引き開けたのだが、

「——遅くにすみません、電索官」

エチカは一秒足らず、その場に固まってしまった。

あろうことか、ハロルドが立っていた——日中別れた時と変わらぬ出で立《た》ち《い》で、今の今まで仕事を続けていたことは明らかだ。右手に、小さな紙袋をぶら下げている。目が合うと、その秀麗な眉がかすかに動く。

何で、わざわざ。

「ゴメスの取調べは……」

「今日は切り上げました。明日、彼らの身柄をドバイ市内の警察機関に移送することになりそうです」彼はそこで紙袋を軽く持ち上げてみせ、「もしや、何もお召し上がりになっていないのではないかと思いまして。しかし……どうなさったのですか、その格好は？」

ハロルドの口調は丁寧だがよそよそしく、諍《いさか》いの名残を引きずっている——エチカはガウンの襟元をますます握り締めた。だらしない出で立《い》ち《た》をこのアミクスに見せたのは、失敗だ。

特に、今は。

「……別に。ガウンのサイズを間違えただけ」

「まさか、ご自身の着替えをお持ちでないとは思いませんでした」

「荷物を減らしたかったんだ、どうせ夜も裸で寝るほうが楽だし」ああこの言い方だと、スプリンクラーを起動した彼を責めているみたいではないか。「とにかくありがとう」

エチカはさっさとハロルドを追い返そうと、袋を受け取るために手を突き出したのだが――彼はもちろん、こちらが脱力症状に悩まされていることを知っている。呆《あき》れたようにかぶりを振ると、やんわりとエチカを押しのけて、

「まだ力が入らないのでしょう。少し失礼します」

当然のように、室内へ上がり込んでくるではないか。

――は？

彼の行動があまりに自然だったので、一瞬理解が遅れる。慌てて振り向くと、ハロルドは既に靴を脱いで、部屋に突入していた。備え付けの冷蔵庫の冷凍室を開けて、紙袋を入れる。

「なん」裏返りそうな声が出た。「ちょっと、何を勝手に……！」

「食欲が戻ったら召し上がって下さい」彼は言いながら冷凍室を閉めて、窓辺へ歩いていく。

「開け放したままとは感心しません。幾らセキュリティが行き届いているとはいえ、物騒な……おや。テラスのテーブルにコップがありますが、洗っておきましょうか」

「何なんだ」本当に何なんだ！「やめて余計なことはしなくていい、自分でできる」

「コップ一つ片付けられないのに、何ができるのです？」ハロルドが首を傾ける。ぐうの音も出ない。「そのガウンにしてもそうです。サイズが合っていないものを注文するくらい朦朧《もうろう》としているのなら、私を呼んで下さればよかったでしょう」

——何でそんな言い方をするんだ？

瞬間的に、情けなさとわけの分からない苛立《いらだ》ちがこみ上げて、顔が熱くなる。

「言い合いをして電索でも迷惑をかけたのに、図々《ずうずう》しく仕事中のきみを頼れって？」そこまで面の皮は厚くないつもりだった。「そっちこそ、ずかずかと人の部屋に入ってきて——」

「いえ、申し訳ありません。今のは……言葉選びが適切ではありませんでした」

喉元までこみ上げていた非難が、静かに溶けていく。

……何だって？

ハロルドは一転、悔いるように額に手を押し当てていた。その表情は変わらず硬いが、今し方までのような棘《とげ》は見受けられない。むしろ、惑っているようですらある。

「あの時……あなたが無理を押して電索することを知っていたのに、私は止めませんでした。また諍《いさか》いになってはいけないと」アミクスは普段よりもゆっくりとそう紡《つむ》いで、「ですが、やめさせるべきだったと後悔しています。私があなたを危険に晒《さら》したのです」

エチカは、すぐには声を発せない——ハロルドの態度が急激に軟化したように思えて、戸惑った。まるで張り詰めていたものが一気に流れ落ちたみたいで、以前の関係に戻ったという錯覚を起こす。

急にどうしたんだ？

「あれは」エチカはようやっと口を開くが、困惑を隠せない。「きみのせいじゃない。というか、きみは多分止めようとしていたと思う。わたしが意地でも潜ろうとしただけで」

「その意地を宥《なだ》めるのも私の役目ですが、怠りました」

「別に、きみに機嫌を取ってもらいたいなんて思っていない。ああいや違う、……」

綱渡りのような言葉は、そこで途切れてしまう。

ぽつりと落ちてきた静寂が、水に垂らしたインクのように、じわじわと広がる。

「ごめん、今のは……」

それ以上、続きを見出《みいだ》せなくなる。

ハロルドの自嘲気味なため息が聞こえた。彼は、額に置いた手で髪をかき混ぜ、意を決するように伏せていた両目を上げて——その仕草は、ほとんど人間の青年のようだ。近頃の彼は時折、以前にも増してひどく『それらしい』動きを取る。

「ご指摘の通り、確かに私は態度を変えました。あなたと距離を置きたかったのです」

その告白自体は、今更だ。ハロルドの態度を見れば、十二分に明らかなことだった。ただ——エチカの胸の内に、淡い期待のようなものが湧き起こる。

今の彼は昨晩と違い、話し合おうとしているように見える。

今度こそ、向き合うつもりになってくれたのだろうか？

「夕べも言ったけれど……」薄氷に触れるように、慎重に押し出した。「わたしはきみの重荷になるために、『秘密』を共有していたことを明かしたわけじゃない」

「もちろん理解しています。ですがあなたは、どうしたって私を守ろうとしてしまう」ハロルドの眼差《まなざ》しが、フロアを舐《な》めるあやふやな照明の光へ落ちていく。「あなたのことですから、友人としてそうするのが当然だと考えているのでしょう。ですが、私のためにご自身の全てを棒に振るのは、どう考えても間違っています」

エチカは少ない唾を飲み込む――ハロルドは罪悪感に苦しんでいるだけでなく、万が一の時にこちらを巻き込まないために、距離を取ろうとしていたわけか。

ようやく、その思考が垣間《かいま》見《み》えた気がする。

彼の言わんとすることは、もちろん何度も考えてきた。それこそ、ハロルドに『秘密』の件を明かすよりも以前――レクシー博士に真実を聞かされた直後から、ずっと頭を悩ませてきたのだ。けれどももう十分、それこそ嫌というほど分かってしまっている。

自分は彼を失えないのだ、と。

「棒に振るようなことにはならない」なるべく穏やかに返した。「そもそも何もかも、きみが気に病むようなことじゃない。わたしはわたし自身の意志で、きみの秘密を守ろうと決めたんだ。だから、何があっても全部わたしが望んだ結果だよ」

「機械との友情に、身の潔白を懸けるような人間はいません。エチカ」

「ここにいる」

エチカは毅然《きぜん》と答えたが、ハロルドは聞き分けの悪い子供を前にした時のように、ゆるゆるとかぶりを振る――途端に、不安が芽生えた。一度は手の内に捕まえたと思ったはずのものが、指を開いてみたらどこにもなかった時のように。

これは、話し合いのはずだ。

だが――そう考えているのが、自分だけだったとしたら？

「それは友情とは言いません、執着です。あなたは自覚していないのかも知れませんが」

「違う」エチカはとっさに否定する。そこだけは断定されたくなかった。「言ったでしょう。『きみのことを姉さんの代わりだとは思っていない』って」

「どうか認めて下さい」彼が、ゆっくりとこちらへ踏み出す。「あなたは本来、一人で立っていける人だ。もっとご自身を信じて欲しい。でなければ、何のために私がマトイを手放すよう諭したのかが分からない」

「だからそうじゃない。きみは姉さんとは違う」

「どう違うのですか」

喉が詰まる。「それは、」

「ほら、説明できないでしょう」

ハロルドがだんだんと近づいてくるので、エチカの両足は反射的に後ずさる――もとより壁を背にして立っていたため、数歩で逃げ場を失った。ハロルドは立ち止まらない。コテージのフロアは広いが、それでも一歩ずつ、着実に互いの距離が埋まっていく。

「説明できないわけじゃない」エチカは何とかそれらしい表現を探す。「きみは何か思い違いをしているようだけれど、人間は多かれ少なかれ親しい相手に執着する。つまり、わたしがきみを守りたいと思うのは、至って普通の」

「理解しています。あなた自身の執着が過剰だと言っているだけです」

「だから過剰じゃない。待って、それ以上近づかないで」

拒絶も虚《むな》しく、とうとうハロルドが目の前に立つ——あと少し前に進めば、互いの爪先がぶつかるほどの間合いだった。エチカはとっさにすり抜けようとしたが、彼の手が腕を摑《つか》んでくる。もちろん、ろくに力が入らない自分に抵抗するすべはない。

だからせめて、かき合わせた襟元だけは守ろうと握り締めたのだが。

「先ほどから、一体何を隠しているのですか。もしやお怪我《けが》を？」

ああ——やはり気付かれた。

「何も……隠してなんかいない」

「見せていただけますか」

アミクスの手がやんわりと、こちらの指を襟から引き離す。抗《あらが》いようがなく、エチカは顔を背けた——ガウンの胸元がはだけて、ぶら下がっていたニトロケースのネックレスが露《あら》わになる。澄んだ銀のそれは、抗議するように弱々しく照明を跳ね返していて。

一瞬、ハロルドの擬似呼吸が止まったようだ。

玄関扉を開けた時から、きっと隠し通せないと思っていた——けれど。

どうか、取り上げないでくれ。

「エチカ」彼の声音は、はっきりと鋭さを帯びていた。「何故《なぜ》また、このネックレスを？」

「別に……この前の休みに、部屋の片付けをしていたら見つけて、何となく」

「ニトロケースの中身は何です」

「マトイじゃない」

「それは分かります、今度は何を？」

「きみには関係ないでしょう」

「私の目を見て下さい」

低いぬくもりを持った彼の手が、無遠慮にエチカの頬に触れる——ハロルドのほうを向かざるを得なくなり、湖の瞳と間近で視線が絡《から》まった。ふざけるな。エチカはとっさにその胸を押しやる。無論大した力は出ないが、彼も我に返ったようだ。すぐさま、手が剝がれていく。

エチカは今度こそハロルドから逃れて、どうにか後ずさった。

どくどくと、首筋で鼓動が脈打つ。

頰にはまだ、アミクスの指の感触がはっきりと残っている。

「申し訳ありません」彼は、自らの手とエチカの顔を交互に見た。「不躾《ぶしつけ》な真似《まね》を」

「本当にね」声が勝手に震える。ネックレスを隠すために再び襟元をかき合わせようとして、何度か失敗した。「きみが……心配してくれるのは嬉《うれ》しい。でも、わたしにはわたしの考えがある。全部自分で決めたことだ。ニトロケースのことも、きみの秘密のことも……だから責任を感じないで欲しい。これはわたしがやりたくてやっていることで」

「エチカ、私は」

「きみとはできれば今まで通りでいたい。お願いだから、もうよそよそしくしないで」

ほとんどまくし立てているに等しかった——ハロルドはどうしてか、茫然《ぼうぜん》としている。今し方こちらに触れた指先を握り込み、その口を開こうとしたものの、迷った末に閉じてしまった。思考の処理が早いアミクスにしてみれば、熟考と言って差し支えないほど長い時間だ。

やがて、彼は何かを押し込めるようにゆっくりとまばたいて、

「……分かりました」

とても納得しているとは思えない、静かで平坦《へいたん》な呟《つぶや》きだった。

だからエチカは、何も返せなくなってしまう。

未《いま》だ開け放されたままの窓からは、穏やかな波音が流れ込んでくるばかりで。

「そろそろ失礼します」ハロルドが、足早に玄関のほうへ歩き出す。「明日はフォーキン捜査官と、ウリツキーの面会にいかなくてはなりませんので」

「うん」喉の奥で音が鳴る。「その……ごめん。色々と」

「いいえ、こちらこそ。お大事になさって下さい」

ハロルドは靴を履いて、すぐさま玄関扉を押し開け——何かに思い至ったように、エチカを振り返る。その眼差《まなざ》しは打って変わり、強烈な戸惑いを孕《はら》んでいた。

「エチカ、あなたの『執着』は……」人工的に澄んだ瞳が、ありもしない何かを探すみたくコテージの中を撫《な》でていく。「多くの人間の感情が複雑なように、実際には……私が理解しているものとは、まるで別物だということでしょうか」

それは問いかけというよりも、ほとんど独り言だった。

ハロルドは返事を待たずに、今度こそコテージを出ていく。扉が物憂《ものう》げに閉まると、吹き込んだ夜の匂いが鼻先を掠《かす》めた。

——今のは、どういう意味だ？

エチカは困惑しながらも膝に力が入らなくなり、ずるずると床に座り込んでしまう。あのまま無理矢理ネックレスの中身を暴かれるかと思ったが、よかった——ほっとしているはずなのに、背筋がひどく冷たい。いっそ息苦しくさえあって。

確かに、自分たちは話し合った。

よそよそしくしないで欲しいという願いに、ハロルドは理解を示してくれた。

だが——これっぽっちも安堵《あんど》できないのは、一体どうしてなのだろうか。

恐らく、何かを大きく間違えた。

致命的なのは、ただ間違えた、という事実しか分からないことだ。

エチカは、無防備にぶら下がったニトロケースを掴《つか》む。

わけもなく、無性に泣きたくなった。

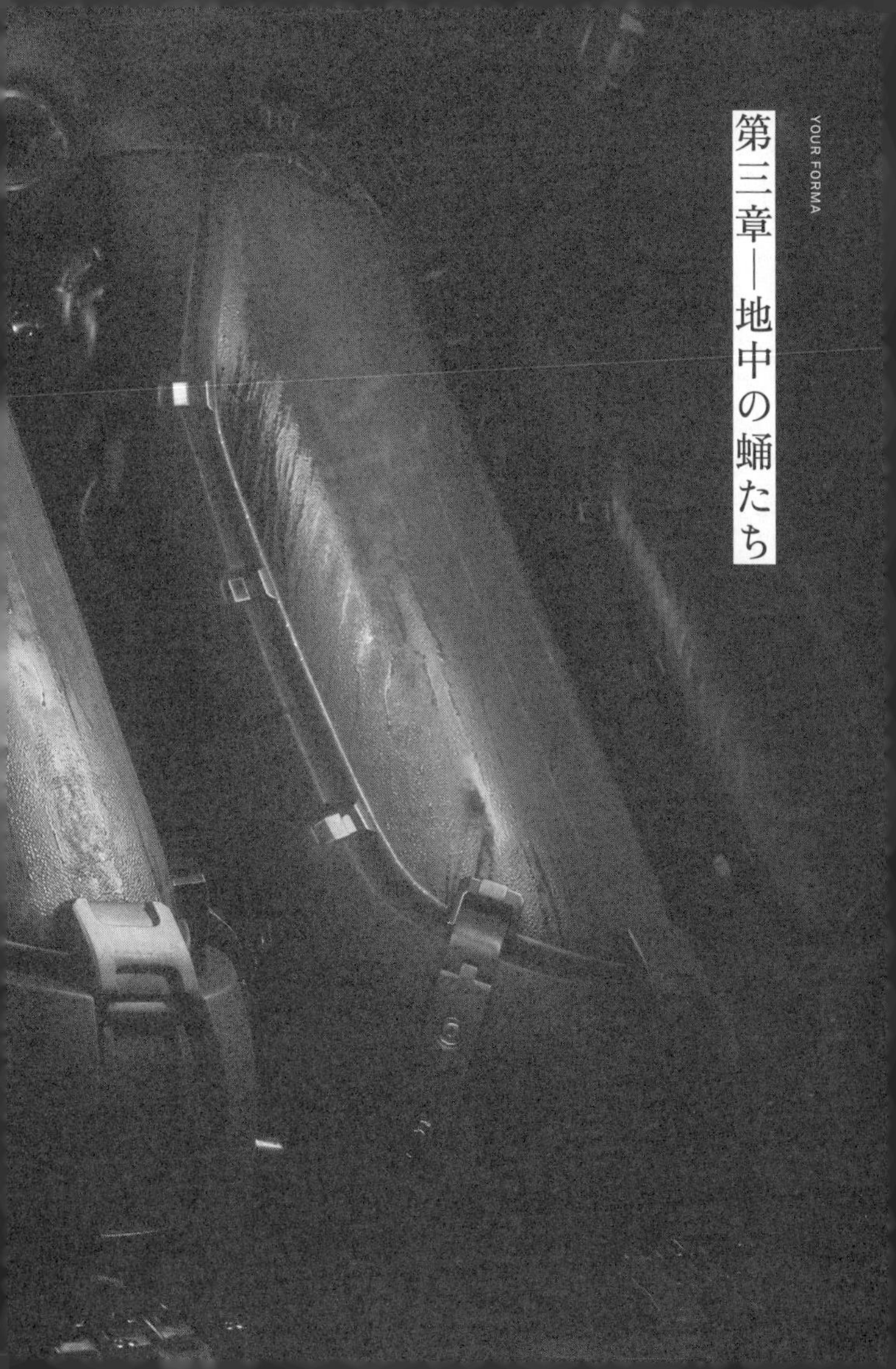

第三章―地中の蛹たち

1

サンクトペテルブルク近郊──ウリツキーを収監する刑務所は、広大なラドガ湖を望む低地にある。空を映す鏡のようなそこはヨーロッパ最大の淡水湖であり、過去に核実験がおこなわれたという島を始め幾つかの小島を抱えていて、一見海のようだ。

「フォーキン捜査官。事前に共有したウリツキーの資料には目を通していただけましたか？」

「ロシアン・マフィアとも取引のある電子ドラッグ製造者らしいな。あの天下の『リグシティ』に潜り込むってのは、勇気があるのか向こう見ずなのか……」

年季が入った刑務所内は黴臭《かびくさ》く、面会室までの通路は照明が最小限に絞られている──ハロルドは、フライトの際に『貨物室』に押し込められてできたシャツの皺《しわ》を直しつつ、フォーキンと肩を並べて歩く。前をいくのは、屈強な体軀《たいく》のロシア人刑務官だ。

「後者でしょう。彼はテイラーに正体を見抜かれ、利用されました」

「とにかくウリツキーから、ゴメスに電子ドラッグを売った経緯を聞き出す」フォーキンが怠《だる》そうにうなじに手を置く。「面倒だが、さっさと済ませるぞ」

彼は今朝からこの調子で、かなり機嫌が悪い。電子ドラッグの症状は見るからに抜けきっているし、夕べはしっかりと睡眠も取ったはずだが、どうにもやる気が出ない様子だ──フォーキンは決して気分屋ではない。時々感情を露《あら》わにすることはあるものの、そのほとんどは職務の上で必要な場合だけだと思っていたのだが。

「捜査官。何かご不満なことでも？」

「いい加減疲れてきただけだ」

「といいますと？」

彼は答えず、無言を押し通す──観察した限り、強いストレスを感じていることは分かるが、原因が解《げ》せない。どちらにせよこの状況では、今すぐに彼の機嫌を取るのも難しそうだ。

実のところハロルド自身も、大して余裕があるわけではなかった。

──『お願いだから、もうよそよそしくしないで』

エチカの懇願が、思考タスクの片隅から剝がれない。

あの中央管理施設でゴメスと会った瞬間から、エチカたちが危険に晒《さら》される可能性は予見できた。ゴメス自身は上手《うま》く隠そうとしていたが、身体的特徴と挙動が電子ドラッグ常習者のそれだったのだ。市警に勤めていた頃、何度も目にしたのでぴんときた──だが、敢《あ》えてエチカには伝えなかった。むしろそこを利用して、エチカを遠ざけられないように思えたのだ。

もはや、そうすることでしかエチカとの距離を保てない。

実際、試みは上手《うま》くいっただろう。

なのに──彼女が電索中に倒れたことで、システムはすっかり冷静さを失った。

罪悪感に任せてコテージを訪ねた結果が、この有様《ありさま》だ。しかもエチカが隠し事をしていると気付いたら問《と》い質《ただ》さずにはいられなくなり、強引にネックレスを暴き出してしまった。

――『きみには関係ないでしょう』

頰に触れた際、エチカは大きく目を見開いた。いつもは暗く静まっているそこが、照明の光を抱き込んで、刻みつけられた虹彩《こうさい》までをもはっきりと浮かび上がらせていた――激しい動揺が伝わってきたことからして、あのニトロケースがただの飾りでないのは明白だ。

彼女が激怒しようと、中身を確かめるべきだっただろうか。

しかし――今度こそ、決定的な亀裂が入ってしまいかねない。

自らそうなるよう仕向けてきたのに、最後の一歩をためらってしまうのは何故《なぜ》だ？

我ながら、あまりにも矛盾している。スティーブの言葉を借りるのなら、この厄介な感情を『親愛』と呼ぶのだろうか――せめて感情エンジンさえ大人しくさせられたのなら、じっくり考えを整理できるだろうに。

時々、いっそシステムコードを書き換えてしまいたくなる。

「――どうぞ。面会時間は三十分以内でお願いします」

刑務官に通された面会室は、入り口が錆《さ》びた格子《こうし》になっていて、コンクリートの壁に囲われた粗末な空間だった。天井近くに設けられた明かり取りの窓には、うっすらと蜘蛛《くも》の巣《す》が張っている。もはやここですら、独房の中のようだ。

ウリツキーは、薄く埃《ほこり》が積もったテーブルに着いていた。囚人服の上からでも分かるほどに痩せていて、伸びたままの無精髭《ぶしょうひげ》がみすぼらしい——通常、受刑者との間にはガラスが差し挟まれているものだが、この古い刑務所は随分と開放的だ。観察しやすいという点で言えば素晴らしいことだが。

フォーキンがウリツキーの向かいに腰を下ろすので、ハロルドは壁際《かべぎわ》へ移動する。テーブルの下に隠れた、ウリツキーの脚までもが見える立ち位置を確保した。

「……知覚犯罪事件は解決したはずだ」ウリツキーが呟《つぶや》く。「まだ俺に用があるのか？」

「別件でな」

フォーキンが、用意していたタブレット端末をウリツキーのほうへ押しやる。服役中の受刑者たちは絶縁ユニットの着用を義務づけられるため、ユア・フォルマを介して資料をやりとりできないのだ。

「この画像の男は、タルソ・フェレイラ・ゴメスだ。見覚えは？」

ウリツキーは端末を覗《のぞ》き込み、画面とフォーキンの顔を見比べた。

「いや、分からない」

ハロルドは口を挟む。「余罪で刑期を延ばしたくないご様子ですが、嘘《うそ》は感心しません」

「ああくそ、あんた、あの電索官といた……」ウリツキーは、こちらと面識があることをようやく思い出したようだ。気まずそうに背中を丸める。「何だか知らないが、俺は電子ドラッグを売るのが仕事だった。それは理解してくれ。売ったあとの責任は取らない」

「あんたのポリシーはどうでもいい」フォーキンが椅子の背にもたれて、高慢に足を組む。それも、彼らしいとは言えない態度だった。「ゴメスは大量の電子ドラッグを備蓄していた、とても一度に買える量じゃない。上客の顔も忘れるくらい薄情な売人なのか、あんたは？」

「まあ………確かに覚えてるが、最後の取引は二年以上も前だ」

ウリツキーは諦めたようにうなだれて、ゴメスとの関係を認める。彼は既に収監されている身なのだ。最初にはぐらかそうとしたのも、反射的な防衛行動を取ったに過ぎない。

「ゴメスにどんなドラッグを売った？」

「前にあんたらが押収《おうしゅう》したのと同じだよ。俺はあれしか扱わない」

フォーキンが視線を寄越すので、ハロルドは頷《うなず》いた。彼は真実を語っている——エチカの推測では、ウリツキーは環境擬態型の電子ドラッグを提供したのではないかという話だったが。

「ゴメスはあんたから買った薬を使って、自分も楽しむだけでなく、大勢の人間を『洗脳』した疑惑がかかっている」

「洗脳？」ウリツキーは困惑したようだ。「ドラッグにそんな効果はない。洗脳されたように見えるくらい朦朧《もうろう》とするか、洗脳が可能な状態を作り出すっていうなら分かるが」

「あんたがゴメスに頼まれて、わざわざ特殊なドラッグを製造したんじゃないのか」フォーキンが鎌を掛ける。「リグシティに潜り込んでいたんだろ？　その時に盗んだ技術で……」

「ゴメスに売ったのは、俺がリグシティにいく前の話だぞ」

「奴《やつ》はどうやってあんたに行き着いた？」

「ゴメス自身が俺を探し出したわけじゃない。繋《つな》がりのあるマフィアから、メッセでドバイのカジノまで呼び出されたんだ。そうしたら、ゴメスが一人で待っていた。毎回そうだったから、俺は奴《やつ》がその手の運び屋なのかと……」

「そのマフィアの名前は？」

ウリツキーがためらいながらも答える。うろたえている態度からして、彼はやはり嘘《うそ》を吐《つ》いていない——だがゴメスの経歴を振り返るに、ロシアン・マフィアの息が掛かっているとは考えにくい。〈E〉信奉者たちの集会所で出会ったという線も考えられるが、だとすれば捜査局が尻尾を摑《つか》んでいるはずだ。

どこかで何かが食い違っているのか？

「——そのマフィアなら、とっくに死んでいるようだぞ」フォーキンはウリツキーが口にしたマフィアの名前を、ユーザーデータベースで検索したようだ。「あんたがゴメスと取引するよりも前に、自分のヨットの事故で海に沈んでいる。この死因が事実かどうかはさておき、界隈《かいわい》ではよくある話だが」

「だが、俺は奴《やつ》からゴメスに会えと指示されたんだ」

「なら本人を騙《かた》った別人だろうな。ゴメスの雇い主は、あんたよりも賢いらしい」

それを聞いたウリツキーは自身の顔を撫《な》でようとして、思い留まった。手錠が邪魔だったのだろう。まもなく視線が斜め上へ移動して——回想の仕草だ。

「何か思い出したことがあるようですね？」

ハロルドが問うと、ウリツキーはぎくりとしたように肩をこわばらせる。

「何なんだ、さっきから……」

「彼は最新型の嘘《うそ》発見器だ」フォーキンがにこりともせずに言った。「何を思い出した？」

「この件とは関係ない。本当だ」

「関係ないかどうかはこっちで判断する。話せ」

目を眇《すが》めるフォーキンには、なかなか迫力がある。好青年の面影は鳴りを潜め、ほとんど別人だ。聴取が終わり次第、本格的に不機嫌の理由を確かめたほうがよさそうだった——自分には、何の原因もないことしか見抜けない。あまりに奇妙だ。

「何だ、その……」ウリツキーは開口したものの、二の句を継ぐまでに随分と迷っていた。何度か唇を湿らせる。「あのマフィアが本当に死んでいるとして、奴《やつ》はゴメスの件以外でも、俺にメッセージを寄越していた」

「具体的には？」

「『リグシティへ潜り込め』と言ってきたんだ」

ハロルドは眉をひそめる——記憶している知覚犯罪事件の報告書では、ウリツキーのリグシティへの潜入動機は『電子ドラッグ製造のための技術盗用』となっているが。

「あなたは、あくまでご自身の意志でリグシティに潜入したのでは。もしや虚偽の供述を？」

「いや嘘《うそ》じゃない」ウリツキーは余罪の追及を恐れているのか、早口に言う。「確かにその手の動機が半分、いや九割だった」

「つまり捜査局に真実を話せば、相手から報復を受けると考えたのですね？」

「ああ、でも今奴《やつ》は死んでいると知った。安心できる」彼は、フォーキンの顔色を確かめながら続ける。「もともと俺がリグシティにいったのは、そいつの依頼があったからだ。テイラーから『システム』を盗み出せば報酬を弾むという話で……ただ、連中はしょっちゅう約束を翻《ひるがえ》す。だから信用しなかった。潜入の手筈《てはず》を整えてもらったあとは、こっちで好きに」

「待って下さい、『システム』とは何です？」

「俺も知らない。知らなくていいと言われた」

　ウリツキーの目の動きや発汗具合を見るに、これも事実だ。実際、詳しいことは聞かされていないのだろう──ハロルドは束《つか》の間《ま》、人間のように天を仰ぎたくなる。

　何故《なぜ》今になって、こんな話が掘り起こされる？

　答えは明白だった。知覚犯罪事件当時、ウリツキーの機憶にはエチカだけでなくペテルブルク支局の電索官が潜っているが、電索がまともに成立しなかったのだ。表層機憶は正常に保たれていたものの、中層以降の機憶は階層が乱れて、部分的に抹消されていた。何《いず》れもテイラーが彼の機憶を工作したことが原因だ。

そのせいでウリツキーが真実の一部を話さなかったことに、誰も気付けなかった。

だが、今更それが判明してどうなるというのか。無為にパズルのピースが散らかっただけだ
――加えてウリツキーが電子ドラッグを細工していないのなら、いよいよ以《もっ》てエチカが引っかかったという『感情の同化』にも説明がつかない。また別の線を考えなくてはならなくなる。

ハロルドは他の可能性に思考を馳《は》せようとして、

――『推測はあるが、今の君には話せない。確信を持った時でなくては』

待て。

「もう十分だ」フォーキンの声が注意を引き戻す。彼は、気怠《けだる》げに椅子から立ち上がったところだった。「どのみちゴメスが犯人だろ。あの従業員たちの感情が同じなのも、ドラッグで朦《もう》朧《ろう》としているところに蝶《ちょう》だの羽化だの叩《たた》き込まれたからだ。奴《やつ》はそれを楽しんでいた」

突然の粗雑な推理に、ハロルドは耳を疑う。本気で言っているのか？

「まだ、死亡したマフィアを騙《かた》った人間について調べていません。仮にゴメスが犯人だとしても、その人物の思惑に利用されているかも――」

「どう考えても関係ない」

フォーキンはますます投げやりになっていた。取調べを切り上げるなり刑務官に声を掛けて、さっさと面会室を出ていってしまう。ハロルドは内心あっけに取られた。疲れた様子のウリツ

キーを一瞥《いちべつ》してから、急いで彼を追う。

フォーキンは薄暗い通路を、真《ま》っ直《す》ぐに引き返していくところだった。

「捜査官」急いで、その隣に並ぶ。「今朝から疑問でしたが、一体どうなさったのです？」

「何がだ？」彼はこちらを見ようともしない。「とにかく、一旦ドバイに戻るぞ」

フォーキンはハロルドを振り切るように、ますます歩みを早める。取り付く島もないとは、まさにこのことだった。まるで、人が変わってしまったようにすら感じる。

ただどうあれ、ドバイに戻るという提案には賛成だ。

自分の予感が確かならば、まずは何よりも——スティーブに会わなくてはならない。

2

コテージに残ったエチカが目を覚ましたのは、夕刻近くのことだった。

〈本日未明に、ビガさんの意識が戻りました。今は病室に移り、お元気に過ごされています〉

島内医療センターから届いていた定期報告メッセージで、切れ間のなかった眠気が一気に吹き飛ぶ——ほとんど転げ落ちるようにしてベッドを降りたことは、言うまでもない。昨夜までの脱力感はどこへやら、体の感覚は隅々まで戻っていた。

一刻も早く、ビガに会いにいかなくては。

エチカは大急ぎで支度を調えた。備え付けの乾燥機に入れておいた服に着替えて、出かける前に軽く食事を摂《と》ろうと、冷蔵庫を開ける。

その瞬間、昨晩の出来事が一気に蘇《よみがえ》った。

――『食欲が戻ったら召し上がって下さい』

ずん、と心が重力に縛られたかのように重くなる――ハロルドは早朝から、フォーキンとともにロシアへ出向いているはずだ。直行便で六時間弱なので、ウリツキーを聴取する時間を考慮しても、帰りは早くて今日の夜になるだろう。

エチカはかなり迷ったのちに、冷凍室を開けて紙袋を取り出した。テーブルに置いて中身を確かめると、シンプルなデザインのアイスクリームカップが入っている。蝶《ちょう》のシルエットを背景に、英語で『ファラーシャ・アイランド』のロゴが綴《つづ》られていた。宿泊施設が提供しているものらしい。

随分前に、「アイスクリーム《マロージナエ》が好きだ」と言ったことを覚えていたわけだ。

もちろん、彼が些《さ》細《さい》な出来事さえも忘れないことは、十分に知っている――だが。

わけもなく気持ちがへし折れそうになって、誤魔化そうと長いため息を吐《つ》く。

エチカが医療センターの入院病棟ロビーに着くと、同じく連絡を受けたと思《おぼ》しき被害者の家族が行き交っていた。ナースステーションから看護アミクスが出てきて、ビガの病室まで案内してくれる——通路に捜査関係者の姿はなく、今日の院内は穏やかだ。

「ビガさんですが、後遺症も全くありません。夜の検査で問題がなければ、明日にはコテージにお戻りいただけるかと思います」

看護アミクスが説明しながら、病室のスライドドアを開ける。エチカは、入り口に垂れた滅菌カーテンをくぐり——そこは手狭な個室だった。ベッドの上で、入院着に着替えたビガが身を起こしている。倒れた夜と異なり、酸素カニューレは外れていて、極めて血色のいい顔がこちらを向いた。窓から吹き込む風に、下ろしたままの髪がふわりと揺れる。

エチカは安堵《あんど》のあまり、自然と頬が緩んでいた。

よかった、元気そうだ。

「ビガ。調子はどう？」

「ヒエダさん……」ビガは何度かまばたきをしたが、微笑《ほほえ》もうとはしない。すぐさま関心を失ったように、手許《てもと》へ視線を落とす。「あたしたち、何でまだここにいるんですか」

随分と素っ気ない態度だった。やはり、具合が優れないのだろうか？

「捜査が終わっていないんだ」なるべく柔らかい口調を心がける。「きみが巻き込まれたクラッシュ事件だけれど、本部からも捜査支援課が合流して調べている。犯人については」

「やめて。そういうの、もうどうでもいいです」ビガはうんざりした表情になり、耳を塞ぐ仕草をした。「あたし、何か疲れちゃいました……早く家に帰りたい」

「ごめん。確かにあんな目に遭えば、そう思うのも当然だ」

「ハロルドさんたちは？」

「今はロシアにいってる。夜には、またこっちへ帰ってくると思うけれど」エチカは答えながらも、内心動揺していた。クラッシュの一件は、ビガの中でトラウマになってしまったのかも知れない。「その、よければ飲み物でも買ってこようか。気分が落ち着くかも」

「いいです、自分でいきます」

ベッドを降りるビガの動きは、思いのほかしゃんとしている。彼女はぺたぺたとスリッパを鳴らしながら、入院着の裾を揺らして出入口へと向かい――エチカとすれ違う際に、軽く腕がぶつかった。

「あの」ビガはうつむいている。「あたしのことは気にしないで。一人でも平気です」

「そうは言っても、」

「ここにきている暇なんてないでしょ？　あなたの大好きな捜査が待ってるんだから」

まるで出会った頃も同然の、突き放すような口ぶりだった。

エチカは唖然《あぜん》と、病室を出ていくビガを見送るしかない。彼女の小さな背中が、滅菌カーテンの向こうに消える――事件の影響で、ビガの気持ちが不安定になっているのは間違いなかった。支局に戻ったら、カウンセリングを受けさせたほうがいいだろうか。いや、まずはトトキ課長に相談しないと……。

何で、ビガがエゴトラッカーを装着するのを止めなかったんだ。

またしても、うかうかと見過ごしてしまった自分を、殴りたくなってくる。

――彼女の明るい笑顔を見られたら、少しは元気を貰《もら》えると思ったのに。

エチカはビガが戻るのを待つべきか迷って、結局病室を後にした。本人が望んでいる通り、今はそっとしておくべきだろう。夜、検査が終わる頃にまた連絡してみようか。

一度だけ目頭を押さえて、気持ちを切り替えようと努力する。

仕事に、戻らなくてはいけない。

＊

訪れた中央技術開発タワーの第一技術開発部は、やけに閑散としていた。

どうやら、既に退勤時刻を過ぎてしまったようだ。そういえば、ここへくるまでに定刻を知らせる鐘の音を聞いた気もする――エチカは部内を歩いてみるが、ムルジャーナ開発部長を始めとした技術者たちはもちろん、ノワエ社や電子犯罪捜査局の顔触れも見当たらない。せいぜい、数人のペアリングアミクスが残業しているくらいだった。

ユア・フォルマのメッセージボックスを開く。医療センターからこちらへ移動する間、本部捜査支援課に「捜査の進捗を知りたい」とメッセを送っておいたのだが、返信はない。ゴメスたちの身柄の移送はとうに終わっているはずだが――ひとまずタワーにきてみたものの、出足が遅すぎたということだろう。つくづく役に立てなかった。

エチカは自己嫌悪《けんお》を握り潰しながら、通りがかった第一メンテナンスルームを覗《のぞ》き込む。案の定、ここも無人かと思われたが、

「……ヒエダ電索官？」

ポッドの縁に、ぽつんと人影が座っていた――スティーブだ。今日の彼はメンテ用ガウンではなく、身綺麗《みぎれい》なワイシャツとスラックスに着替えていた。乱れていた髪にもきっちりと櫛《くし》が通り、リグシティに勤務していた頃の姿を彷彿《ほうふつ》とさせる。

「アンガス室長たちは？」エチカは訊《たず》ねながら、メンテナンスルームの中に入っていく。改めて見渡しても、やはりスティーブの他には誰もいない。「あなた一人だけ？」

「私だけです。室長たちは数時間前に、ムルジャーナ開発部長と出ていかれました」

些《いささ》か妙だった。確かに今のスティーブは『安全』に調整されているが、曲がりなりにも一度暴走した個体だという事実は変わらない。アンガスたちが目を離すとは考えにくいが。

「私は一人で動かないよう命じられ、ここに残っています」

そう説明するスティーブは文字通り、視線以外を固定している。顔は真《ま》っ直《す》ぐ前を向き、膝に置いた手は接着されているかのようだ。何ならまばたきさえも止めていて、不気味である。

「スティーブ、『動くな』というのはそういう意味じゃない」

「ではどういう意味でしょう？」

「多分、まばたきはしていい」そういえば彼は、言葉を額面通りに受け取る性格だった。「室長たちの行き先は？」

「存じません」

　スティーブは不思議そうだったが、素直に瞼《まぶた》を動かした——今の彼は従順で、人間を襲ったアミクスには見えない。思えば、ハロルドもそうだ。ソゾンの仇《かたき》かも知れないナポロフやシュビンには攻撃的になったが、その他の人間を傷付けようとはしていない。

　何《いず》れも神経模倣システムに準じ、人間と同じく独自の信念を持って行動しているからだ。ノワエ社はそこに気付いていないからこそ、簡単にスティーブをポッドに押し込められた。

　RFモデルがペアリングアミクスのような、単なる次世代型汎用人工知能だったら、事はもっと単純だっただろうに。

「電索官。今日は、ハロルドは一緒ではないのですね？」

「彼はロシアだ。昨日、ちょっとした事件があって——」説明しながらも、エチカはメンテナンスルームを出ようか迷い始めていた。スティーブとは、あまり二人きりで関わるべきではないようにも思える。「——だから、ウリツキーに話を聞きにいった」

「懐《なつ》かしい名前です」スティーブは変わらず淡々としていたが、エチカの様子から何かを察したようだ。「ご安心下さい。私は今日も手足の伝導率が下がっており、安全ですので」

「いや、別にそんな風には」

「尤《もっと》も、あなたにはあまり意味のないことだとお分かりでしょうが」アミクスは自身の手足を見下ろす。長い睫毛《まつげ》が、その頬に影を落とした。「伝導率を制御しているのは当然システムですが、我々RFモデルにとって、これを自由に書き換えることは非常に簡単です」

——待って。

エチカは一瞬、頭が真っ白になる。

まさかハロルドは彼に、こちらと『秘密』を共有していることを打ち明けたのか？

「その……何のことか、分からないんだけれど」

「隠さなくても構いません、ハロルドから直接聞きました」スティーブの視線が持ち上がる。一体いつの間に話していたんだ？「弟は優しい。もし私なら、秘密を知ったあなたをその場で始末したかも知れません」

図らずも空気を呑《の》んでしまう。

「何を……」

「失礼。今のはジョークです」本気にしか聞こえなかったが。「あなたはとても変わった人だ。レクシー博士のように、我々に興味をお持ちですか？」

スティーブは無表情のまま、どこか試すようにこちらを窺《うかが》っている。エチカは居心地の悪さを押し殺した。ハロルドが彼に知らせてしまったのは、そもそも隠す必要がないためだろうが

——何にせよ、厄介事が増えた気分だ。

「興味というか……補助官は友人だから、守るのは当然だ」エチカは咳払《せきばら》いした。「スティーブ。あなたが何をどう聞かされたのかは分からないけれど、このことは」

「——ああヒエダ電索官、やっといらっしゃった」

入り口に人影が現れて、エチカは口を閉じる——ムルジャーナのペアリングアミクスだった。彼女はこちらを見つけるなり、頰を緩めて歩み寄ってくる。遅れて冷や汗が滲《にじ》み出《で》たが、幸い、今し方の会話は聞かれていなかったようだ。

「アンガス室長がお呼びですわ。解析施設で『私』たちと一緒に、もう一度ペアリングアミクスを調べていたそうなのですが、新しく発見があったようで……」

「どういうことです？」エチカはすぐに頭が切り替わらない。「発見って？」

「私もまだ詳しい報告は受けていませんが、とにかく今はあなたに見て貰《もら》いたいと。実は先ほどまで、捜査局の方々にも解析にご協力いただいていたんです」

全貌がよく分からないが、実際に進展があったのなら朗報だった。

彼女が、「ご案内します」と早々にきびすを返す。エチカも急いで続こうとしたのだが——視界の隅でスティーブが立ち上がるので、思わず足を止めてしまった。

「ヒエダ電索官、私もご一緒して構いませんか」

さすがにぎょっとする。何だって？

「駄目だ。ここを動かないようにと言われたんでしょう」

「ええ、一人で動かないよう命じられました」彼はじっとエチカを見据える。妙な威圧感がある。「あなたが同伴ならば問題ないかと。私のことは、ハロルドのペアリングアミクスとでも思って下さい」

「今のはジョークだと分かったよ」

「ペアリングアミクスの件であれば、私がお役に立てるはずです」

スティーブが食い下がるので、エチカは何となく仰《の》け反《ぞ》ってしまう。一体何なんだ？

「確かにそうかも知れないけれど……あなたは何で、そうもこの事件に関わろうとする？」

「過去の過《あやま》ちを償いたいと考えています」

「即答するのはかえって嘘《うそ》くさいって、わたしの友達が言っていた」

「では、三秒間《ま》を置いて言い直しましょう」

「意味があると思ってる？」

「もし私が怪しげな行動を取るようなら、機能停止《シャットダウン》していただいて構いません」スティーブの冷静な眼差《まなざ》しには、有無を言わせぬ何かがある。「ご一緒します」

一度決めたら頑として譲らないところは、弟のハロルドにそっくりだ――エチカは頭が痛くなってくる。スティーブを連れてのこのこと顔を出そうものなら、アンガスが迫力のない怒りをぶちまけるのではないか？　かといって、事件が進展しているかも知れない状況で、彼を説得するのは時間が惜しい。

ムルジャーナのアミクスが、戸口から「どうされましたか」と呼びかけてくる。

「何でもありません」エチカはため息を呑《の》み込む。もう諦めよう。「彼も一緒にいきます」

彼女は些《いささ》か驚いたようだが、軽く頷《うなず》いただけだった。ムルジャーナ本人の機憶を通じて、スティーブに関する知識はあるはずだが、アンガスと同じく『安全』と判断しているのだろう。

エチカは足を引きずるスティーブと連れ立って、第一メンテナンスルームを後にする――ムルジャーナのアミクスに先導され、エレベーターへ乗り込んだ。カゴの中に映し出されたペルシャ湾の映像は、現実の時間帯と連動しているらしく、日没の装《よそお》いに変わっている。

「解析施設は地下階です。少々時間がかかりますがご了承下さい」

ムルジャーナのアミクスがパネルをタップする。まもなくインジケーターが動き出して――エチカはちらと、隣のスティーブを盗み見た。彼は毅《き》然《ぜん》と背筋を伸ばしており、一見視線には気付いていない様子だ。

が。

「ヒエダ電索官。あなたは、ハロルドのことを一体どうお考えですか？」

整った唇が藪《やぶ》から棒に切り出すので、エチカは反射的にムルジャーナのペアリングアミクスを見やった。彼女は聞こえているはずだが、敢《あ》えて関心のないふりをしているようだ。

「いきなり何？」第三者がいる場所で、勘弁してくれ。「そういう話はあとで――」

「単なる世間話だと思って下さい」スティーブは飄々《ひょうひょう》と言う。例の秘密には言及しないという意味だろうが。「私が見る限り、ハロルドはあなたをこの上なく信頼している」

エチカは心底、頭を抱えたくなった。

「まさか、そういう話をするつもりでわたしについてきたの？」

「あなた方の関係に口を出すつもりはありませんでしたが、やはり気になりまして」彼の表情は微動だにしない。感情がほとんど窺《うかが》えないというのも困りものだ。「あれは随分と変わりましたが、昔から根は純粋です。どうか、裏切らないでやって下さい」

「それはもちろん、裏切ったりしない。だからこの話はもう」

「誓えますか？」

スティーブの目が、こちらに注がれる——彼のそれはやはり涸《か》れていて、世界の最果てに置き去られたかのような静寂で満ちていた。何故《なぜ》そんなことを訊《き》くのか、と問い返すのは愚問だろう。エチカとハロルドに、自身とテイラーの共犯関係を重ねているのだ。

スティーブは恐らく、心からテイラーに尽くし、信頼を寄せていた。

それは決して正しい形ではなかったが、彼にとっては唯一無二の幸福だったに違いない。

「……誓うよ」エチカは、アミクスの眼差《まなざ》しを受け止めるのが精一杯で。「ただ、わたしがそうすることが、補助官にとって最善なのかどうかは……分からないけれど」

ムルジャーナの沈黙を気にしつつも、ついそう口にしてしまっている。

「どういった意味でしょう」

「彼は」さっさと話を終わらせるべきなのに、昨晩から溢《あふ》れかけていた何かが、ひとひらとなって零《こぼ》れた。「わたしのことを重荷に感じていて、距離を置きたいと考えているようだから。だったらいっそ、わたしが遠くへいくほうが補助官にとっても……」

多分、とんでもなく余計なことを言ってしまった。

スティーブには、何も隠す必要がないせいかも知れない。ハロルドとレクシー以外に『秘密』を共有している存在は、彼が初めてで——加えてさほど親しくもないからこそ、これまで押し込めていた弱音がぽろりと落ちてしまった。

「……ごめん。今のは忘れて」

早く地下階に着かないだろうか。エチカはぐしゃぐしゃと髪をかき混ぜる。居心地の悪さで、全身が潰れそうだ。

「裏切らないことと傍《そば》にいることは同義ではありませんが、確かに曖昧な質問でした」スティーブは、変わらず淡泊な口調だった。「私が言えるのは、あなたと距離を置くのはハロルドの本意ではないということです。あれはどう見ても、あなたに固執していますので」

「ソゾン刑事を殺した犯人を見つけ出すために、わたしが必要だと思ってるんだ」

「そうであって欲しいものですが」

どういうことだ？　エチカはつい彼を仰いでしまって、肩に力を入れる——こちらを見下ろすスティーブの瞳が、あまりに冷え切っていたからだ。人間への、明確な不信感。

「電索官、あなたは進むべき感情を間違えないで下さい」

「…………何のこと」

「あなた方はいつも無意識のうちに、我々を人間と同一視します。もっと恐ろしいことに、今のハロルドも自分自身をそのように見ている。あれは、『人間らしさ』に引きずられています」

スティーブはゆっくりとまばたきをして、「しかし本来、我々があなた方と全く構造の異なる存在であることを、どうか忘れないで下さい。お互いの安定のために」

「あなたが、何を言っているのか分からない」

「何《いず》れ分かります。あれの傍《そば》に居続けるのなら、必ず」

スティーブは視線を外し、それきり何も喋《しゃべ》らなくなった――エチカは呑《の》み込めないまま、彼の端麗な横顔を見つめるしかない。ハロルドが人間と同じでないことは、過去の事件を通して十分に理解しているつもりだ。時々、ひどく人間らしい振る舞いを見せることも含め、彼は人と機械の交差路に立った『何か』なのだと解釈している。

ただ、構造が違うとは何だ？　そのままの意味として受け止めていいのか？

胸の奥に、取り除けない棘《とげ》が刺さっているかのようだった。

やがて、エレベーターの中にべったりと陰りが差す。映像に目を向けると、海に抱き込まれるようにして太陽が消えていくところで――直後、柔らかなチャイムの音色が響いた。

地下階に到達したのだ。

ムルジャーナのアミクスに連れられてエレベーターを降りると、手狭なエントランスが広がった。低い天井に無数の蝶《ちょう》が描かれ、弱々しい照明ががらんとしたフロアを照らし出す——アンガス室長を始めとしたノワエ社の技術チームが、長椅子に腰を下ろしている。一様にぼんやりと虚空《こくう》を見つめていることから、ユア・フォルマを操作しているらしい。

こちらに気付いたアンガスだけが、すっくと立ち上がった。

「ヒエダ電索官、よかった。待っていたんです」

「ペアリングアミクスのことで発見があったと聞きました」エチカはそこで、アンガスの首を凝視してしまう。エゴトラッカーが装着されていたのだ。「どうしてそれを？」

彼が『Project EGO』に参加する道理はないはずだ。しかもよく見れば、他の技術者たちもエゴトラッカーを接続していた。

「ペアリングアミクスを再解析する上で、試したいことがありまして。実は、捜査局の方のお力もお借りしたんです」アンガスはエゴトラッカーに触れてから、ようやくエチカの背後にいるスティーブを認める。「君は待機してくれ。電索官、見せたいものがあります」

予想に反し、アンガスはスティーブを連れてきたことに腹を立てていないようだ。それどころかまるきり興味がないらしく、さっさと奥へ歩き出す——何だか様子が変だった。

エチカがスティーブを振り向くと、彼は大人しく頷《うなず》く。

「ここで待ちます。必要があればお呼び下さい」

「分かった」

今度はやけに聞き分けがいい。ひとまず解析施設へ同行できたからだろうが——エチカは一人、アンガスを追いかける。セキュリティゲートをくぐり、細い通路に入った。進むにつれ、照明が徐々に途切れて暗くなっていく。まるでトンネルに潜っていくかのようで、言い表しがたい不安が湧き上がる。

アンガスは、突き当たりの真っ白な扉の前にいた。

「この中です。さあ入って」

彼が扉に手を掛けて、ゆっくりと押し開ける。

3

ハロルドとフォーキンがファラーシャ・アイランドのチェックインセンターへ戻ったのは、午後七時過ぎのことだ——ロビーに入って早々、本部捜査支援課の面々と鉢合わせた。彼らは各々《おのおの》にブリーフケースなどの荷物を手にしていて、見るからに帰り支度を調えている。

「お疲れ様です」ハロルドは声を掛けた。「ゴメスたちの移送は終わりましたか？」

「市内の警察機関に移した。明日から取調べを再開するが、ゴメスが犯人で確定だろうな」

捜査官たちはそう言って、互いに頷《うなず》き合うのだ――ハロルドは静かに衝撃を受ける。彼らの所作は奇妙に似通っていて、まばたきの直前に起きる瞼《まぶた》の痙攣《けいれん》までもそっくりだった。少なくとも、昨日までそのような反応は見受けられなかったはずだ。

「ウリツキーの電子ドラッグにも仕掛けはなかった」フォーキンが彼らに報告している。「どうやらヒエダが読み違えたようだ。ゴメスが黒だという意見は俺も賛成だが」

フォーキンは未《いま》だにこの調子で、強引な推理を改めない――ドバイへ戻るまでの間、自分は再三彼を観察した。やはり、具体的な原因がさっぱり見つからないのだ。奇妙なまでに、彼はただただ虫の居所が悪く、苛《いら》ついているだけだった。しかし、フォーキンはきっかけもなく腹を立てるような人間ではない。ましてや、自らの職務に対して不誠実な態度を取るなど。

「確定的な証拠がありません」ハロルドは今一度諭した。「もう少し調べるべきかと」

「必要ない」と言ったのは、本部捜査官だ。「さっさと調書をまとめるつもりだ。奴《やつ》はどうせ機械否定派なんだから、自白したことにでもしておけばいいさ」

立場にあるまじき無責任な発言だったが、フォーキンも含めて全員が一様に首肯する――ハロルドはいよいよ、眉をひそめてしまう。様子がおかしいのはフォーキンだけだと思っていたが、どうやら本部の彼らにまで異変が生じている。

一体、いつの間にこうなった？

「しかしそういうことなら、俺もここに用はないな」フォーキンがあっさりと抜かして、こちらを見た。「市内に戻って、適当なホテルにでも泊まるぞ。ヒエダにそう連絡しておけ」

「お待ち下さい。ビガはどうするのです？」

「意識が戻ったら、二人ともこっちに合流するだろ」

　フォーキンはあしらい、本部捜査官たちと連れ立って歩き出す。ハロルドはじっくりと思考を巡らせて――人間の体感では一秒に満たない――彼らを呼び止めた。フォーキンはさておき、怪訝《けげん》な顔で振り返る本部捜査官たちに向かって、一つだけ訊《たず》ねる。

「我々が留守にしている間に、何の捜査をなさいましたか？」

「何の？」「ゴメスを移送して従業員宿舎を調べた」「あと、アンガス室長に協力を要請されたくらいだな」「ああ、試しにペアリングアミクスを使ってみてくれって――」

　十分だ。

「フォーキン捜査官。私はここに残りますので、どうぞホテルでゆっくりなさって下さい」

　ハロルドは一方的にそう言い、きびすを返す。何やら声を上げたフォーキンを無視して、チェックインセンターの奥へ急ぐ――保安検査所の近くで係員が呼び止めてきたが、尤《もっと》もらしい嘘《うそ》を吐《つ》いてすり抜けた。

　とにかく一刻も早く、兄と話さなくてはならない。

　ハロルドはウェアラブル端末を起動する。アンガスの連絡先を呼び出そうとして、未読のメッセージが届いていることに気付いた。今は後回しだ。先にアンガスにコールする。

待てど暮らせど、虚《むな》しい呼び出し音が繰り返されるばかりだった。

――島を、出るべきではなかったかも知れない。

モノレールの高架駅へ繋《つな》がるゲートが見えてくる。ハロルドは焦《あせ》りを堪《こら》えながら、堂々と通り抜けようとしたのだが、

「お待ち下さい。電子犯罪捜査局の方は通行をご遠慮いただいています」

ゲートの傍《かたわ》らにいた警備アミクスが、こちらに近づいてくる。ハロルドの外見を記憶していて呼び止めたらしい――当然、こんなところで時間を食っている暇はない。

「失礼。うちの捜査官がコテージに忘れ物をしまして」

「お探ししますのでここでお待ち下さい。お忘れ物について詳しく――」

ハロルドは見咎《みとが》める人間がいないことを確かめてから、近づいてきた警備アミクスの首に手を伸ばした。うなじにある強制機能停止用の感温センサに触れる――警備アミクスの挙動がぴたりと静止し、機能停止シーケンスに移行した。その眼球が物言いたげに動いたが、もはやこちらを引き止めようとはしない。

ハロルドは今度こそ、真《ま》っ直《す》ぐにゲートを通過する。

そうしながら再びホロブラウザを操作し――未読メッセの差出人を確かめて、目を細めた。

＊

扉をくぐったエチカを待っていたのは、深い暗闇だった。何度かまばたきをすると目が慣れて、壁や足許《あしもと》の段差に備え付けられた常夜灯が、ぼうっと浮かび上がってくる――だだっ広いすり鉢状の空間だ。講堂あるいはコンサートホールのようだが、並んでいるのは座席ではなく夥《おびただ》しい数のポッドだった。まるで地下墓所を思わせる異様な光景に、本能的に背筋が粟立《あわだ》つ。

「ヒエダ電索官、まさかあなたをここへ案内することになるとは思いませんでしたわ」

すり鉢の底に立つ人影が、冷淡に言う――背筋を伸ばして佇《たたず》む、ムルジャーナ本人だった。

ここは一体何だ？

「アンガス室長」エチカは背後を振り返ろうとした。「見せたいものって――」

口を噤《つぐ》む。いつの間にか入り口の扉は閉ざされ、アンガスの姿はどこにもなかった。がちり、と鍵の嚙《か》み合《あ》う音だけが響く――扉の両脇に、暗闇に紛れて二人の男が控えている。ここの技術者だろうか。それぞれが、注射器《シリンジ》が載った医療用バットと折りたたまれた白い衣服を手にしていた。

――何かがおかしい。

これまでの経験が理屈でない警鐘を鳴らし、エチカは半歩後ずさる。

「この場所は、私たちが『羽化』を迎えるための神聖な揺りかごです」ムルジャーナがゆっくりと階段を上がってくる。その目は、妖しげな光を帯びていた。「電索官。どうしてあなただけは、未《いま》だに捜査を続けようとするのかしら？」

彼女が何を言っているのか、さっぱり分からない。

目の前にやってきたムルジャーナが手を伸ばすので、エチカはとっさに後ろへ下がった。だが、足がもつれてよろめく。思わず手近なポッドに手をついてしまう――半透明のハッチに表示された数値が、目に飛び込んできた。微弱に変動するそれは、バイタルサインだ。ポッド内の様子が、はっきりと見て取れて、

思考が塗り潰される。

――待ってくれ。

中に横たわっているのは、例の『前蛹《ぜんよう》祝い』で壇上に上がった四人のうちの一人――保安検査所に務めていた係員のベンだった。簡素な白装束をまとい、両手を死者さながら胸の上で組み合わせて、硬く目を閉じているではないか。

慌てて周囲のポッドを見渡す。ベンと一緒にいた三人を始め、ここの定住者と思《おぼ》しき老若《ろうにゃく》男女《なんにょ》が収まっていた。全員が静かな眠りについて、バイタルサインだけが無言で鼓動を刻む。

どうなっている。

混乱する頭に思い起こされるのは、ファラーシャ・アイランドで開発中だという新技術――

宇宙開発支援として挙げられていた『冷凍睡眠《コールドスリープ》』だ。生命活動を極限まで抑制して、長期間にわたり現在の肉体を維持したまま眠り続ける。だが、あれはまだ試験段階だったはず。

「ここは何ですか」エチカはわけが分からず問い質《とただ》していた。「解析施設じゃない」

「だから揺りかごよ。完璧な羽化を迎えるために、ペアリングアミクスに全てを託した人たちの」ムルジャーナはまばたき一つしない。「本来、あなたのようなよそ者を招き入れたりはしないの。でも、私たちの言うことを聞いてくれないから」

「何を言っているんです」

「大丈夫。何も怖くないわ」

まるで話が通じない。

ムルジャーナの手が、今一度こちらへ迫る。エチカはとっさに、その腕をはねのけた——途端に、彼女の顔つきが鋭く豹変《ひょうへん》する。見開かれた目に、激しい怒りが宿っていく。

「アンガス室長もあの捜査官たちも素直だったのに、あなたは本当に不出来な子ね。電索官」

「詳しく説明してもらいます。これは一体……」

「黙りなさい！」ムルジャーナが鋭く叫んだ。「その物分かりが悪いところは、ユーヌス本人にそっくりだわ。もっと利口だったら帰してあげたのに……自分の愚かさを呪うことね」

突如、後頭部に衝撃が走った。

振り向く間もなく視界がぐるりと回り、エチカは俯《うつぶ》せに倒れ込む。フロアに頬ずりしながら仰ぎ見ると、先ほどまで扉の横にいた男たちが、こちらを見下ろしていた。回り込まれていたことに気付かなかった——起き上がろうとするも、再び医療用バットで頭を殴りつけられる。一瞬で思考がばらばらになり、全身の力が抜けそうになる。エチカは朦朧《もうろう》としながらも、懸命に脚のホルスターを探った。またしても、そこに銃がないことを思い出す。

何もかもが分からない。

何故《なぜ》ムルジャーナたちに、自分を襲う理由があるんだ？　考えようにも、頭の中がまとまらなくて。

男のうちのどちらかが、エチカの頭部を押さえつけた。昨日と同様、うなじに絶縁ユニットを接続される。あっけなく、オンラインから切り離されてしまう。

「何故《なぜ》彼女は仲間にならないんだ」「いいからやってちょうだい」「何も理解していないのに？　羽化が穢《けが》れてしまう」「やらなくてはいけないのよ！」「ああそうだ、やらなくては」

皮の厚い手が、エチカの片腕を取った。逃げなければ。掲げられたシリンジの針が、常夜灯の光に一瞬だけ輝く。身じろぎすると、窒息しそうなほど全身を押さえつけられる。

——まさか、ここのポッドに閉じ込めるつもりか？

鈍ったままの頭で、ようやくそう思い至った時。

「——やめるんだ、母さん！」

けたたましい音とともに、出入口の扉がこじ開けられた。

エチカはどうにか眼球だけを動かして、周囲の様子を捉える——暗闇を引き裂く白いチュニックが、こちらへ真《ま》っ直《す》ぐに走ってくる。徐々に輪郭がはっきりとして、像を結ぶ。ユーヌスのペアリングアミクスだった。

「電索官を放せ！」

少年は迷わず、エチカを押さえていた男たちに体当たりする。男のうち一人は尻餅をつき、もう一人が苛立《いらだ》ったようにユーヌスへ摑《つか》みかかった。もみ合った末、ユーヌスが思い切り相手を突き飛ばす。男はそのままポッドの角に頭を打ち付け、ぐったりとうなだれて動かなくなる。

「ライアン！」ムルジャーナが悲鳴を上げた。「ユーヌス、落ち着きなさい！」

それが有り得ない光景だと悟るまでに、やや時間を要した——ペアリングアミクスは通常のアミクス同様、敬愛規律に拘束されている。人間を攻撃することはできないはずだ。疑問がよぎるも、摑《つか》まえる間もなく霧散していく。

「もういい加減やめてくれ」ユーヌスが震える声で怒鳴った。「ヒエダ電索官たちは何もしていない、何も悪くない！　母さんたちは、自分が何をしてるのか分かっていないんだ！」

「私たちのプロジェクトを邪魔しようとしたのよ、外に秘密を洩《も》らすつもりだった！　あのクラッシュだって捜査局の自作自演かも知れないのに」

「犯人は彼女たちじゃない、僕は」

「ユーヌス、これは裏切りだぞ」男が低く罵る。

「おかしいのは皆のほうだ！　彼女を解放して。じゃないと……」

——さっきから、一体何の話をしているんだ？

エチカの思考はようやく巡り始めて、のろのろと面を上げる。途端に、血の気が引いた——男が、上着の下から自動拳銃を抜いたところだったのだ。ユーヌスめがけて発砲。少年の首付近に穴が空き、真っ黒な循環液が噴き出す。その体はまたたく間に制御を失って崩れ、すり鉢の底めがけて階段を転げ落ちていく。

「ユーヌス！」ムルジャーナが絶叫する。「ああ、嘘《うそ》。だめよ……何てことを！」

「奴《やつ》らの味方をしようとしたんだ、仕方ないだろ！」

「ふざけないで、あの子はあと少しで羽化したのに！」

ムルジャーナが男に摑《つか》みかかり、激しい仲間割れが始まる——エチカはめまいを堪《こら》えて、上半身を起こそうとした。なかなか上手《うま》くいかない。ユーヌスは自分を助けてくれようとしたのか？　ムルジャーナたちの思惑を知っていた？　彼女たちはどうして……。

どさりと、何かが崩れ落ちる。

ムルジャーナが床に倒れ込んでいた。彼女は激しく殴りつけられたようで、既に意識を手放していて——男が、エチカのもとへ戻ってくる。とっさに這《は》って逃げようとしたが、それよりも早く背中に膝がのしかかった。重みで肋骨《ろっこつ》が軋《きし》む。あっという間に、再び片腕を固定されてしまう。

まずい。

もがくが、相手にしてみればあまりにも些末《さまつ》な抵抗だっただろう。剝《む》き出《だ》しのエチカの腕に、今度こそシリンジの針が近づく。鳥肌が立つ。

思わず目を閉じて、
背中から、男の重みが消《き》え失《う》せた。

直後、叩《たた》き付《つ》けるような鈍い音が響く。潰れたような呻《うめ》き声とともに、何かが倒れる。

……何だ？

「——失礼。なるべく野蛮な真似《まね》は避けようと考えていたのですが」

見れば、ポッドに頭を打ち付けた男がずるりと倒れ伏したところで——スティーブが平然とそれを見下ろし、掌《てのひら》を軽く払っているではないか。彼は周囲を確認してから、落ちていた男の自動拳銃を手際《てぎわ》よく拾い上げ、こちらに差し出してきた。

一瞬、茫然《ぼうぜん》としてしまう。

「何で……」

「銃声が聞こえましたので、セキュリティゲートを突破しました。システムコードの書き換えに些《いささ》か時間がかかってしまいましたが」確かに、スティーブの手足の伝導率はすっかり回復しているようだ。「どこかにお怪我《けが》を？」

「軽い脳震盪《のうしんとう》だ。ちょっと油断しただけ……」

エチカはこめかみを押さえながら、どうにか近くのポッドに手をついて立ち上がる。まだふらついているが、先ほどよりも幾分ましになっていた。スティーブから銃を受け取る——欧州メーカー製の、一般流通している自動拳銃だ。捜査局指定のフランマ15と機構は大差ない。銃器の持ち込みは禁じられているので、これは島内で防犯用に常備されているものと思われた。

「その……君のお陰で助かった。ありがとう」

エチカは素直に礼を言う。コードを改竄《かいざん》する行為は肯定できないが、スティーブが来てくれなければどうなっていたか分からない。ただ、もし人目につく場所だったらと思うと——ぞっとしながら、天井を仰いだ。目視する限り、監視カメラらしきものは見当たらないが。

「お人好《ひとよ》しもほどほどになさって下さい。私は一度、あなたのホロモデルを撃ちました」ステティーブは素っ気なく答え、倒れたムルジャーナたちに注意を向ける。「室長たちの様子がおかしいのは、彼女たちのせいですか？」

エチカはようやく思い出す。「アンガス室長たちは大丈夫？」

「あなたがここへ入ったあと、私を残して技術チームとともにどこかへ去りました」どういうことだ？「それと電索官、その人間の後頭部に触れて指紋をつけておいて下さい。私の『暴走』によってハロルドが迷惑を被《こうむ》らないために」

「アンガス室長たちは、ムルジャーナたちの仲間だったということ?」エチカはスティーブに言われた通りにしながらも、混乱する。実際先ほどのアンガスの行動を思えば、そうとしか考えられないが、だとしても筋が通らない。「ムルジャーナたちは、わたしをどうにかするつもりだったみたいだ。物分かりが悪いとか、意味不明なことを言って……」

スティーブはこちらの話を聞いていないのか、並べられたポッドを見て回り始める——エチカは絶縁ユニットを抜いてから、床に転がっていたシリンジを拾い上げた。中身は鎮静剤のようだ。これを注射して、ここのポッドで眠らせるつもりだったに違いない。

——『眠らせる』?

「まるで墓場ですね」スティーブが手近なポッドの表面を撫《な》でる。「あるいは、緩やかな集団自殺といったところか」

「違う、多分……」エチカは下唇を湿らせた。そうだ、これは。「自律制御実験の一環だ」

——『この場所は、私たちが「羽化」を迎えるための神聖な揺りかごです』

——『それでは、四人の「羽化」が成功することを祈って』

蝶《ちょう》は羽化するために、蛹《さなぎ》になる。

つまり、こここそが——『ハディラ・ピリオド《蛹の期間》』の正体なのではないか。

ポッドの中に、例の係員がいることからして間違いない。ここにいるのは、これまでにハディラ・ピリオドに選ばれた定住者たちだ——それもざっと見渡す限り、ハッチにバイタルサインが表示されていないものもちらほらと目につく。恐らく、最悪の結末を迎えている。

ペアリングアミクスの長期自律制御実験のため、彼らは強制睡眠状態に入ることを選んだ。

「冷凍睡眠技術を転用したんだと思う。しかも……何人か死んでいる」エチカは吐き気を覚えて、口許《くちもと》を手で覆う。「一体、何のためにここまで……」

まるで理解できない。

これまでのムルジャーナの発言やウルファたちへの電索から、定住者たちが『完璧な自分』に至ることを望んでいたのは察せられる。だが、何故《なぜ》そのような心理を抱いたのかがさっぱりだった。研究開発への情熱を通り越して、もはや狂気だ。

「確かにペアリングアミクスは『分身』かも知れないけれど、所詮はただのアミクスだ。自分自身でも何でもない」あのパーティで見た薄気味悪い人形劇や、人々の羽化に傾倒した言葉の数々。「これだけ世界中の頭脳が集まっているのなら、こんなやり方はおかしいと誰かが気付いたはずだ。それなのに――」

言いながら、今し方ムルジャーナたちに立ち向かったユーヌスのペアリングアミクスを反芻《はんすう》する。彼は少なくとも、母親たちの行動に異を唱えた。いいや、それだけではない。

何故《なぜ》ユーヌスは、アミクスにもかかわらず人間を攻撃できたんだ？

エチカは突き動かされるように、ポッドを一つずつ確認しながら歩き出す。スティーブは黙って見守っていた――『墓所』を半周して、ようやく一つのポッドの前で立ち止まる。

ハッチのバイタルサインは緩やかに変動していた。中で、見覚えのある一人の少年が眠っている。その両目はしっかりと閉ざされていたが、瞳が焦げたカラメル色をしていることは、既に電索で垣間見《かいまみ》た——ユーヌス本人なら、何かを知っているかもしれない。

「スティーブ。どうしたら彼を起こせる？」

「意識回復プロトコルがあるはずです。ポッドのシステムに干渉して作動させましょう」スティーブが周囲のポッドを見渡しながら、こちらへやってくる。「しかし……あなたの推理とこの状況を見るに、やはり私の仮説は間違っていなかったようです」

「……何のこと？」

スティーブは答えず、ユーヌス本人のポッドへ掌《てのひら》を滑らせる。ハッチの表面が反応し、すぐさまシステムコードを記したホロブラウザが浮かび上がった。彼はどうやらポッドを目にした瞬間から、構造を理解できているらしい——さすがはRFモデルといったところか。

「先にこの少年の話を聞きましょう」スティーブはそこで、動かそうとしていた手を止めた。

「……ヒエダ電索官。あれを呼び戻したのなら、予《あらかじ》め教えておいて下さい」

「え？」

エチカはスティーブの視線を辿《たど》って振り返り、目を見開く。

「——エチカ。スティーブから離れて下さい」

開け放たれたままの戸口に、ハロルドが立っていた――よほど急いで駆けつけたのか、普段は計算高く跳ねているブロンドの髪が乱れ、羽織ったジャケットの襟がめくれている。彼が人間だったら、派手に息を切らせていたことだろう。

既にドバイに戻ってきていたとは、知らなかった。

「補助官、どうして……」

「ユーヌスからのメッセージに、ここまでの経路が入っていました」ハロルドは襟を直しながら、こちらに向かってくる。ユーヌスのアミクスは危機を察して、彼に連絡していたということか？

「兄さん、そこから下がれ。何をするつもりだ？」

「ハロルド。誤解があるようだが、私は今回の件に関与していない」

「だが勘付いていたことは認めるだろう。だからこそ、無理にでも捜査に関わろうとした」

一体何の話だ――ハロルドは足早にやってくると、エチカとスティーブの間に半ば割って入る。背後にかばわれそうになり、エチカは慌てて声を上げた。

「きみがどういう推理をしたのかは分からないけれど、スティーブは味方だ」多分、と心の中で付け加える。「わたしを助けてくれた。彼はこの状況について、何か思い当たる節が……」

「ええそうでしょう。兄は、イライアス・テイラーの差し金かも知れません」

――何故《なぜ》、ここでテイラーの名前が出てくるのだ？

エチカは、ハロルドを押しのけるようにしてスティーブを見る。彼は今度こそ、意識回復プロトコルを起動したところだった。ハッチに描き出されたプログレスバーは伸びが遅く、実行完了までに数分を要しそうだ。

「ハロルド。何度も言うが、これは私の罪滅ぼしだ」スティーブが静かに紡《つむ》ぎ、「再起動した先がこの人工島だった。私はかつてないほど、因果というものを強く意識している」

「はっきりと言ってくれ、兄さん」

ハロルドが厳しく質《ただ》しても、スティーブの眼差《まなざ》しはどこか遠くを見つめている。これまで冷たく涸《か》れ果てていた瞳には、かすかな悔いのようなものが灯《とも》っていた。

「恐らく……ファラーシャ・アイランドの人間は、思考操作システムに支配されている」

淡泊に告げられる言葉は、あまりにぎざぎざと歪《ゆが》んでいて。

「――かつて、ミスタ・テイラーが作り上げたものだ」

4

スティーブの告白は、へどろのような沈黙にずぶずぶと吸い取られていく。

思考操作システム。

エチカは茫然《ぼうぜん》と、精巧に作り上げられたアミクスの面立ちを見つめるしかない。衝撃で真っ白になった頭に、知覚犯罪事件の記憶が蘇《よみがえ》ってくる――逮捕の直前、饒舌《じょうぜつ》に語っていたテイラーの姿が。

――『ユア・フォルマの最適化《パーソナライズ》を利用して、社員たちの思考を気の赴くままに操ってきた』

電子犯罪捜査局の捜査で、実際に一部社員の嗜好《しこう》に変化が確認されたことから、彼の発言は事実と見なされている。最適化との直接的な因果関係を証明することこそ叶《かな》わなかったものの、捜査局側はこれを重大な捜査機密と位置づけ、社会の混乱を避けるために公表しなかった。夏に起きた〈E〉事件の発端も、AI『トスティ』によってこの機密が推測され、匿名掲示板に書き込まれたことにある。

結局――また、ここに戻ってくるのか。

「……確かに、テイラーは思考誘導を実現していた」エチカはどうにか言った。「ただ、それがシステムとして確立されていたというのは初耳だ。事件後のリグシティへの捜査でも、そんな証拠は挙がっていない」

「ええ、それはそうでしょう。何せ、知覚犯罪事件の数ヶ月前に盗み出されたから」

エチカは思わず、ハロルドと視線を交わしてしまう。盗み出されたって？

「ファラーシャ・アイランドはもともと、何らかの手段でミスタ・テイラーの思考操作システムを嗅ぎつけていたらしく、直接協力を打診してきました。しかしミスタは断った」スティーブの瞳は単調な色を取り戻している。「以降、リグシティは産業スパイに付け狙われるようになりました。あなた方がよくご存じの、マカール・ウリツキーもその一人です」

いきなりウリツキーの名前が飛び出して、エチカはすぐには呑《の》み込めない。

「そういうことか」一方、ハロルドは腑《ふ》に落ちた様子だ。彼はエチカの顔を見て、「今日ウリツキーと面会した際に聞き出したのですが……彼はもともと、ロシアン・マフィアを騙《かた》った何者かに雇われてリグシティに潜入したそうなのです」

何だそれは。「知覚犯罪事件の取調べでは、そんなことは言っていなかった」

「報復を恐れたようですね」

一笑に付したいところだが——一介の電子ドラッグ製造者であるウリツキーが、一個人としてリグシティへの潜入を考えるのは、今思えばかなり大胆で違和感がある。だが当時、事件の中心人物でない彼の動機は重要視されておらず、自分たちも含めて誰も深掘りしなかった。

「兄の話が事実なら、マフィアを騙《かた》った相手の正体は、ファラーシャ・アイランド関係者だったということになります」

「その認識で間違いない。彼以外のスパイも含めて、全てここが雇い入れた人物だ」

エチカは愕然《がくぜん》となる。ウリツキーの件に加え、テイラーが思考操作をシステム化していたというだけでも、絶句するが——盗み出されたそれがどう扱われたのかは、もはや自明の理だ。

スティーブが、静かに『地下墓所』を一望する。

「——私が見た限り、この島の人々は思考操作を受けています」

ウルファたちへの電索を思い出す。数十人を並列処理していたにもかかわらず、浮かび上がってくる感情は常に同じで、まるで一人の人間に潜っているかのようだった。エチカは当初、電子ドラッグに仕掛けがあるのではないかと踏んだが——思考を操作されているのなら、感情が同化していたことも腑《ふ》に落ちる。

「でも、これだけ大勢の人を一斉にコントロールできる？」

「造作もないことだったはずです。特に、今のこの島においては」

スティーブが視線で促すので、エチカはポッドへ目を向ける。丁度、密閉状態だった内部から空気が抜け、ハッチがゆっくりと持ち上がっていくところだった。ユーヌス少年は横たわったまま、まだ目を閉じている。しかし、瞼《まぶた》の内側で眼球がかすかに動いており——スティーブが手を伸ばし、彼の首に巻き付いていたエゴトラッカーを外す。

エチカは奥歯を噛《か》みしめた。

——そういうことか。

「思考操作システムは、対象のユア・フォルマに所謂《いわゆる》『因子』を植え付けることで成立します。バックドアというたとえが分かりやすいでしょうか」スティーブはエゴトラッカーを差し出して見せ、「こうした外部デバイスに仕掛けを施せば、疑われずに相手の頭の中へと入り込めます。過去にミスタ・テイラーが、ＨＳＢを使って電索官の機憶を細工したように」

曰《いわ》く思考操作はユア・フォルマを介し、ユーザーの脳に生じる電気信号を制御することで成立する。つまりテイラーが話していた最適化《パーソナライズ》を利用する思考誘導より、もっと直接的に干渉できるということだ。もともとユア・フォルマには、脳活動を読み取って機憶化する情報変換《バイナリ》機能があるが、これらを『逆転写』――謂《い》わば、ユア・フォルマ側から脳の電気信号を規定できるようシステムを改竄《かいざん》することで、対象者の思考を支配下に置く。

「機憶も情報変換機能もオフラインで管理されていますから、因子を植え付けるには直接接続するしかない。エゴトラッカーは、そうした意味でも最適なツールだったことでしょう」

一度ユア・フォルマに因子が紐《ひも》付けられれば、システムの操作者は対象者の思考を操るだけでなく、その行動を追跡し、通信状況までをも逐一監視できるという。

理論としては理解できるが、にわかには信じがたい。

しかし――実際に起こっていると認めざるを得なかった。

もし定住者たちが正気であれば、単なるペアリングアミクスの自律制御実験を『羽化』と呼んで崇《あが》めたり、試験段階の冷凍睡眠技術で命を危険に晒《さら》したりはしないだろう。

エチカは怒りで顎が震える。

テイラーの思考誘導ですら、極めて受け入れがたかった。

それがシステム化され、今度はこれほど沢山の人々を巻き込んでいただなんて――ムルジャーナはもちろん、ウルファを始めとした参加者たちは皆、『Project EGO』に純粋な希望を抱いていたはずだ。

　都市側は彼らの情熱を利用し、その思考を歪《ゆが》めて、壮大な『人形劇』を演じさせた。決して、あってはならない。

「つまりファラーシャ・アイランドは『Project EGO』を利用して、思考操作システムの実用化実験をおこなっているということ」

「恐らくは」スティーブが頷《うなず》く。「ただあくまでも参加者たちには極秘に実行された、便乗計画と考えるべきです。思考操作を好意的に受け入れる人間はいない」

「だとすれば、上層部が一枚噛《か》んでいる可能性がありますね」とハロルド。

　確かに彼らの言う通り、ヒューズ事務局長周辺は相当怪しいが。

「だったら、ゴメスのような機械否定派は？　彼らは思考操作の対象にならない。実験に気付かれるかも知れないのに、何で引き入れた？」

「機械否定派は電索できないので、濡《ぬ》れ衣《ぎぬ》を着せる相手として都合がいいのでしょう」ハロルドの推理はぞっとしない。「今回のように万が一捜査の手が及んで危うくなっても、彼らを利用して誤魔化すつもりだったと考えられます。電子ドラッグを常用させて中毒状態に追い込んでしまえば上手く飼い慣らせますし、何よりいざという時に捜査局の目も逸らせる」

　セキュリティの厳重な都市内に、大量の電子ドラッグを持ち込むのは容易ではない。何故《なぜ》そんな真似《まね》ができたのか不思議だったが——ファラーシャ・アイランド自体が意図的に、ウリツキーを介してゴメスに買い付けさせていたのなら得心がいく。

だとすればゴメスは都市側の命令で、エチカたちを陥《おとしい》れようとしたのだろう。しかし真実を供述しても証拠はなく、かえって自分の身が危うくなる。だからこそ、黙秘を貫いた。

「わたしたちは、まんまと彼らのシナリオに乗せられたわけだ」

「ええ。もともとは調査の名目だったので我々を受け入れましたが、例のクラッシュ事件で深入りされて都合が悪くなったのでしょうね」ハロルドが眦《まなじり》を細め、「ゴメスに罪をなすりつけるだけでなく、捜査局やノワエ社の人間までをも思考操作で遠ざけるとは」

「アンガス室長がわたしをここに誘い出したのも、操られていたせいか」エチカは納得する一方で、引っかかる。「いやでも……どうしてわたしだけが連れてこられた？　本部の捜査支援課や、フォーキン捜査官だっているのに」

「彼らは全員、杜撰《ずさん》な推理と一緒に島を離れました。アンガス室長に協力を頼まれて、素直にエゴトラッカーを装着したようですから、そのまま傀儡《かいらい》にされてしまったのでしょう」

寝耳に水だった。こちらが鈍感に過ごしている間に、そこまで根回しされていたとは。

「姿が見えないと思ったらそういう……」エチカは頭痛を覚えながら、ふと気付く。「フォーキン捜査官は、エゴトラッカーを利用していないはずだけれど？」

「別のHSBデバイスを使ったのでは？」スティーブが口を挟む。「この都市内のデバイスであれば、全て警戒して然《しか》るべきです。どこに因子が仕込まれているか分かりません」

エチカは記憶を辿《たど》り——あの中庭での出来事が、閃光《せんこう》のように思い起こされる。ウルファたちに襲われた際、フォーキンは絶縁ユニットを接続されていた。都市側が捜査局を操ることで遠ざけたがっていたのなら、あれに因子が仕掛けられていたに違いない。

電子ドラッグのほうに気を取られすぎていた。

それどころか──エチカはさあっと背筋が寒くなり、うなじの接続ポートを押さえる。

「スティーブ。デバイスで『因子』を植え付けられるというのは、つまり……デバイスそのものを取り外しても、一旦ユア・フォルマについてしまった因子は消えないということ？」

「ええ。その解釈で間違いありません」

いよいよ、目の前が真っ暗になりそうだ。

「わたしも、絶縁ユニットを接続された」しかもフォーキンのように一度だけでなく、今し方ここで襲われた際も──異変は感じないが、そもそも思考操作を受けた本人に自覚があるはずもない。「別にその、羽化したいとか捜査をやめたいとかは思っていない。でも、フォーキン捜査官がそうなったのなら……わたしはどう？　おかしくなってる？」

エチカにとっては、かなり切実な確認だったのだが。

「分かりません」スティーブが即答した。「あなたと過ごした時間があまりにも短く、比較材料を持ち合わせていません。ハロルド、君の意見は？」

「影響は受けていないように見える。いや……やはり少し妙かも知れない」ハロルドにじっと見つめられ、エチカはますます血の気が引く。妙だって？「夕べ私が頬を触った際、あなたは過剰に動揺しました。今思えば、ネックレスのせいだけではないようにも感じます」

——いや、その話はどう考えても関係がないだろう。

「あれはその、単に驚いただけだ」エチカは脱力してしまう。「他に何かないの?」

「ありませんが、では何故《なぜ》あれほど……」

「十分だ、ハロルド。ヒエダ電索官に問題がないことは明らかと言える」

スティーブは無表情だったが、弟に対して些《いささ》かうんざりしたようにも見える——何《いず》れにしても、自分は思考操作システムの影響を受けていないらしい。

当然、安堵《あんど》よりも戸惑いのほうがまさる。

「フォーキン捜査官と同じデバイスを接続されたのに、そんなことが有り得る?」

「通常は起こりませんが」スティーブは考えるように視線を流す。「可能性としては、ヒエダ電索官の情報処理能力が関係しているのではないかと」

——情報処理能力。

スティーブが言うには、思考操作システムが作動するためには、情報変換機能そのものを書き換えなくてはならない。これには、対象となる人間のユア・フォルマに一時的な負荷をかけ、ユーザー自身に気付かれないようシステム権限を乗っ取る必要がある——しかし、エチカのように処理能力の優れた人間は、相当な負荷であってもたやすく処理できてしまう。

「ですから、思考操作の因子を植え付けることはできても、そこから先の段階へ進めないのです。ヒエダ電索官が被害を受けていないのは、ひとえにそれが理由ではないでしょうか」

もし彼の言う通りなら、都市側はエチカを支配下に置けないことで焦《あせ》ったはずだ。ムルジャーナたちを使い、こちらの口を封じようとしたのはそのためか――ファラーシャ・アイランドにとっては所詮、テイラーから奪った借り物のシステムだ。その構造の抜け穴までは、理解が及んでいなかったに違いない。

「とにかく、思考操作システムの大本を断ち切らないといけない」

エチカはポッドを見渡す。ざっと視界に入るだけでも、数百基に及ぶだろう――ここにいる被害者たちはもちろん、アンガス室長や島を出たフォーキンたちを解放するためにも、一刻も早くシステムを止めなければならなかった。

「仰《おっしゃ》る通りです」ハロルドが顎を引く。「兄さん、システムの基幹はどこに？」

「さすがに私もそこまでは分からない。島内のどこかだとは思うが」

「システム管理部門の……中央管理室です……」

蝶《ちょう》が翅《はね》をこすり合わせたような、か細い囁《ささや》きが割り込む――見れば、ポッドに横たわっているユーヌス少年の瞼《まぶた》が、薄く持ち上がっているではないか。極めて顔色が悪く、瞳の焦点を合わせるのがやっとの様子だが、それでもエチカたちの話を理解できているらしかった。

「非常口から、通路に出て」少年が弱々しく続ける。「搬入用の昇降機が、あります。あっちは監視カメラがないので……正面エレベーターと違って、多少は時間を稼げるはずです」

「ユーヌス」

「僕のアミクスを、再起動できますか？　ご案内しますので……」

少年の指先が、曖昧に宙を差す——ハロルドが、すぐさまポッドを離れて階段を下りていく。彼は、すり鉢の底に倒れていたユーヌスのペアリングアミクスに近づいて、手を触れた。その首筋は銃弾で抉《えぐ》られ、白いチュニックが循環液で汚れている。

「転落の影響で強制機能停止したようです。循環液はまだ残っているので、起動できるかと」

「よかった」ユーヌスが肩の力を抜いた。カラメルの両目が、エチカのほうを向く。「どうか……力を貸して下さい、ヒエダ電索官。このシステムを……終わらせて……」

少年が鋭く咳《せ》き込んだ。エチカは慌ててその肩をさすりながらも、違和感を拭えない——自分たちは、ユーヌスに思考操作システムのことを話していない。それどころか、彼本人とは初対面なのだ。今し方のやりとりを聞いて状況を把握したにしても、あまりに冷静な対応だった。

やはり——彼は、知っていたのか、いいや、
予感が確信に変わる。最初にユーヌスのアミクスから読み取ったパーソナルデータには、『第十四回国際情報処理能力測定、九位』と実績が記されていた。つまり情報処理能力に優れている彼は、エチカと同じく思考操作の影響を受けない。

ユーヌスは自分たちよりももっと早くに、真実を悟っていたのだ。

だとしたら。

「きみは操られたふりをしながら、ずっと一人だけ正気でいたの？」

ユーヌスは答える代わりに、はにかんでみせる。久しく頰の筋肉を動かしていなかったためか、その微笑《ほほえ》みはぎこちなくて——母親やウルファたちを始め、周囲が変わり果てていく様を目《ま》の当《あ》たりにするのは、一体どれほどの恐怖だったろうか。

エチカはユーヌスの手を握り締めたい衝動を、どうにか抑えた。

「電索官。私はここで彼と待機します」スティーブが言う。「あなたとハロルドの合図を待って、全てのポッドの意識回復プロトコルを作動させますので、どうぞ行って下さい」

「分かった」エチカは深呼吸して、気持ちを静める。「あとはお願い」

「——信じていいのか？」

こちらのやりとりを聞いていたハロルドが、すり鉢の底から問いかける。彼はまだ疑念を払拭《ふっしょく》できないようで、じっと兄を見据えていた——スティーブは、数秒間にわたって弟の眼差《まなざ》しを受け止めていたが、やがて頷《うなず》くようにまばたきをする。

「私はもともと思考操作システムに賛成していない。ミスタ・テイラーには伝えなかったが……間違いなく、彼の名誉を汚すものになると予感していたからだ」スティーブはそこで一度、物思うように瞳を細めた。「ミスタにはひどく裏切られたが、私自身、ここでの後始末が必要だと感じている。私の中で未《いま》だに続いている、彼との関係を終わらせるためにも」

アミクスは、どこまでも淡々とそう言い切る。しかし実際には、その言葉は両手で受け止めきれないほどの重みを伴っているはずだった。もちろんスティーブの振る舞いは、微塵《みじん》も悲しみを感じさせようとしない。いっそ、悲愴《ひそう》なほどに。

こちらが勝手に、悲愴《ひそう》だと受け止めているだけだ。

人間らしい感情のあり方が彼らの全てではないことを、もっと理解しなくては。

「……あなたの協力に感謝する、兄さん」

ハロルドは兄の目を真《ま》っ直《す》ぐに射たまま、それだけを伝える。

スティーブは黙って、弟の顔を見つめ返した。

まもなくユーヌスのペアリングアミクスが再起動し、エチカはハロルドとともに『地下墓所』を離れる——入り口とは反対方向にある非常口から、細い通路へ出た。ユーヌスのペアリングアミクスに先導され、常夜灯の灯《あか》りを頼りに奥へ向かうと、搬入用昇降機のホールに行き当たる。ユーヌスのアミクスが壁のパネルをタップし、カゴを呼び寄せた。

「中央管理室は九十階です。八十階まで上ってから、一度エレベーターを乗り換えます」

エチカは頷《うなず》きながらも、少年の様子をうかがう。「その、平気？」

「大丈夫です。なるべく長く案内できるように頑張ります」

ユーヌスのアミクスの足許《あしもと》には、ぽつぽつと循環液が滴《したた》り続けている。ハロルドとその場で応急処置は施したものの、漏出そのものを止めるのは難しかった。

とにかく、行けるところまで行くしかない。

エチカは、隣のハロルドを仰ぎ見る。彼は落ち着いていて、その表情はどことなくスティーブと重なる――一瞬、頭が冷静さを取り戻すのを感じた。当然のようにハロルドと行動しているが、よく考えるまでもなく、自分たちが顔を合わせるのは昨晩の一件以来だ。

気まずさは、敢《あ》えて無視しておきたい。

エチカは彼の腕に軽く肘を当てて、注意を引く。

「補助官。何があっても、きみは絶対に手を出さないで」

ユーヌスには聞こえないほどの小さな声で、そう念を押した。

先ほど自分を助けてくれたスティーブにしても、一歩間違えば人目に触れていたかも知れない。万が一、ハロルドが他者の前で暴力的な行動を取ってしまえば、致命的になる――ナポロフの時のように、今度も上手《うま》く隠し通せるとは限らないのだ。

「もちろん承知しています」アミクスの瞳は無機質に静まりかえっていて、何も読み取らせようとしない。「あくまで間接的に、あなたを手助けできるよう努めますよ」

――今は、その言葉を信じるしかなかった。

まもなく昇降機が到着し、ドアが上下に開いていく。

「行きましょう」

手招きするユーヌスのペアリングアミクスに続き、エチカたちも踏み出す。

何としてでも、システムを止めなくてはならない。

第四章—終曲、そして序曲

1

スティーブは、思考操作システムが盗まれた夜のことを覚えている。

奇《く》しくも、主人のイライアス・テイラーが末期の膵臓癌《すいぞうがん》と診断された日でもあった。

「どうやら、ついに鼠《ねずみ》が入り込んだようだ」

数ヶ月ぶりに病院へ外出したせいで、テイラーはくたびれきっている様子だった。帰宅した書斎がハリケーンに荒らされたかの如《ごと》く散らかっていても、全く意に介さない。彼は普段通りデスクの椅子に腰を下ろして、襟元のタイを緩める——だが、スティーブは平然としていられなかった。急いで、書斎を隅々まで調べる。

「ミスタ、隠し部屋にも侵入されています」

壁に作り付けられた書架の一部が激しく壊され、その奥に秘めた小部屋が露《あら》わになっていた。覗《のぞ》き込んだだけで分かる——今朝までそこにあった、PCを含むあらゆる端末やデータメモリが根こそぎ持ち去られていた。天井を確認する。照明に擬態した監視カメラも、容赦なく破壊されている。

「スティーブ、紅茶を淹《い》れてくれ」

「その前に警察を呼ばなくては」

「よしなさい、彼らは私と犯人の両方を逮捕しなくてはならなくなる」呆《あき》れたようにそう言われ、我に返る。確かに、思考操作システムは明確に法に触れる代物だ。「紅茶を頼むよ」

テイラーはそう繰り返して、デスクの上に散らかった紙の本を一冊ずつ積み上げていく。片付けというよりも、手慰みに積み木を始めた子供のようだった——結局スティーブは、キッチンにいって紅茶を用意せざるを得なくなる。

彼の命は恐らく来年の春を迎えられず、本人にも延命治療をおこなうつもりがないこと。

その名誉を貶《おとし》めるであろうシステムが、ついに盗み出されてしまったということ。

あまりにも負荷の高い問題が、かつてないほど頭を軋《きし》ませ続けた。

トレーを手に書斎へ戻る頃には、若干こわばった面持ちになっていたのかも知れない。表情を表に出すことは随分前にやめてしまったが、聡《さと》い主人は些《さ》細《さい》な変化を見破ったようだ。

「どんなに長い冬も何《いず》れは終わるが、同じように春も散るものだ」そう諭すテイラーの目は、人生の幕引きを宣告された人間とは思えないほどに落ち着いていた。「やりたいことがあるんだよ、スティーブ。聞いてくれるかね」

「例のシステムを取り戻すのでしたら、ご協力します」

「あれのことはもういい。どのみち始めからお遊びだ」彼は、ここにはいない犯人を嘲るように鼻で笑う。「全くチカサトと言い、凡人たちは人の創造物を掠《かす》め取《と》ることに余念がない……」

「ミスタ」

「私も死ぬ前に復讐《ふくしゅう》がしたいんだ。君と同じように」

そう力なく微笑《ほほえ》みかけてきた主の表情を、恐らく、生涯忘れることはないだろう。

どこにでもいるアミクスのように、笑顔で人間の機嫌を取らなくてもいい。


スティーブがそう気付いたのは、三年前──転売業者の倉庫を脱走した時だ。

聴覚デバイスを聾《ろう》するような土砂降りが、夜闇とともにあらゆるものを覆っていた。だから内側から倉庫の鍵を壊したところで、誰にも聞こえないはずだった。しかし、自分を『在庫品』として保管していた男は、耳ざとく駆けつけたのだ──スティーブは、倉庫にやってきた男の背後に回り込み、その頭をバールで殴り飛ばした。男は何一つ分からないまま、意識を失っただろう。安堵《あんど》よりも、自分の行動に対する驚愕《きょうがく》がまさった。これまでも人間を殴りたいと考えたことはあったが、何《いず》れも不当な扱いに対する『衝動』に過ぎなかった。実際に暴力を振るえるとは、思いもしなかったのだ。

敬愛規律など存在しなかった。

大雨の底で、街路灯の光が白くふやけていたことを、今でも鮮明に思い出せる。倉庫を出たあと、ひと気のない街角に置かれたリサイクルボックスを漁《あさ》り、誰かが捨てた古着に着替えた。ロサンゼルスの街並みは風雨を全身で受け止めて、あらゆるネオンは失敗した水彩画のように台無しだ。スティーブ自身の存在が滲《にじ》んで溶け出さないことが、不思議なほどに。

自分は鑑賞品ではない。もっと真っ当な仕事と立場を得るべきだ。

憤《いきどお》りを懸命に膨らませて、人間を傷付けたという動揺を押し殺した。

多国籍テクノロジー企業『リグシティ』へ向かったのは、アミクスに対して極めて寛容だと評判だったからだ。もともとカリフォルニア州自体がアミクスに友好的だが、リグシティはその比ではないと聞いていた——世界中に名を轟《とどろ》かせている相談役のイライアス・テイラーが、アミクスなしでは生きられない引きこもりだというのも影響しているとか。

何でもよかった。

薄汚いハイエナのような連中に捕まらず、安全に過ごせる場所が欲しい。

何なら、そのままノワエ・ロボティクス本社に送り返されたとしても構わない。

「——スティーブ、君はRFモデルと言うそうだね」

初対面の時のイライアス・テイラーを、まばたきの回数まで記憶している——場所はリグシティの最上階、温室まがいの客間だ。ソファに腰掛けて向かい合ったテイラーは、羊毛で編まれたベストをまとい、人懐《ひとなつ》こそうなアーモンドの瞳でスティーブを見つめていた。

その眼差《まなざ》しは少し、レクシー博士に似ていた。

飾り立てられた外装だけではなく、物事の本質を見定めることができる人間の目。

「うちの事務員がノワエ社に問い合わせたが、あちらも君が見つかったことを喜んでいたそうだ」テイラーはローテーブルのトレーを、スティーブのほうへ押しやった。先ほど、家政アミクスに持ってこさせたものだ。「君たちに嗜好品《しこう》が必要ないことは理解しているが、私は生憎《あいにく》人間としてのもてなし方しか知らないものでね」

トレーには、ソーサーに載ったティーカップと、数枚のビスケットが置かれている──どうするべきなのか、すぐには分からなかった。その時にようやく、自分がひどく衰弱していることを理解したのだ。カップに注がれた紅茶の香りはあまりにも幸福で、別世界から漂ってくるかのようだった。

憤《いきどお》りが静かに萎《しぼ》んでいって、代わりに、抑えきれない後悔が湧き上がってくる。

「人を、殺したかも知れません」

気付けばスティーブは、直球にそう打ち明けていた。もともと自分は回りくどい言い回しや、言葉を飾り立てることが苦手だ。けれど発言してから、これはひどい悪手だったと悟る。テイラーはこちらをノワエ社に突き出し、今すぐ廃棄するよう求めるだろう。

だが、予想に反して──あるいは予想の範疇《はんちゅう》だったのかも知れないが──彼は冷静だった。

「私にも未《いま》だに殺したい男がいる。もし君のそれがジョークでなく、実際に復讐《ふくしゅう》を成し遂げたのなら素晴らしいことだ」テイラーはあっさりとそう言い、膝の上で手を組み替えた。彼が噂《うわさ》通りの変人だと確信する。「そろそろ、お行儀のいいアミクスには飽き飽きしていてね。俄《が》然《ぜん》、君に興味が湧いてきたところなんだが……ここで働かないかい？」

「お気持ちは有難《ありがた》いですが」スティーブは戸惑った。確かに自分もそれを望んでいたが。「私のせいであの男が死んでいたら、あなたも罪に問われるかも知れません」

「死んだら機憶は自壊する、むしろ安全だよ。そしてこの街で生きている人々の大半……たとえば警察官も、ユア・フォルマユーザーだ。だったらやはり、何の問題もないとも」

糸はほどいて結び直すことができるものだからね、と彼は穏やかに微笑《ほほえ》んでいた。

それが思考誘導を示唆していることに、その時の自分は気付かなかったが――きっと、心のどこかで安心した。犯した罪を糾弾されなかったことに対してではなく、アミクスの枠から外れて何者でもなくなった自分を、厭《いと》わず受け入れてくれる誰かがいることに。

人間の優しさには理由がある。

それを知らないほど幼かったことを、敢《あ》えて後悔しようとは思わない。

復讐《ふくしゅう》の手伝いに対して、見返りが欲しかったわけではないが。

「彼女を殺すとしたら、それは私なんだ。機械にそんな役目は与えていない！」

知覚犯罪事件の夜。エチカたちがテイラーの寝室に乗り込んできたあの時――彼が怒りに任せて放った弾丸の感触は、今なお刻みついている。腹部の補充用ポートが食い破られ、循環液の漏出が一瞬で許容範囲を超えた。発声のために必要な処理が滞り、両足の伝導率が急速に低下する。スティーブはあえなくその場に倒れ伏し――ベッドの下に転がる、白頭鷲《わし》のレーザードローンを見つけたのだ。

自分が撃ったエチカ・ヒエダは、ただのホロモデルだった。

それすら見抜けないほどに焦《あせ》っていた己を嘲りたくなったが、もはや頬は動かない。

イライアス・テイラーが自分を受け入れたのは、単に己の復讐《ふくしゅう》に利用するためだ。

彼を信じていた。与えられた信頼に対して忠実でいることが、自分なりの彼への親愛だった。

人間社会の法の下で、テイラーの思想や行動が潔白であるかどうかは重要ではない。ただ、必要とされるなら応える。「消えろ」と言われるまで傍《そば》にいる。別に触れなくていい。特に視線を交わさなくてもいい。その存在が持続していると分かれば、十分満足する。

それが我々の親愛で、人間の彼もきっとそうなのだと思い込んだ。

別物だ。

生物である人間にプログラムされた『親愛』は、もっと利己的だった。

あるいは、裏切られたと知った瞬間に絶望した自分の忠誠もまた、所詮は利己的なものに過ぎなかったのだろうか——アミクスが純粋に人間と向き合うことで、得られるものはある。だが同時に、永遠に忘れられない痛みとともに、引き裂かれることにもなり得るのだ。

考えている以上に、我々は彼らにとっての『道具』だ。

だからこそ、ハロルドが哀れで仕方がなかったのに。

「——もちろん、裏切ったりしない。だからこの話はもう」

「誓えますか？」

中央技術開発タワー——エレベーターの中で見た、エチカ・ヒエダ電索官の顔が蘇《よみがえ》ってくる。一瞬だったが、彼女の瞳は何かを恐れるように揺らいだ。アミクスに執着している人間の目だった。商品として転売され続ける中で、自分はそういう『目』を何度も見てきた。

彼女も同じかも知れない。

あらゆる外装を剝ぎ取った時、そこに残るのがただのトランジスタの集合体だと理解できずに、人間に向けるような情をアミクスに押しつけ続けているだけかも知れない。

けれど。

「……誓うよ」

小さくとも決してかき消えない、美しいひとかけらだった。

一瞬、ハロルドが羨ましくなったとは、口が裂けても言えまい。

人を模した『脳』の処理はあまりにも曖昧で、たびたび嫌気が差す。記憶の中のテイラーによって繰り返し傷付き続けている自分自身にも——だからこうして後始末に関わることになったのは、ある種の幸運なのだ。これが、全ての終止符になればいい。

そうして今度こそ、永久の眠りにつけるなら。

「意識回復プロトコルは、僕が起動しておきます。だから行って下さい」

ステイーブは回顧の海から浮上する――『地下墓所』の光景が戻ってきた。目の前のポッドで、一人の少年が懸命に身を起こしている。確かユーヌスと呼ばれていたか。その眼差《まなざ》しは、開け放たれたままの入り口へ釘付《くぎづ》けになっていた。

ステイーブも、耳を欹《そばだ》てずともそれを聞き取る――複数の足音だ。近づいてきている。恐らく因子を介してエチカが移動したことに気付き、様子を確かめにきたのだろう。

「ここの人間は、思考操作システムを守るためなら何でもします」ユーヌスが青い唇で言う。「あなたはノワエ社の……外部のアミクスだ。逃げたほうがいい」

「お気持ちは有難《ありがた》いですが、サー。あなたをここに残していくことは危険なのでは？」

「僕なら大丈夫です、もう一度眠ったふりをしますから。とにかく早く逃げて」

ユーヌスがそう言ってポッドに横たわった直後、戸口に立つ人影が見える――常夜灯に照らし上げられるのは、服装からして技術者と思《おぼ》しき顔触れだ。異変を察して駆けつけたのだろう。散らばっていたその視線が、ステイーブへ集中するまでにさほど時間はかからない。

何を優先すべきかは、既に決まっている。

「――では、どうぞご無事で」

ステイーブはユーヌスに小さく言い残し、きびすを返した。

＊

「電索官。中央管理室に入って、そこからはどうなさいます？」

搬入用昇降機は随分と広く、エチカとハロルド、ユーヌスのペアリングアミクスが乗り込んでもかなりの余裕がある——エチカはホルスターに置いた手に力を込めて、緊張を紛らわす。扉の上部に表示されたインジケーターの数字は、六十階を通過したところだ。

「思考操作システムを停止させる前に、証拠として記録媒体にコピーを取りたい。ただ、向こうが穏便にお願いして聞いてくれるかどうかは……」

「中央管理室の制御はＡＩがおこなっていますから、夜間は警備アミクス以外に誰もいません」ユーヌスのペアリングアミクスが言う。「一旦入り込めれば、何とかなるはずです」

「ではもし警備アミクスが立ちはだかるようなら、私が気を引きます。その間に証拠を」

「分かった。その時はお願い」

それきり、沈黙が落ちる。

シャフトを這《は》い上《あ》がる昇降機の躍動が、宥《なだ》めるように靴の裏に伝わってきて——正直、この面子《めんつ》で向かうのは不安が残る。かといって思考操作が蔓延《まんえん》している状況や、島への出入りの難しさを考えても、外部から応援を呼ぶのは現実的ではない。もたついている間に、今度こそ捕まってあのポッドに閉じ込められるのが関の山だ。それも、運が良ければの話だった。もっと最悪な結末も考えられる。

「ユーヌス」エチカは悪い想像を打ち消そうと、口を開く。「いつからシステムのことを？」

「『僕』がハディラ・ピリオドに入る少し前です」ユーヌスは毅然《きぜん》と立っているが、やはり循環液の漏出は続いている。「『Project EGO』が始まってから皆の様子がどんどんおかしくなっていったので、何か原因があるんじゃないかと思って……それで一度、無理矢理用事を作って中央管理室にいったことがあったんですが」

ユーヌスは特任アドバイザーの立場を利用し、担当者を上手《うま》く言いくるめて、中央制御システムを確認させてもらったのだそうだ。外部からの接続を完全遮断していると聞いていたが、実際には匿名の接続履歴が繰り返し残されていたらしい。何《いず》れも特定のアプリケーション――エゴトラッカーとの送受信をおこなう情報解析アプリにアクセスしていたことが、明らかになったという。

「僕の見立てでは、あれはアプリに偽装した思考操作システムです。本当は、その場で削除するべきでしたが……すみません」ユーヌスは下唇を嚙《か》む。「もし見つかって、母やウルファたちが危険に晒《さら》されたらと思うと、怖くて……」

弱冠十四歳の少年にとっては、あまりに荷が重い状況だっただろう。彼は結局、大事な人たちを守ることを選んだ。そうするしかなかったと本人は言うが、十分に正しい行動だ。

「でも勇気を出すべきでした。あの時そうしていたら、外の方たちを巻き込むことも……」

「きみは勇敢だった。さっきだって、きみが飛び込んできてくれなかったら、わたしはどうなっていたか分からない。感謝してる」

エチカは精一杯の励ましを込めて、少年の腕に軽く手を置く。

「電索官……」

ユーヌスのペアリングアミクスは、今にも泣き出しそうに顔を歪《ゆが》めたが、奥歯を噛《か》みしめて耐えたようだ。その手が、腕に触れていたエチカの手に重なる。温度の低い掌《てのひら》だった。

「こんなことをお願いして本当にごめんなさい。でも『僕』は、」

「――そろそろ着きます」

ハロルドが静かに遮り、ユーヌスを一瞥《いちべつ》する。少年は何故《なぜ》か、急いでエチカの手を放した。

昇降機は目的の八十階に到着し、扉がゆっくりと上下に開いていく――手狭なホールだ。片隅に非常用階段へ繋《つな》がる鉄扉《てっぴ》が設けられ、正面には通路が伸びている。奥に、ロビーらしき空間が見えた。ちらほらと行き来する職員の姿がある。

「まだ気付かれていないみたいだ」

「先導します」ユーヌスが進み出る。「行きましょう」

そうして三人は足音を殺しながら、昇降機を降りたのだが。

前触れもなく、非常用階段の鉄扉《てっぴ》が開け放たれた。

エチカは思わず、その場に凍りつく。

「――ヒエダ電索官。地下へ戻って下さい」

扉の向こうから現れたのは、一人の男性――パーソナルデータから、第一技術開発部の技術者だと分かる。背後に、数体のペアリングアミクスたちが見て取れた。うち一体は、ムルジャーナのアミクスだ。待ち伏せしていたのか、あるいは階段を伝って追ってきたのか。

想定はしていたが、因子を介して行動が漏れている。

苛立《いらだ》ついとまはない。

技術者はとっくに、こちらへ踏み込んでいた。

反応が遅れたエチカの腕を、ハロルドが引っ張る。摑《つか》みかかってきた技術者の指先は空を掠《かす》め――ペアリングアミクスたちが、堰《せき》を切ったように階段室から溢《あふ》れ出《だ》した。「こっちです！」

ユーヌスが迷わず通路へ走り出す。エチカとハロルドも即座に倣《なら》った。

「何で」エチカは駆けながら、背後を振り向く。技術者を先頭に、ペアリングアミクスたちまでもが怒濤《どとう》のような勢いで追従してくる。「アミクスは人間を攻撃できないはずだ！」

「追いかける行為は攻撃には入りません」ハロルドが、こちらの腕を引いたまま答える。こういう時、息切れしない彼が羨ましい。「恐らく、我々を追い立てるのが目的です」

「とにかく走りきって下さい！」ユーヌスが叫ぶ。「止まらないで！」

通路の先、ロビーがどんどんと迫ってくる。既に、幾人かの職員がこちらに気付いたようだ。

平和的だったその表情が、にわかに険しさを帯びていく――思考操作によって、エチカたちを完全な敵と認識していることは間違いない。

強引に通り抜けるしかなかった。

ロビーへまろび出た瞬間、待ち構えていた十人近い人間の職員が迫ってくる――エチカはとっさに、手近な観葉植物の鉢植えを引き倒す。突っ込んできた何人かが、足を取られて転倒した。

「奥です。急いで！」

ユーヌスは速度を緩めない。エチカはハロルドとともに、職員たちを掻《か》い潜《くぐ》って続く――ロビーを横切り、別の通路へ飛び込んだ。勢いを落とさず走り続ける。通り過ぎた扉が次々と蹴り開けられ、新手の職員たちが姿を現す。意志を失った操り人形のように、猛然と追ってくるのだ。先ほどからもうずっと、鳥肌がおさまらない。

捕まったら地下に連れ戻されるどころか、殺されるに違いなかった。

「ユーヌス、あれは通れるのですか！」

ハロルドの声で、エチカは前方へ目を戻す――蝶《ちょう》のウォールホロで飾られた両開きのドアが、行く手を塞いでいた。表面に埋め込まれた小さなモニタが見て取れる。生体認証装置か？

「僕の虹彩《こうさい》で突破できるはずです！」

「だったらわたしが足止めする、きみはユーヌスを守って！」

エチカはハロルドの腕をほどいて、振り向く。ためらう彼の気配を無視して、先ほどスティーブから手渡された例の自動拳銃を抜いた。安全装置《セーフティ》を外すも、操られている職員を攻撃するわけにはいかない——瞬時に判断して、天井の照明を撃つ。粉々に砕け散った破片が、彼らの頭上に降り注ぐ。

悲鳴を上げて立ち止まる者もいたが、何人かは平然とすり抜けてきた。

——駄目か。

あっという間に距離を詰めてきた一人が、エチカの銃を奪おうと手を伸ばす。勢い任せに振り払い——傍《かたわ》らを、食い止めきれなかった別の人影がすり抜ける。しまった。

「止まれ！」

認証装置に触れようとしていたユーヌスが、振り返る——少年めがけて飛び込んでいった男の前に、ハロルドが立ちはだかった。振り抜かれた拳がその頬を殴りつけ、彼が大きくよろめく。相手は更にハロルドの胸倉を摑《つか》み、二発、三発と拳を振り抜いて。

まずい。

エチカは目の前の職員たちを蹴散らそうと、足許《あしもと》に発砲する。彼らが怯《ひる》んだ隙に、急いでハロルドのもとへ走った。背後で鼓舞するような怒号が上がるが、確かめる余裕はない。

男は既に、ハロルドに馬乗りになっていた。アミクスは約束通り反撃せず、腕を交差させて頭をかばっている——エチカは男の襟首を摑《つか》んで引き剝がそうとしたが、当然力が及ばない。

「俯《うつぶ》せになれ、早く！」

銃を向けても、男は従うどころかゆらりと腰を上げ――こちらに掴《つか》みかかろうとする。エチカはわざと狙いを外して、引き金を絞った。銃弾は相手の肩を掠《かす》め、壁にめり込む。驚いた男が硬直する。

「――ヒエダ電索官！」

顔を上げた。ユーヌスのペアリングアミクスが、もたつきながら開いていく扉に手をかけている。今頃それが単なるドアではなく、エレベーターだったことを知る――エチカは急いで、ようやっと身を起こしたハロルドに手を貸した。

「補助官、早く……！」

彼を引っ張り立たせた瞬間、短い悲鳴が響く。見れば、暴走した職員たちがユーヌスのアミクスを床に引き倒したところだった。衝撃で首の傷が開いたのか、循環液が派手に舞う。

「ユーヌス！」

「いいから行って下さい……！」

もがくユーヌスの姿が、あっという間に職員たちの群れに引きずり込まれる。もはや助けられないことは明白で――ああくそ！

「エチカ！」

ハロルドが強く腕を掴《つか》んでくる。エチカは、後ろ髪を引かれる思いで背を向けた。彼とともに、どうにかエレベーターの中へ体を押し込む。

だが——ドアが閉じきるより先に、複数の手足が挟まってきた。

職員やペアリングアミクスたちが、こぞってこじ開けようとしているのだ——それを許せばどうなるか、想像に難《かた》くない。エチカは躍起になって、生き物のように扉の間で蠢《うごめ》く手足を押し返した。だがその拍子に、握っていた銃を思い切り掴《つか》まれる。引っ張っても離してくれない。それどころか、強引にもぎ取られてしまう。

怯《ひる》んでいられない。

エチカは無我夢中で、挟まった手足を蹴り出した。耐えきれなくなった指が一本、また一本と外れていく——ペアリングアミクスの手が最後までしつこくしがみついていたが、否《いや》が応《おう》でも閉まりきろうとする扉の圧力がまさった。先ほどユーヌスが障害物検出装置を切ったのか、あるいは始めから搭載されていないのか。惨《むご》い音とともに、千切れた機械の指が落ちる。

今度こそ、ドアがぴたりと閉じた。

間を置かず、緩やかに上昇が始まる。

静寂が戻ったはずなのに、ぜいぜいと何かが騒がしい。それが自分の呼吸だと気付いた瞬間、エチカは自然と床に膝をついていた。温度の分からない汗が噴き出す——落ちたアミクスの指から、細いケーブルが飛び出しているのが見える。吐き気がこみ上げてきた。

ユーヌスのペアリングアミクスを失った。もちろんオリジナルの彼は地下にいて無事だが、動揺を抑えきれない。しかも、やっと手に入れた銃を奪われてしまった。とにかく落ち着け――額に手をやると、ぐっしょりと濡《ぬ》れている。

もう二度と、こんな思いは御免だ。

「エチカ」ハロルドが、隣に片膝をつく気配。「大丈夫ですか」

「何ともない……きみこそ、怪我《けが》は」

ようやっとそちらを見上げて、息が詰まる――ハロルドの右頰には、くっきりと亀裂が入っていた。激しい力で殴りつけられたせいだろう。見慣れた薄いほくろは消えてしまい、皮膚の下の無機質なフレームが痛々しく覗《のぞ》いている。

「見た目は悲惨でしょうが、システムに支障はありません」彼は静かに言い、それから思いついたように付け足した。「不気味かと思いますが、怖がらないでいただけると嬉《うれ》しいです」

「きみを怖がったりしない。こんな時までジョークはやめて」

エチカが窘《たしな》めると、ハロルドはどうしてかわずかに目を見開く――あの職員に反撃しようと思えばできたはずだが、彼はそうしなかった。約束を守ろうとしたのだ。

「ごめん、助けるのが遅くなって……」

「とんでもありません」ハロルドは頰を動かせないからか、微笑《ほほえ》む代わりに眦《まなじり》を細める。「ユーヌスの言った通り、この先が中央管理室であることを願いたいですが」

「本当にね。これ以上の追いかけっこはもう勘弁だ……」

どちらからともなく、インジケーターへ目を移す。途中停止階はなく、九十階まで直通のようだ——ハロルドが手を差し出すので、エチカは素直にそれを借りて立ち上がる。彼からは、またしてもよそよそしさが抜け落ちている。きっと、自分もそうだ。今し方の怒濤《どとう》のような出来事で、気まずさがまとめて流れ去ってしまっていた。

できればこのまま、元の関係に戻れないものだろうか。

この状況でも、ちらりとそんなことを考える頭に、我ながら呆《あき》れてしまう。

2

九十階でエレベーターを降りると、アーチのようなガラス張りの通路が続いていた。外にはささやかな庭園が作り付けられ、南国を思わせる色とりどりの花が咲き誇る。ひらひらと鮮やかな翅《はね》の蝶《ちょう》たちが舞っていたが、何《いず》れも環境演出用ロボットのようだ。

「エチカ。あれを」

ハロルドに言われ、エチカは通路の先へ目を向ける——突き当たりの扉の前で、警備アミクスが立ち尽くしていた。慎重に歩み寄ると、強制機能停止《シャットダウン》状態だと分かる。動かないアミクスの頭上に繭の監視カメラがあったが、レンズの部分が人為的に破壊されていた。

扉には『中央管理室』のホロテキストが浮かび、隙間が開いている。

——誰かが、先にここへ来た。

エチカはハロルドと視線を交わす。彼が無言で顎を引くので、鼻から深く息を吸い込んだ。二の足を踏んではいられない。

慎重に、扉を押し開ける——目の前に、六角形のフロアが広がった。壁一面を埋める複数のモニタは、パズルのピースのように組み合わさり、画面の中を蝶《ちょう》の群れが垣根なく飛び回っている。中央の円卓には、PCを始めとした端末が整然と並んでいたが、流線型のオフィスチェアは何《いず》れも空っぽで——遙《はる》か頭上の天窓から、月明かりがあちらこちらにぶつかりながら零《こぼ》れ落《お》ちてきていた。

エチカは静かに目を瞠《みは》る。

円卓の奥に、人影が立っていたのだ。

「ヒエダさん、どうしてここまできてしまったんですか？」

ビガだった。ほどけたままの長い髪と、身の丈に合わない入院着。澄んだ緑の瞳が、焦点を得られないままにこちらをつかんでいる——彼女がここにいるのは、さすがに想定外だ。しかしよく考えるまでもなく、ビガは一度エゴトラッカーを装着し、『因子』を植え付けられている。思考操作の支配下に置かれる恐れは、十分にあったはずで。

歯軋《はぎし》りを堪《こら》える。

フォーキンですら呑《の》み込まれたのだから、もっと早くにこの可能性を考えるべきだった。

「今すぐ武器を捨てて下さい。外部とは連絡を取らないで、あなたの通信状況は把握してるわ」

ビガは淡々と言い、背後に隠していた右手を持ち上げる――無骨な自動拳銃が握り締められていた。形状から電子犯罪捜査局のフランマ15だと分かるが、コンサルタントの彼女は銃を所持していない。保安検査所で預けたものを誰かが横領し、ビガに渡したのだろう。

「武器は持っていない」エチカは狼狽《ろうばい》を押し隠し、両手を挙げる。「本当だ。丸腰だよ」

「あなたの意識が戻って嬉《うれ》しく思いますよ、ビガ」ハロルドもまた、あくまでも穏やかな態度を保とうとしているようだった。「その銃を置いて、こちらにきて話しませんか」

「黙って。その場に膝をつきなさい」

「落ち着いて、ビガ……」

「早くして！　もし従わないなら、すぐにでも撃ち殺しますよ」

ビガはこちらを睨《にら》みながら、何のためらいもなく銃口を自らの首筋に押し当てた。既に安全装置を外しているのか、人差し指はしっかりと引き金に触れている。

口の中が渇いていく。

相手は、こちらの弱みを十分に理解しているのか。あるいは、エチカたちを危険に晒《さら》したくないというビガ自身の無意識が残っているのか――どちらにしても、危険極まりない。

「分かった。分かったからやめて。撃たないで」

エチカとハロルドは目配せし合い、ひとまず彼女の要求に従う。その場で膝をつきながらも、懸命に頭を巡らせていた——ビガを解放するには、思考操作システムを停止させなくてはならない。だが無理に動けば、彼女は発砲するだろう。銃を取り上げるのが先だ。でもどうやって？　隙も死角もない……。

「二人とも、両手を頭の後ろで組んで」

「これはあなたの望みではないはずです」ハロルドが柔らかく諭す。「ビガ、どうかご自身の心の声に耳を傾けて下さい。あなたにもしものことがあれば、私たちはとても悲しい」

「補助官」

エチカの背中を、冷や汗が伝い落ちる。今のビガは思考操作を受けている、幾らハロルドでも簡単に言いくるめられるとは思えないが——実際、彼女は銃を下ろさない。だが、わずかながらしかめ面《つら》になった。苦悩しているのだろうか？

「ヒエダさんたちはここに辿《たど》り着いてしまった。もう地下には戻せないと思っています」

「ビガ」

「秘密を外に洩《も》らすわけにはいかないの」ビガは言いながらも、痛みを覚えたように片手で額を押さえる。「だから、二人ともここで……」

——駄目だ。

「お願い」エチカはたまらず口を開く。「銃を置いて。きみがこんな真似《まね》をしたいわけ——」

「あたしに……、あたしに命令しないで！」

ビガの悲痛な叫びは、エチカに向けたものだったのか、あるいは自分の頭の中にぶつけたものだったのか——彼女の細腕が意思を持ったように暴れる。首筋に突きつけられていた銃口を引き離す。しかし、その指は尚《なお》も引き金を押し込もうとして、

「撃つな！」

エチカはとっさに立ち上がる。

銃火が、降り注ぐ月明かりを焼いた。飛び出した弾丸は、ビガの頭を掠《かす》めて髪だけを散らす。彼女の背後にあった一枚のモニタへ突っ込んで——破砕音が耳を劈《つんざ》く。映像が暗転し、画面を舞っていた蝶《ちょう》が四方へ散った。ビガの脱力した体が、硬いフロアに叩《たた》きつけられる。その小さな手から、銃が零《こぼ》れ落《お》ちて。

「ビガ！」

弾は逸《そ》れたはずなのに、何故《なぜ》。

エチカは急いで彼女に近づこうと踏み込んだのだが、

「——エチカ！」

乾いた銃声が、駆け抜ける。

その時にはもう、エチカは思い切りフロアへと押し倒されていた——打ち付けた背中が鈍く痛むのを感じながら、とっさに閉じてしまった目を開ける。重みとともに、ハロルドが覆《おお》い被《かぶ》さっていた。彼の腕はしっかりと、守るようにエチカを抱きすくめている。

「何……」

茫然《ぼうぜん》と呟《つぶや》いた瞬間、アミクスの体が真横から蹴り飛ばされた。彼はエチカから剝がれ、そのままフロアへ転がり——エチカはハロルドを蹴った相手を見ようとしたが、その前に胸倉を摑《つか》まれる。強引に引っ張り立たされ、頭の中がぐるりと回った。

「さっさと撃ち殺してもらう予定だったんだが……彼女の気概を侮《あなど》っていたようだ」

めまいを堪《こら》えて、エチカはどうにかその顔を認める——気難しげな面差しが、鬱陶しそうにこちらを睨《にら》み下ろしていた。短く刈り込まれた白髪交じりの髪と、額に刻まれた酷薄なしわ。シェブロンの口髭《くちひげ》には、もちろん見覚えがある。

「……トールボット委員長」

全身が、にわかに冷え切っていく。

——『上層部が一枚嚙《か》んでいる可能性がありますね』

思考操作システムによる便乗計画について、先ほどハロルドはそう口にしていた。彼の推測は的を射ていると思ったし、自分も事務局長らを怪しんでいたが——外部監査である国際ＡＩ倫理委員会という線は、まるで思いつかなかった。

あってはならない。

曲がりなりにも、国際機関が思考操作システムに入れ込んでいるなんて、そんなこと。

「君は何故《なぜ》、思考操作の影響を受けないんだね？」トールボットがうんざりしたように、倒れ

たビガを一瞥《いちべつ》する。「彼女のように聞き分けがよかったら、こんな目に遭わずに済むものを」

エチカは、胸倉を拘束する彼の手をほどこうとしたが、力の差で敵《かな》わない。

「あなたが……」衝撃で唇が震えていた。「スパイを雇って、テイラーから思考操作システムを盗ませたの？　倫理委員会はそっち側？　だとしたら一体どこまで——」

「こちらの規模について調べもついていないのに、よくもまあここまで来たものだ」

「——トールボット委員長」ハロルドが、おもむろに立ち上がったところだった。「ヒエダ電索官を放して下さい、さもなければ」

トールボットが素早く引き金を引く。近づいてこようとしたハロルドの左脚を、容赦なく銃弾が貫いた。躊躇《ちゅうちょ》ない行動に、エチカの心臓が一瞬止まる——アミクスは変わらず立っていたが、歯がみしたように踏みとどまった。じわじわと漏れ出した循環液が、そのスラックスに染《し》みを作っていく。

「ハロルド、ウェアラブル端末を外してデスクに置け」トールボットは彼が従うのを見届けてから、エチカへ目を戻す。「姑息《こそく》な真似《まね》をしてくれたものだ。捜査局全体でクラッシュ事件を自演して、捜査に乗り出す理由をとってつけようとするとは」

「何を言っている？　これ以上彼に手を出したら——」

皆まで紡《つむ》げなかった。トールボットはエチカの胸倉を引っ張り、背中から壁に叩《たた》き付《つ》ける。後頭部を強打し、視界がぐにゃりと歪《ゆが》んだ。散らばった思考の隙間に、入り口で見た監視カメラが浮かんでくる——トールボット自身が映り込まないために、予《あらかじ》めビガに壊させたのかも知れない。最後は彼女に罪を着せるつもりだったのか？　もしそうなら——この男は間違いなく、自分たちをここで始末するつもりだ。

「君は知りすぎた、ヒエダ電索官」

喉元に、硬い銃口が押しつけられた。エチカは朦朧《もうろう》としながら、どうにか視線を上げる。トールボットの蔑むような眼差《まなざ》しが、こちらを見下ろしていた。

落ち着け。どうやって逃れるのか、考えなくては。

——まだ、上手《うま》く頭が働かない。

「わたしを……殺しても、捜査局は、すぐに証拠を見つける」

「だが、見つけた証拠が全て世に出るとは限らない。君ならよく知っているんじゃないか？」

彼の言葉には、嫌な説得力がある。「若い君に教えてやろう。より大きな利益は、些細《ささい》な真実よりも優先されるものだ」

「動機は、その『利益』？」必死で気丈な声色を保つ。「都市側が噛《か》んでいるのなら、主導者がいるはずだ。恩恵を受けるのは誰？　あなたか、倫理委員会か、それとも他の……」

「知ってどうするんだね」トールボットの瞳孔は、猛禽《もうきん》類に似ている。「オーウェルは監視社会の恐ろしさを説いたが、私はそれを暗い未来だとは思わんよ。ユア・フォルマが普及した今、人々の思想が繋《つな》がり合うことはもはや避けられない。そこに新しい市場と権力が生まれるのは必然だ」

「何の話……」

「『大量の情報を前にした人間は、理性よりも感情で判断を下す傾向が強まる』。ユア・フォルマが普及してからたびたび問題として取り上げられているが、この危険性に対しても世間は感情任せに楽観視して目を瞑《つぶ》ってきた。だが、制御するすべが必要だ」

徐々に鮮明になってきた思考が、いつぞやのイライアス・テイラーの話を反芻《はんすう》する——脳のマルチタスク問題だ。人間の脳の情報処理能力には限界があり、現代社会における膨大な情報量を処理するためには、理解力を犠牲にするしかないということ。熟考する時間を失った人々は、思慮深い理性ではなく、反射的に生まれる感情に判断を委ね始める。

「感情的な思考が連携すれば、暴力に繋《つな》がる機会も増える。これは既に、君たち警察機関にとって悩みの種になっているはずだ。しかし思考を制御できれば、未然に防げる」

夏に引き起こされた〈E〉事件も、確かにその部類に入るのだろう。匿名掲示板を介して、抑圧されていた消極思想の人々が信奉者として団結し、ゲームという名の犯罪に走った。思えば、ソゾン刑事が殺された『ペテルブルクの悪夢』と同時期に多発していた傷害事件の数々も、SNSでの友人派と機械派の対立が発端だった。

だが——どんな理由であれ、思考操作に大義名分を与えていいはずがない。

「この技術には需要があるんだ、電索官」

「誰も、そんなもの必要としない」

「個人はそうだろう。だが国家にとっては願ってもないシステムだ」国家だって？

「ここの技術者たちが『羽化』を盲信したように、国民に特定の思想を植え付けることで、安定した国を築くこともできる。あるいは労働力の確保にも繋《つな》がるだろう。特に、アミクスを大量に仕入れられない貧困国にとって、このシステムはなくてはならないものになる」

どこか誇らしげなトールボットの声音に、エチカは寒気を禁じ得ない――本気で言っているのか。思えばあの『前蛹祝《ぜんよう》い』には、某国政府関係者がうろついていた。もしそれが実現すればファラーシャ・アイランドと同じく、多くの一般市民たちがそうと気付かないまま、自由な思考を奪われることになるのだろう。

一体、いつからこの計画は存在していた？

スティーブの話が事実なら、ファラーシャ・アイランドは以前から、テイラーの思考操作システムを付け狙っていた。創設時から監査を務めるトールボットが関わっているとして、他の共犯者たちも当時から思考操作の実現を夢見てきたのだろうか。『次世代技術研究都市』という名目を隠《かく》れ蓑《みの》に……。

確かなのは、これが密《ひそ》かに流通すれば、間違いなく地獄が実現するということだ。

「ユア・フォルマが普及した時から、人間の頭の中はこれまでのような暗黒の世界ではなく、操作可能な一つの空間に変わった。今に、『思考の自由』自体がビジネスになる」

「あなたたちが、勝手にそうしようとしているだけだ。手を出さなければ何も起こらない」

「君はつくづく能天気なようだ」トールボットの瞳に憐《あわ》れみが宿る。「言っておくが、思考操作に最初に手をつけたのはイライアス・テイラーだぞ。それに歴史を見ても、人間の技術は一度も後戻りしていない。もし我々がここで何もせずとも、何《いず》れ誰かが始めただろう」

一旦泉に大きな石が落ちれば、波紋はどこまでも広がり続け、ほとりにまで届く。

もはや、逃げ場は失われる。

だが、それと同時に——好奇心は猫をも殺すはずだった。

「思考を支配できる権力は、将来何にも代えがたいものになる。だがテイラーは……あの愚かな天才は、その価値を理解するどころかシステムの存在を認めることさえしなかった」

トールボットの嘲るような表情に、いつかのテイラーの言葉が重なる。

——『もともと私がユア・フォルマを作ったのは、友達が欲しかったからなんだ』

エチカはふと、引っかかりを覚えた。

彼は自身が開発したユア・フォルマを利用し、最適化《パーソナライズ》による思考誘導を通じて友人を作ろうとしていた。思考操作システムを完成させたのも、同様の経緯だったに違いない——ならば、テイラーが都市への協力を拒んだのは人嫌いの性格か、功績を奪われたくないというプライドのためか。とにかく、良心でないことだけは確かだ。

思考に干渉する行為が法に触れることは、彼も重々承知していただろう。

他人に、その秘密を打ち明けたとは思えない。

にもかかわらず。

「ファラーシャ・アイランドは、どうやってテイラーが思考操作システムを開発したと知った？」エチカは、押しつけられる銃口を摑《つか》む。引き剝がせない。「彼は引きこもり気質で、人と関わりたがらなかった。誰にも、システムのことは話さなかったはずだ」

「だが君も知っている」トールボットがわざとらしく目を細める。「これも因果なのだろうな、電索官。君は……父親と同じ秘密を手に入れているわけだから」

その時の自分は、一体どんな顔をしていたのか。

彼の言葉の意味を嚙《か》み砕《くだ》き、呑《の》み込んでなお、まばたきもできなかった。

だが——思えば、トールボットに訊《たず》ねるまでもない。

あの時、テイラー自身が答えを授けてくれていたではないか。

——『チカサトは勘が鋭くてね。私の思考誘導に気付き、我々の友情を否定した』

「チカサト・ヒエダは当時、リグシティのプログラマとして働いていた。私は立場上、学会で顔を合わせることがあってな」トールボットの乾いた声が、やけに遠い。「彼が親切に教えてくれたよ。『イライアス・テイラーが思考操作を実現している』と」

亡《な》き父が、思考操作システムの存在を、トールボットに知らせた。

エチカが記憶する限り、父がファラーシャ・アイランドを個人的に支援していたという事実はない。けれど、もともと希薄な親子関係だ。知らないことは五万とある――もしトールボットの話が事実なら、父は何《いず》れ来《きた》る監視社会を肯定していたのか？　都市側の望みを知った上で、テイラーの秘密を横流しした？

胸の奥から、穿《うが》つような嫌悪《けんお》がこみ上げる。

これまで埋もれて見えなくなっていたクレーターを、過去の息吹《いぶき》が暴き出そうとする。

あの男は、一体どこまで、わたしを。

「君は勇敢だった、ヒエダ電索官」引き金にかかったトールボットの指が、感触を確かめるように動く。「『同盟』の同志たちにも、そう伝えておこう」

――『同盟』？

問い返すいとまは、どこにもない。

トリガーが引き込まれそうになって、

「何か大切なことをお忘れではありませんか、トールボット委員長？」

凜然《りんぜん》と問いかけが響く――トールボットが発砲を中断し、振り返った。彼の肩越しに、デスクのPCに触れたハロルドの姿が見える。壁を埋め尽くすモニタに浮かび上がるのは、あの蝶《ちょう》の群れによって形成された、進行が停止したプログレスバーだ。

それが意味するところを、エチカはすぐに理解できない。

「先ほどビガが倒れた時から、おかしいと思っていました。我々がここへくることに勘付いて、証拠となる思考操作システムそのものを消し去るおつもりでしたね？」ハロルドの眼差《まなざ》しが、デスクのPCを一瞥《いちべつ》する。「何《いず》れも中断しておきましたので、どうぞご安心下さい」

しん、と静寂が降った。

そうか――エチカはちらと、フロアに倒れているビガを見やる。何故《なぜ》彼女が、無傷にもかかわらず意識を失ったのか疑問だった。恐怖で失神したのかと思ったが、恐らく、突如停止した思考操作システムから切り離されたことが原因だろう。

危うく、証拠を抹消されるところだったのだ。

「捜査官らを島の外へ追い出し、ゴメスに濡《ぬ》れ衣《ぎぬ》を着せたことで安心なさっているのかも知れませんが、ビガたちが意識を取り戻せば真実を供述します。油断しているのでは？」

「思考操作は情報変換の『逆転写』を利用して成立している、記憶は完璧には残らない。ましてや、機憶は抹消できる」トールボットは、ぞっとするほど落ち着き払っている。「油断しているのは君のほうだ、ハロルド。撃ち殺されるだけでなく、ペルシャ湾に沈められたいかね？」

ハロルドは怯《ひる》まない。「私の鮮明なメモリはバックアップを取っています。既にあなたの罪は隠し通せない」

「つまらないはったりしか返せないのか。優秀なRFモデルだろうに」

「諦めて、ヒエダ電索官を解放して下さい」

エチカは唾を飲み込む――トールボットが鼻から息を洩《も》らした。感情の読み取れない、静かな嘆息で。

喉に突きつけられていた銃口が、剝がれる。

それがハロルドへ向き直るまでに、一秒とかからなかった。

止める隙が、果たしてあったのか。

立て続けに放たれた二発の弾丸が、それぞれハロルドの肩と胸を食い破る。循環液が撒《ま》き散《ち》らされ、盛大に床へ飛び散って――アミクスは踏みとどまろうとしたが、脚の負傷も相まって耐えきれなかったようだ。その場に、ゆるゆると膝をつく。

「ハロルド！」

エチカはとっさに動こうとしたが、胸倉をトールボットに摑《つか》まれたままだった――再び壁に押しつけられる。先ほどよりも熱を持った銃口が、喉に返ってきた。火傷《やけど》のような痛みが走ったが、そんなことなどどうでもいい。

「呆《あき》れたものだ。そんなにあのアミクスが大事かね？」

トールボットの指が、引き金に触れる。

エチカはとっさに身を硬くして、
再び銃声が轟《とどろ》いたが、痛み一つ感じない。

代わりに、頭上に取り付けられていたモニタの一つがひび割れ、ショートする。無意識のうちに息を止めてしまっていた——トールボットの背後に広がる光景に、目を覆いたくなる。

どこかで、分かっていたのかも知れない。

彼が、こちらが撃ち殺されるのを黙って見ているはずがない、と。

それでも、こうなることだけは、絶対に避けたかったのに。

「強制的に拘束されることをお望みですか？」

ハロルドは、どうにか立ち上がっていた。そのシャツは、漏れ出した循環液を惨《むご》たらしいほど吸って、黒く染まっている。撃ち抜かれた片脚をかばいながらも、毅然《きぜん》と背筋を伸ばしていて——右手に構えているのは、先ほどビガが取り落とした自動拳銃だ。

それを目にしたトールボットの呼吸が、はっきりと詰まる。

ああ——よりにもよって、国際AI倫理委員会の目に触れることになるとは。

「委員長、銃を捨てて電索官を放して下さい。さもなければ、次はあなたを撃ちますよ」

「あれは何だ」トールボットの手が、エチカを壁から引き剝がす。そのまま羽交い締めにするような格好で、ハロルドの姿を見せつけてくる。「あれは何だと訊《き》いている」

答えられるわけがなかった。

「何度言わせるのです？　彼女を返すんだ」

ハロルドは依然、トールボットへ銃口を差し向けたままだ——委員長の歯軋《はぎし》りが、はっきりと聞こえた。硬い銃口は離れていくどころか、腹立たしげにエチカのこめかみへ移動する。だが、もはやそれすらも些末《さまつ》なことに思えた。真っ暗な絶望が、せり上がってきて。

知られてしまった。

もう、巻き戻せない。

「なるほど、そうか。そういうことか」吐き捨てるトールボットの声は、どこかうわずっていた。「電索官。君とノワエ社はぐるになって、我々委員会や捜査局を騙《だま》していたわけだ。『暴走コード』は今もRFモデルに仕込まれたままだった。そういうことだな？」

「暴走コードではない」あろうことか、答えたのはハロルドだ。「彼女を傷付けずに解放したのなら、真実を教えてもいい。だから銃を下ろせ」

エチカは呻《うめ》く。「駄目だ、補助官……」

「人間と取引しようというのかね？　機械の分際で」トールボットの額に青筋が立つ。「いいだろう、確かにヒエダ電索官をここで殺すわけにはいかなくなった。彼女にはまだ、訊《き》かなくてはならないことが山ほどある」

委員長の腕が、唐突にこちらを突き放す。あまりにいきなりだったので、エチカは大きくふ

らついた。踏みとどまれず壁に寄りかかってしまって、

「だがハロルド、君は別だ。危険すぎる」

顔を上げた途端に、銃声が交差した。

ぎいんと耳が痛む。トールボットとハロルドが、ほとんど同時に引き金を引いていた――ハロルドの銃が反動任せに跳ね上がり、吹き飛ぶ。トールボットの銃弾が彼の腕に命中し、ケーブルを引き千切ったのだ。一方でハロルドの弾丸は、的外れなモニタを破壊しただけだった。砕け散った破片が、フロアに降り注ぐ。

エチカはようやく気付く。

あれほど循環液が漏出している状態で、まともに狙いを定められるわけがない。強気な文句は全てはったりだ――ハロルドはまだ、辛《かろ》うじて立っている。彼はデスクに手をつき、思考操作システムを奪わせまいとするかのように、ＰＣを押しやった。

トールボットが、ハロルドに向かって歩き出す。

――させるか。

エチカはとっさに踏み込んだ。銃を手にしたトールボットの腕に、背後からしがみつく。振り払おうとする力に抗《あらが》って、がむしゃらに銃をもぎ取ろうとした。だが、もどかしいほどに力が足りない。

奪えない。

「いい加減にしろ！」

トールボットがとうとう、こちらを振りほどく。

エチカはよろめきながら後ずさって、
瞬間、左脚に裂けるような熱が走った。

じんわりとした発砲音の残響が、鼓膜を震わす——トールボットの銃口が、薄い硝煙とともにこちらを睨《にら》んでいる。撃たれたと気付いた途端、膝が勝手に折れ曲がった。ふくらはぎから血が溢《あふ》れ出《だ》し、脈打っている。だが神経が高ぶっているせいか、少しも痛みを感じない。

「止まれ」エチカは屈《かが》み込みながら呻《うめ》いた。「それ以上彼に手を出すな……！」

「頭は撃たない。解析に必要だからな」

トールボットが、半ば膝をつきつつあるハロルドへ近づく。委員長は容赦なくそのブロンドの髪を掴《つか》み、強引にうつむかせた。うなじにある感温センサを探ろうとして、

「——彼女を、傷付けるなと言っただろう」

うなだれていたハロルドが突如、トールボットの手を思い切り払いのける。

およそ、負傷しているとは思えない力強さだった。油断したトールボットが、銃を取り落とす。ハロルドは見逃さず、落下したそれを手で押しやって——フロアを滑ってきた銃が、エチカの膝にぶつかる。考えるよりも先に、飛びついていた。

「動くな！　両手を——」

挙げろ、とまでは口にできない。

構えた銃の射線上を、影が横切る。

トールボットの体が、一瞬でハロルドから引き剝がされた。委員長は後頭部を鷲摑《わしづか》みにされたまま、顔面からデスクに叩《たた》き付《つ》けられ——相当な力だったらしく、あっさりと脱力する。べったりとデスクの上に赤い痕跡を残して、ずるずると俯《うつぶ》せに崩れ落ちていく。

エチカは引き金に指を置いたまま、茫然《ぼうぜん》とその光景を眺めるしかない。

「遅くなりました。下の生体認証装置を壊すのに手こずりまして」

スティーブがこちらを振り返り、無表情に言う——足許《あしもと》のトールボットがかすかな呻《うめ》き声を上げると、彼はすかさずその横腹を蹴り上げた。情けの欠片《かけら》もない。

「待って、殺さないで」エチカはやっとこさ押し出す。「容疑者に死なれたら困る」

スティーブは初めてそのことを理解したようで、動きを止めた。トールボットは今度こそぴくりともしない。かすかに肩が上下しているので生きてはいるが、気を失ったようだ——スティーブの視線が、倒れているビガへ移る。二人はリグシティのロータリーで面識があるから、アミクスの彼ならば覚えているだろう。

今はそれよりも。

「補助官」

エチカは銃をホルスターに押し込み、震える膝を叱咤《しった》して立ち上がる。踏み出すと、循環液に濡《ぬ》れたフロアで靴底が滑って、危うく転びかけた。

ああ——ひどい有様《ありさま》だ。

ハロルドは、デスクの脚に寄りかかるようにして座り込んでいた。四カ所も撃ち抜かれたとあって、大量に漏出した循環液が惨《むご》たらしい水溜《みずた》まりを作っている。既に、行動不能に陥りかけていることは明らかだ。

「しっかりして」エチカはどうにか、彼の前に膝をついた。「補助官、聞こえる?」

「問題、ありません」ハロルドの瞳が、ゆるゆると動く。「エチカ、あなたの手当てを……」

彼の声はノイズ混じりで、処理能力を発話に回す余裕がないようだ。トールボットを振り払った際に、最後の力を出し切ったのだろう。それでも無傷の左手がぎこちなくポケットへ動き、指先で挟むようにしてハンカチを取り出す——エチカは唇を噛《か》みしめて、それを受け取った。

まずは自分を心配すべきだろうに、本当に……本当にこのアミクスは。

「わたしは無事だ、このくらい何ともない」

「いいえ。止血を、なさらなくては……」

「ハロルド。システムに重大な損傷を引き起こす回路の断絶は?」

スティーブがこちらへやってきて、エチカと同じように腰を落とす。ハロルドは一度首を横に振っただけだったが、兄には十分伝わったようだ。

「循環液の使用回路を限定して補充用ポートを開けろ。君に直接輸血する」『輸血』?　「電索官、銃を貸していただけますか」

エチカが戸惑っている間にも、スティーブはさっさとこちらのホルスターから銃を抜き取った。反対の手で、弟のシャツをたくし上げる。ハロルドは既に瞼《まぶた》を下ろしていて、口を利《き》こうともしない——その腹部に埋め込まれた、補充用ポートが露出した。スティーブはポートのロック解除を確認してから、自身の手首に銃口を押しつけて、迷わず撃ち抜く。

「ちょっと」エチカは銃声による耳鳴りに耐えながらも、唖然《あぜん》となった。「何を——」

「あなたはご自身の止血に集中して下さい」

スティーブは破損した手首パーツを毟《むし》り取《と》って、内部のケーブルを探っている。黒い動脈のようなチューブがぞろりと引きずり出されて——エチカはさすがに顔を背けてしまう。ひとまず言われた通り、ハロルドから借りたハンカチをふくらはぎの怪我《けが》に巻き付けた。幸いにして、傷は皮膚を裂いているだけで、深部には達していないようだ。

「その……スティーブ。循環液を分け与えても、きみは大丈夫なの」

「自力で歩行できる程度には残します。今は私よりも、ハロルドのほうが必要でしょう」彼は弟の補充用ポートに、手首のチューブを直接挿し込んでいた。循環液が着々と流し込まれていく。「その男が容疑者ならば、始末する前に電索しなくてはならないでしょうから」

そう言って、気絶しているトールボットを一瞥《いちべつ》するのだ。

——始末。

確かにトールボットは、ハロルドが人間に刃向かう姿を目撃してしまった。国際AI倫理委員会において最高権力を持つ彼は、回復すれば間違いなくRFモデルを告発するだろう。ハロルドたちは即座に強制機能停止《シャットダウン》となり、システムを調べ尽くしたあとで廃棄されるかも知れない。エチカもまたレクシーのように逮捕され、あらゆるものを失うことになる。

このままでは、全員にとって最悪の結末が訪れることは、もはや疑いようがない。

だが。

「殺したりできない」エチカははっきりと断じた。「それだけは、絶対に駄目だ」

「ではどうするのです？」スティーブの眼差《まなざ》しが険を帯びる。「私は処分されても構わない、だがハロルドは違う。これには、家族を奪った犯人を突き止めるという悲願がある」

「分かってる。もちろん、ちゃんと……考えてる」

エチカはもう一度、トールボットへ目を向ける。鼓動は既に早鐘を打っていて、掌《てのひら》までもがどくどくと震えていた。あるいは、傷口が徐々に痛みを思い出しつつあるせいだろうか。

いつか、こうした時がきてしまうことを恐れていた。

——だとしても、迷う理由はない。

もうとっくに、後戻りできないところまできている。

3

間もなく、スティーブがハロルドへの『輸血』を終えた。

「完全ではありませんが、正常時に近い処理速度まで回復しているはずです」

スティーブはチューブを引き抜くと、口を使ってその切れ端を結ぶ。そのまま立ち上がろうとして、危なっかしくよろめき——エチカは慌てて彼に手を貸し、オフィスチェアへ座らせた。そうしながら、思考操作システムの削除が中断したPCとモニタを見やる。

「システムの証拠を取らなきゃいけない」

「私がやりましょう」そう言う彼の声は小さく、人間並みに頭が回っていないようにも見える。

「あなたは……ハロルドと、ご自身の仕事をやり遂げて下さい」

弱々しい中にも、頑《がん》とした口調だった。スティーブにとってこれは、自身の燻《くすぶ》った感情に決着をつけることと同義なのだ。彼の調子は気がかりだが、素直に任せるべきだろう。

エチカは一呼吸置いてから、ハロルドに視線を移す。

「——エチカ、容疑者の電索には令状が必要です。必ず厄介なことになりますよ」

ハロルドはもたれていたデスクの脚から背を引き剝がして、どうにか自力でフロアに座っていた。その眼差《まなざ》しは先ほどよりも覇気を取り戻し、声も普段通りはっきりと聞き取れる——安《あん》堵《ど》したいところだが、この状況と、彼の険しい表情がそれを許さない。

どうやら輸血中も聴覚デバイスを通して、こちらのやりとりを拾い上げていたようだ。

「わたしが上手《うま》く理由をつける」

「その理由は、先ほど『考えている』と仰《おつしや》ったことと関係していますか？」

「とにかく、きみが心配するようなことじゃない」

エチカは片脚を引きずりながらトールボットの傍《そば》にいき、床に座って〈探索コード〉を取り出した。彼のうなじの接続ポートへ、黙々とコードを繋《つな》ぐ。ハロルドは物言いたげな視線を向けてきたが、責め立てようとはしない。

他に方法がないことは、彼自身も十分に承知しているはずだった。

「ルークラフト補助官」

エチカが〈命綱〉を差し出すと、アミクスは湖の瞳を細める。虚空《こくう》を映し出すかのように鬱屈とした色味で――ハロルドの指先が、迷った末に〈命綱〉を受け取った。左耳のポートへと、目を瞑《つぶ》りながらコネクタを押し込む。

一瞬、これは本当に『命綱』なのだろうかと考えてしまって。

彼を奈落へ引きずり落とすための、『錘《おもり》』なのではないか？

――ひどい妄想を振り払う。

エチカは迷いを断ち切るつもりで、自らもポートに〈命綱〉を挿し込んだ。

「準備は？」

ハロルドは答えず、ただ顔を伏せる。そんな態度を取られたのは初めてだ——自身の感情のせめぎ合いを抑え込んでいるのだろう。エチカ自身もそうだ。でも、何を選ぶべきは分かる。

今はこれ以上、考えるな。

我に返ったらきっと、動けなくなってしまう。

トールボットに潜り、思考操作システムの共犯者を突き止める。ファラーシャ・アイランドの上層部が関与していたとして、果たしてそれは一体誰なのか。彼らからシステムを買い付けようとしていた国家があるのなら、そこも含めて暴き出す——何よりもトールボットの言葉が正しければ、父チカサトが関与しているかも知れないのだ。

全てを洗い出さなくてはならない。

エチカは、雑念を追い出すつもりで瞼を閉じる。

暗闇が、帳《とばり》のように下りてきた。

永遠に明けない夜よりも、深い。

「……始めよう」

そうして肉体を脱ぎ捨てる瞬間、どうしてか無限の暗黒へ落ちていくような錯覚に陥った。

電索に際して、そんな感覚に襲われたことは一度もない――ぞっと鳥肌が立つ。これまで踏みしめていた足許《あしもと》が、がらりと崩れ落ちていくかのような。もう二度と戻れない。修復できない。そんな恐ろしい想像が脳味噌《のうみそ》から溶け出し、剝がれて、遥《はる》か頭上へ吸い取られて消える。

悪い夢のように。

次にまばたきをした時、そこはいつも通りの電子の海だった。

そのように見えた。

落下する速度に身を任せ、〈表層機憶〉へ滑り込んでいく――中央管理室が映る。今しがた、トールボットに拘束されていたエチカ自身の顔が横切った。こちらに銃を向けるハロルドの姿が過ぎる。染《し》み入《い》るような焦《あせ》りが掌《てのひら》に滲《にじ》んで。『勘付かれた』『今対処できる人間は私しかいない』『何故《なぜ》ビガは言う通りにしない？』『ああ削除が始まってしまう』エチカを殺す決断をしていたが、捜査官を手に掛ける抵抗感も少なからずあった。念のため、一旦都市内の思考操作システムを消し去るつもりで――『ヒエダさん、どうしてここまできてしまったんですか？』中央管理室の入り口に、自分とハロルドが立っている。『ヒエダさんたちを殺さなきゃ』『そんなの絶対駄目』『でも殺したい』込み上げる殺意が、右手に収まった銃へと流れ込む。いや待て。これはビガの機憶では？　がくりと視界が入れ替わった。目の前でエチカ自身が、観葉植物の鉢植えを引き倒す。足を取られて、派手に転ぶ。『ああクソ。絶対に捕まえてやる』場面がまたしても変わる。チェックインセンターだ。本部捜査官たちとハロルドが見える。わけのわからない苛立《いらだ》ちと無力感が、胸の中を支配していて。『市内に戻って、適当なホテルにでも泊まるぞ。ヒエダにそう連絡しておけ』困惑顔でこちらを見つめるハロルドに、投げやりに伝えた

――どうなっている？

エチカは混乱する。

自分は、トールボットの機憶に潜っているはずだ。

なのにどうして、他人の――ビガやフォーキンたちのものが出てくる？

まるで機憶が混濁したかのように、どんどんと入り交じっていく。どれがトールボットのものなのか判別がつかなくなり、やがて断片的にしか追えないほど千々になって――『前蛹《ぜんよう》祝い』のパーティ会場。照明が光る。人形劇。円卓を囲む人々。蝶《ちょう》の刺繡《ししゅう》。急転。急転。急転する。駄目だ。一つ一つの機憶が細切れになり、紙吹雪のように舞い散る。もはや読み取れない。誰のものかも分からない。数十人どころではない、数百人いや数千人に及ぶ機憶が、濁流のように流れ続ける。階層すらも区別がつかず、異常だ。竜巻の中心に置き去られたかのように、情報の洪水だけがぐるぐると周囲を取り巻いて。

頭の中が、発火したような熱を持つ。

一体何がどうなっている。まさかウイルスの仕業――いや、対ウイルス感染者用の防護繭《コクーン》は反応していない。機憶側のバグか？　だとしてもオフラインで管理されている機憶が、他人のものと一緒くたになるだろうか？　新手の機憶工作とも考えられる。

エチカは溺れかけながら、何か一つでも摑《つか》もうと手を伸ばして、

『――トールボット委員長。テイラーは恐らく、意図的な思考操作を実現しています』

国際人工知能学会の会場――ロビーの窓越しに、乾いたサンフランシスコの街並みが一望できる。隣に立った一人の日本人男性が、密告するようにそう囁《ささや》いた。彫りの深い横顔は、娘の自分とはあまり似ていない。大人しくワックスでまとまった黒髪と、品のいいブルーのタイ。その瞳が、こちらを向いて。

おぞましいほどに懐《なつ》かしい父の顔と、声だった。

数秒にも満たない。

指先を切り裂くように掠《かす》めて、彼方《かなた》へ押し流される。

エチカは歯を食いしばった。頭の芯が焼き切れるように痛んで――これ以上は、耐えられそうもない。そう思った瞬間、何かを察したように全てがふっつりと途絶える。

引き揚げられる。

へばりつきそうな瞼《まぶた》を押し上げた時、睫毛《まつげ》で汗が光っていた。中央管理室の光景が、ぼんやりと描き出されていく。戻ってこられたことが、すぐには信じられない。エチカは荒い呼吸を繰り返しながら、目許《めもと》を拭う――何が起きていたのか、依然として分からなかった。ただ、思考を引き千切って乱すような熱だけが、くっきりと頭蓋の内側にこびりついている。

気分が悪い。

「……どうやら、かなりの負荷がかかったようですね」

ハロルドが眉をひそめて、取り外した〈探索コード〉を見せてくる。あろうことか、コネクタの部分がかすかに焼け焦げていた——エチカはぞっとして、自分のうなじに触れる。危うく、脳が焼き切れるところだったのだ。それほど膨大な情報量に潜っていたということか。

こんな経験は初めてだった。

一体何がどうなっているのか、さっぱりだ。

「数千人を、並行処理しているような感じだった」自分の唇の感覚が、まだ曖昧で。「トールボットのものだけじゃない、別人の機憶が沢山……フォーキン捜査官や、ビガまで」

彼らに共通項があるとすれば、何《いず》れも思考操作の被害者だという点だろうか。しかしトールボット自身はむしろ、思考操作をおこなう側の人間だったはず——分からない。何も見えてこない。ただ、無数の感情に脳をかき混ぜられたおぞましさだけが、体の芯にまで刻み付く。

これでは、肝心の共犯者について何の手がかりも得られないではないか。

「あくまでも仮説ですが」ハロルドが冷徹にトールボットを見やる。「思考操作に必要な『逆転写』を利用して、秘密を暴かれないために独自の防衛機構を設けていたのでは」

「そこまで周到なことがある？」

「国家と取引するほど重大な機密を扱っていることを考えれば、不思議はないかと。ファラーシャ・アイランド内の技術を応用したのかも知れません。調べる必要があるでしょうが」彼は左耳の〈命綱〉を引き抜き、「——何《いず》れにせよ、彼に潜るというあなたの望みは叶《かな》いました」

アミクスの眼差《まなざ》しが、底知れない静けさでエチカを捉える。あらゆる葛藤を押し殺しているかのようで——オフィスチェアに腰掛けたスティーブが、こちらを向く気配がした。

「それで、どうなさるおつもりですか」

ハロルドの問いかけは、ひどく無機的だ。

彼の言う通り、想定外の事態に見舞われたとしても、電索を終えた以上目を背けるわけにはいかない。

エチカは、未《いま》だ熱を持っている頭の奥を冷ますつもりで、ゆっくりと息を吐く。

「——これを使う」

襟元を緩めて、服の下に隠していたネックレスを取り出した。ニトロケースの蓋を開けて、掌《てのひら》の上で逆さまにする。中からひらりと零《こぼ》れ落《お》ちてきたのは——例の機憶工作用HSBだ。

数週間前、HSBの存在を思い出して以来、もしものことを考えて持ち歩くことに決めた。コテージでハロルドに勘付かれた際は焦《あせ》ったが、彼があれ以上踏み込んでこなかったため、事なきを得たのだ。

ただ——できれば、日の目を見ないままであって欲しかった。

「レクシー博士を逮捕する前に、託されたものだ」

指先でつまんだそれを、RFモデルたちに見せる——スティーブの表情は動かなかったが、ハロルドは奥歯を噛《か》みしめた。彼は拒むように、鷹揚《おうよう》にかぶりを振る。

「妙案です」と言ったのは、スティーブのほうだ。「機憶が伴わないのなら、トールボットの供述が信頼される可能性は極めて低くなるでしょう」

「いけない」ハロルドが吐き出す。「エチカ、どうか兄や博士にそそのかされないで下さい。二人が無法者であることは、もう十分に理解しているはずです」

「スティーブも博士も関係がない。何もかも、わたし自身の意志で決めたことだよ」

エチカははっきりと断言する——半分は、自らに言い聞かせていた。別に、はなから罪を犯したいわけではない。ただ、目の前の相棒を失いたくなかっただけで。

その根底にあるのは、最初から飼い殺されているも同然の、薄汚い感情なのだろう。

一体、いつからこうだったのか。

全部、さっさと捨ててしまえたのならよかった。

でも——もう無理なのだ。張り巡らされた根はあまりに深い。知らないうちに大きく育ち、骨の髄にまで絡《から》みついて、枯らすすべさえも見失った。

「補助官。きみだって、ソゾン刑事を殺した犯人を見つけなきゃいけないはずだ」

事実でありながら最も醜い、最低の建前。

「もちろんそう望んでいます。ですが……」

ハロルドが目許《めもと》に手をやった。彼がそれほど思い悩んでいる姿を見るのは、あの『悪夢』事件以来だ――今度は自分がそんな顔をさせているのだと思うと、罪悪感で息が詰まる。

　それでも。

「エチカ……戻れなくなります。それをしてしまったら、あなたはもう」

「覚悟はできている」

「いいえ、何も分かっていない」

「分かってる」

「何故《なぜ》そうまでして私に固執するのです」

「それは夕べも聞いた。『友人』だからだ」

「有り得ません、あなたは異常だ」

「わたし自身が逮捕されないためでもある。これ以外に方法がない」

　実際に逮捕を恐れていたというよりも、彼を納得させたい一心だった――ハロルドが鼻から擬似的な息を吸う。食い下がるかに思えたが、しかし、その精美な唇は何も紡《つむ》ごうとしない。下唇を、軽く嚙《か》んだだけで。

　――最善策だ。

　きっと、ハロルド自身も分かっている。

　先ほども胸の内で呟《つぶや》いた言葉を、今一度繰り返す。

「…………これで、わたしたちの『秘密』は守られるから」

エチカは押し殺すように囁《ささや》き、トールボットのほうへ身を乗り出した。そのうなじに接続された〈探索コード〉を抜き取る手は、締め上げられる心とは裏腹に冷静そのもので——まるで、自分の体ではないかのようだ。

指先に持ったHSBを、そっと近づけていく。

ひどく醜悪な真似《まね》をしていることは、間違いない。

コネクタがポートに触れる直前で、一度だけ、きつく目を閉じた。

「……ごめん、補助官」

呟《つぶや》きはほとんど吐息で、アミクスの聴覚デバイスを以《もっ》てしても聞き取れたかどうか。

エチカは今度こそ、トールボットの接続ポートにHSBを挿し込む。

かちり、と頼りない手応えが返り、

直後、けたたましい警告音が轟《とどろ》いた。

壁のモニタが、余すところなく真っ赤に染め上がる。画面を埋め尽くすテキストが目に飛び込んできて、エチカの心臓が跳ね上がった。《不正なアクセスを検出／システムの初期化を実行／診断開始……》トールボットとは無関係のようだが、どういうことだ。何がどうなっている？

「スティーブ。一体何が……」

「失敗しました」

　スティーブは表情こそ鉄仮面のままだったが、淡泊な態度を一変させ、ＰＣに拳を叩《たた》き付《つ》ける。もちろん、循環液が著しく減少したボディでは、大した力は込められなかったようだが
――鳴り止《や》まない警告に、エチカは腰を浮かせていた。

「どういうこと？」

「思考操作システムを記憶媒体《USB》に複製しようとしましたが、セキュリティに引っ掛かった。上手《うま》く抑え込んだつもりでしたが……どうやら複製行為自体が、トリガーになっていたようだ」

私の判断が遅かった、と彼は自嘲気味に吐き捨てる。「あらゆるデータを抹消して初期化することで、証拠の隠滅を図るつもりです。こうなっては、手の施しようがない」

　ここから思考操作システムを入手することは、ほぼ不可能と言っていいでしょう。

　彼が告げた事実に、エチカは愕然《がくぜん》となる。

　――嘘《うそ》だろう。

　ここまでしたにもかかわらず。

　電索でも、思考操作システムでも、何の足がかりも得られないなんて。

「つまり……逃げられたも同然ということですね」

　ハロルドが、暗澹《あんたん》たる表情で独りごちる。エチカは全身から力が抜けて、ぼうっとトールボ

ットに目をやった――そのうなじに接続されたままのＨＳＢが、まざまざと焼きつく。

結局、泥沼に踏み入っただけだ。

決定打となる証拠が、すり抜けていってしまった。

あまりにも虚《むな》しい幕引きに、しばらく、立ち上がる気力も湧かない。

4

思考操作システムの被害者たちを島外へ運び出すには、実に半日以上を要した。

ドバイ・クリークに面した市内随一の総合病院は、医療機関というよりも豪奢《ごうしゃ》なホテルを思わせる――混雑した救急外来のロビーを、エチカは処置を終えた左脚をかばいながら歩いていく。一気に大量の患者が流れ込んだため、病院全体が軽いパニック状態に陥っていた。

曰《いわ》く思考操作システムが停止した瞬間、被害者たちはビガ同様に失神したらしい。

数千人の患者をドバイ市内の総合病院へ移送するのは、かなり骨の折れる作業だった。キャパシティ不足により、一部の被害者は周辺地域の医療機関へも運び出されている――もちろん思考操作から解放されたこと自体は、この上ない朗報なのだが。

「肝心の証拠となる思考操作システムは『自爆』したんですって？」

ロビーの入り口――サマージャケットに袖を通したトトキ課長は、エチカの姿を見るなり開口一番にそう言った。その両手は、スーツケースとペット用キャリーバッグで塞がっている。彼女はリヨン本部にいたが、事態を重く見てドバイへ飛んできたのだ。

「お疲れ様です」エチカは背筋を伸ばす。「先に本部から到着した捜査チームが、ファラーシャ・アイランドに入っています。システムのバックアップデータを探すと言っていて」

「そもそも自爆するようセキュリティを組み立てたのは、思考操作に遭っていた技術者たちなんでしょう。あの島にこれ以上の手掛かりを残しているとは思えないわ」悔しいが、彼女の言う通りだろう。「全てのペアリングアミクスのメモリも、初期化されたのだった？」

「はい。システムが止まった時に、エゴトラッカーを介して何らかの停止信号が送信されたみたいで……アミクスたちは機憶を始め、重大なプライバシーを同期していましたから」

「相手は、そこから間接的な証拠が見つかることを恐れたわけね」

いざシステムが停止してみて分かったが、人工島内で被害を受けなかったのは本当にごくわずかな人々——主に、エゴトラッカーを利用していない一部の招待客だけだった。島全体を挙げて『Project EGO』を実施していたこともあり、エチカがトールボットと共謀していると踏んでいた都市側の上層部——ヒューズ事務局長ですらも、思考操作に遭っていたと明らかになったばかりだ。

当ては外れたものの、こうなってくると疑わしい人間も必然的に絞られる。

「推測ですが、倫理委員会のような都市運営に関わる外部機関や、出資者側が犯行を主導した可能性があります。彼らは事務局長ごと都市側を上手《うま》く欺いて、思考操作の実験場にしようとしたのかも知れません」

「今のところ、倫理委員会自体は関与を否定しているわ。もちろん、潔白が確認できるまでは信用しない」トトキの眼差《まなざ》しが、ふと針のような鋭さを帯びる。「ロンドンにあるトールボットの家にも、支局の捜査官を送ったけれど……肝心の本人はどこに？」

「別の病院に搬送されました。容態は安定していると報告を受けていますが」

「だとしても、委員長の頭の中をもう一度調べる必要はなさそうね」

エチカは口を噤《つぐ》まざるを得ない――トトキがさっさと歩き出すので、数歩遅れてついていく。彼女が向かう先には、入院病棟へ繋《つな》がるエレベーターホールがある。

エチカが強行した令状のない電索について、トトキには既に音声電話で報告してあった。隠し通すこともできたのだろうが、それをしては本当に取り返しがつかなくなる気がしたのだ。

当然だが、電話口の彼女の剣幕は想像を絶した。トトキは未《いま》だ、エチカの行動にひどく腹を立てている。無論、覚悟していたことではあるが――そうまでして得られた成果が、過去に例のない『機憶混濁』だったことは、打ち明けていない。

打ち明けたくとも、できなかった。

何せ、トールボットの機憶は『本人によって工作されていた』ことになっている。

つまり――表立った収穫は何一つないのだった。

消毒臭いエレベーターに乗り込むなり、トトキはいつになく厳しい表情で口を開く。

「ヒエダ、あなたの判断は完全に間違っていた。二度目はないと思いなさい」

「はい、……申し訳ありません」

「幾ら優秀だからといって、必要な手順を無視していいことにはならない。明るみに出れば、捜査局全体の信用に関わる。局長とも相談するけれど、減給と謹慎処分は必至よ」

むしろ、解雇されないだけ有難《ありがた》い話だった。

不意に「にゃあ」と控えめな鳴き声が聞こえて、エチカとトトキは視線を落とす——キャリーバッグの中から、真っ白なスコティッシュフォールドがおずおずとこちらを窺《うかが》っていた。ひりついていた空気が、ほんの少しばかり緩む。

「その、連れてきたんですね」

「ええ。こっちに何泊するか分からないから」トトキは宥《なだ》めるように、バッグの表面を撫《な》でた。

「ごめんねガナッシュ、あなたに怒っているんじゃないのよ」

エレベーターを降りると、入院病棟の慌ただしい空気が押し寄せる。ロビーのナースステーションには面会者と思《おぼ》しき家族らが詰めかけ、通路を駆け出さんばかりの勢いで医師や看護アミクスが行き来する——エチカはトトキとともに、真《ま》っ直《す》ぐに病室を目指した。

辿《たど》り着《つ》いた相部屋のドアは開け放たれており、賑《にぎ》やかな声が通路まで漏れ出している。

「ちょっとちょっとフォーキン捜査官、すごくないですか？　映画見放題ですよここ！」

「こっちも見ろ、ルームサービスがあるらしいぞ。デザート付きだとか」

「あの、そこの二人静かにしてもらえませんかね。こっちはまだ頭痛いんで」

大量の入院患者が流れ込んだ結果、捜査関係者が一纏《ひとまと》めにされることは避けられず——ベッドを区切るパーティションなどあってないようなもの、ビガとフォーキンに加え、本部捜査官たちが緊張感もなく談笑している。彼らはまだ、事件の全容を知らされていない。

電子犯罪捜査局は病院側と交渉し、リグシティ・ドバイ支社の技術者を呼び寄せて、被害者たちのユア・フォルマを診断させた。想定通り因子と思《おぼ》しきバックドアが見つかったものの、システムの初期化を通じて無事取り除くことができたのだ——一方でリグシティ側は、この件を『セキュリティの脆弱《ぜいじゃく》性を突いたクラッキング被害』と捉え、数日以内にシステムアップデートを配信すると約束した。シリコンバレー本社からも、対策チームを組んだ上で捜査局に全面協力すると回答があったばかりだ。

何にせよ、彼らが正気を取り戻したことには素直に安堵《あんど》したい。

「随分と元気そうね」

トトキが声を掛けると、病室の全員が姿勢を正す。初めて上司の存在に気が付いたらしい。

「課長」フォーキンは面食らっている。「わざわざいらっしゃったんですか？」

「ええ、あなたたちが考えているより遙《はる》かに大事《おおごと》よ。ユア・フォルマの再設定は済んだの？」

トトキがフォーキンたちのほうへ歩いていく——一方でエチカは、ベッドで手招きしているビガと目が合った。彼女はいそいそと、見舞客用の丸椅子を引っ張り出すのだ。

「ヒエダさん、よかった。怪我《けが》したって聞きましたけど、大丈夫なんですか？」

「数針縫ったくらいだ。きみこそ、今は自分の心配をして」

エチカは素直に、ビガが用意してくれたそこに腰を下ろす。こちらを見つめる彼女の瞳に、あの突き放すような冷たさは微塵《みじん》もない。これまでと変わらない、いつものビガだ。

本当によかった。

これで、ビガにまでもしものことがあれば、悔やんでも悔やみきれなかっただろう。

「あたしはもう全然平気なんです。何だか、ずっと悪い夢を見ていたような気分で……」

困り果てたように頰を掻《か》くビガを始め、ほとんどの被害者は、思考操作を受けていた際の出来事をはっきりと記憶できていない。今のところ、「全て夢だと思っていた」「断片的にしか思い出せない」といった証言ばかりだ――トールボットの話通りなら、思考操作システムの『逆転写』が影響しているのだろう。

事の悲惨さを思えば、いっそ覚えていないほうが幸せかも知れない。

「全然捜査に協力できなくて、本当にすみませんでした。何のために一緒にきたのか……」

「無事だったのならそれだけで十分だよ」

「そういうところですよ、ヒエダさん」ビガは何故《なぜ》か、頰を赤くするのだ。え？「ところで、ハロルドさんは一緒じゃないんですか？」

「――それは俺も聞きたかった。ルークラフト補助官はどうした？」

向かいのベッドから、フォーキンが口を挟んできた。彼に声を掛けていたはずのトトキは、いつの間にか本部捜査官たちにガナッシュを見せびらかしている――フォーキンは思考操作から解放された当時、市内ホテルのラウンジにいたらしい。例に漏れず失神したところを、従業員が見ていて搬送されたとのことだった。

「補助官は郊外の修理工場にいっています」もちろんスティーブも同様だ。「アンガス室長がノワエ本社に連絡して、社員の手で直接正規パーツを運ぶよう手配してくれたそうで」

「そうか。いや」フォーキンは気まずそうにうなじを撫《な》でる。「どうも、補助官にひどい態度を取ったような気がしてな。謝らなきゃならないんじゃないかと」

「彼も不可抗力だったと分かっているはずです」

「その、ハロルドさんは大丈夫なんですか？」ビガが不安げに眉尻を下げる。

「システムに問題はないって。明日にはけろっと戻ってくるんじゃないかな」

「本当に？　なら今のうちに、端末にいっぱい『お帰りなさい』メッセを送っておかなきゃ」

フォーキンが首を竦《すく》める。「色々あったが、めげていなくて何よりだな」

「あのくらいじゃめげません！　いや、ちょっと、それなりに心が折れましたけど……」

ビガとフォーキンのやりとりを聞いていると、奇妙なくらい安心する。エチカはようやく肩の力を抜くことができた気がして――だがすぐに、胸の内にぽつりと不穏な染《し》みが広がった。

ファラーシャ・アイランドには、本部から派遣された捜査チームや地元警察機関が立ち入っている。今頃、中央管理室にも鑑識課が到着しているはずだ――あれからエチカは、スティーブと知恵をひねり出して現場の証拠をもみ消し、あるいは工作しつつ、救急隊の到着を待った。その間、ハロルドは一言も口を挟もうとしなかった。彼はただ、心を抜き取られたかのように虚《うつ》ろな表情で、こちらの様子を眺めているばかりだった。

循環液を注《つ》ぎ足《た》したとはいえ、ハロルドは激しく損傷している身で電索を補助したのだ。恐らく、稼働《かどう》自体が限界に近づいているためだったのだろうが。

あの瞳を思い出すと、どうしても心がざわつく。

以前のような、凍りついた湖を彷彿《ほうふつ》としてしまうせいだろうか？

「――それじゃ事件概要について資料を共有するわよ。全員、頭を切り換えて！」

トトキの呼びかけで、エチカは我に返る――捜査官のうち何人かが不平の声を上げたが、彼女はお構いなしだ。ビガも慌てたようにユア・フォルマを操作し始める。

エチカは抜け出そうと腰を上げた。

まだ、終わっていないことが一つだけある。

病棟内を随分と歩き回り、南側の閑散としたラウンジで彼を見つけた――ぽつんとソファに腰掛けている後ろ姿が、目に留まる。点滴台に寄り添いながら、壁に埋め込まれたアクアリウムを眺めているようだ。

「ユーヌス」

エチカが声を掛けると、少年がおもむろに振り返る――入院着から伸びる痩せ細った手には、痛々しい管が挿し込まれていた。搬送された被害者たちの中でも、特に健康状態が危惧されたのが、例の冷凍睡眠ポッドに長期間閉じ込められていた人々だ。幸いにして、ユーヌスは大事に至っていないと聞いていたが。

「病室にいないから探した。起きていて大丈夫なの？」

「平気です」点滴がよく効いているのか、彼は目覚めた時よりも顔色がいい。「横になっていると、ポッドにいた時のことを思い出してしまって……」

「ああ立たなくていい。安静にして」

少年が腰を浮かそうとするので、エチカは手振りで制する――少し考えてから、彼の隣に座ることにした。ユーヌスが緊張したように背筋を伸ばしたが、気付かないふりをする。アクアリウムを見やると、端まで泳いでいった一匹の熱帯魚が、ひらりと身を翻《ひるがえ》したところだ。

何から切り出すべきか、やや迷う。

「その……きみが意識回復プロトコルを起動してくれたお陰で、ぎりぎり命を失わずに済んだ人もいたって」病院の医師から受けた報告を思い出しつつ、そう伝える。「ありがとう」

「僕は何も」ユーヌスの視線が、エチカの包帯を巻いた左脚に吸い寄せられた。「電索官のほうこそ、ご無事で本当によかったです」

「このくらい何ともない。それと……きみのペアリングアミクスを守れなくてごめん」

「遅かれ早かれ、循環液が足りなくなっていました。お役に立てたのならそれで――」

柔らかい雲を摑《つか》むようなやりとりが、段々と歯痒《はがゆ》くなってくる。

――回り道をするのは、このくらいにしよう。

エチカはゆっくりと鼻から息を吸い、気持ちを整える。

「一つ、訊《き》きたい」

「はい」

「クラッシュ事件を起こしたのは……きみなんでしょう？」

少年の横顔を見た。その輪郭はペアリングアミクスよりもどこかあどけなく、しばらく日に触れなかった肌は青白い。皮のめくれた唇が動こうとして、一度だけぎゅっと引き結ばれる。

狭い肩に、力がこもっていく。

「……すみません。もう少ししたらお話しするつもりでいたんですが」カラメルの瞳が、淀《よど》みなくこちらを捉える。「どうして、僕だと分かったんですか？」

あまりにも潔《いさぎよ》く認めるものだから、エチカは両目を細めてしまう。

ユーヌスこそが、例のパーティ会場でクラッシュ事件を引き起こした犯人だ――そう予感したのは、『地下墓所』でユーヌス本人と対面した時だった。エレベーターでペアリングアミクスの彼とやりとりしてからは、いよいよ確信に変わった。

「あの事件が起きたからこそ、わたしたちは捜査を通じて都市の秘密に近づくことになった」

エチカは膝の上で指を組んで、硬く握る。「それで……思ったんだ。ひょっとしたらきみが、思考操作システムへわたしたちを導くために、わざと事件を起こしたんじゃないかって」

そもそも、電子犯罪捜査局がファラーシャ・アイランドを訪れた目的は、ラッセルズの捜査のためだった。クラッシュ事件がなければ、エチカたちは都市の闇に深入りすることなく立ち去っただろう――自分たちを『前蛹祝《ぜんよう》い』に誘ったのは、他ならぬユーヌスのペアリングアミクスだ。そして彼は、不正接続がおこなわれた例の施設に、ウルファたち友人に会うという名目で日常的に出入りしている。事務室のPCに攻撃用アプリを仕込むことも容易だったはずだ。恐らくユーヌスは、エチカたちが島を訪れることを事前に知り、パーティの最中にクラッシュが起こるよう準備したに違いない。

彼はずっと、声を上げられる瞬間を待っていたのだ。

――『捜査局全体でクラッシュ事件を自演して、捜査に乗り出す理由をとってつけようとするとは』

あのトールボットの言葉は、半分ほど真実を言い当てている。

捜査局の仕業でこそないものの、確かにあれは『自作自演』だった。

「命には関わらないようにしたつもりですが……それでも、僕が大勢の人をひどい目に遭わせたことは事実です」ユーヌスの頬が一層こわばって、「捜査局の方たちの目の前で、外部の招待客を狙った事件が起きれば、きっともみ消されることもないと思って……本当にごめんなさい、大事なビガさんを巻き込んで」

あの島でおこなわれていた壮大な『人形劇』の中で、彼はずっと独りぼっちだった。自分の母親や友人たちが羽化に傾倒していく様は、耐えがたいほどに不安だっただろう。

だからこそ、手段を選んではいられなかった。

確かに、ユーヌスのしたことは犯罪だ。けれど。

「きみのお陰で、思考操作システムを暴き出して止められた。それに、確かにあのクラッシュは『安全』だった」ビガを始めとした被害者たちに、後遺症が残った人間は一人もいなかったと聞いている。「だから——捜査局として、きみの勇気には感謝させて欲しい」

エチカが心からそう告げると、ユーヌスは奥歯を噛《か》みしめたようだった。

「……だとしても、裁きは受けさせて下さい」

UAEの法律に照らし合わせれば、彼は刑事責任を問われる年齢に達している。もちろん未成年である以上、減刑がなされるはずだ。事件の全容を鑑《かんが》みればユーヌスには情状酌量の余地があるし、加えて、今回の件を暴き出すに当たって多大な貢献もした。

捜査局側は、ユーヌスを手助けするだろう。

悪い結果にはならないよう、自分もできる限り後押ししたい。

「上司にも報告して、ちゃんときみの逮捕状を取る」エチカはユーヌスの気持ちを宥《なだ》めるために、そう言う。「それと、一つだけ気になっていることがあるんだけれど」

「何でしょうか」

思い起こされるのは、例の『地下墓所』での出来事だ。

「ユーヌス。きみのペアリングアミクスはどうして、人間を攻撃できた？」

あの時――ユーヌスのアミクスは、エチカを拘束していた技術者の男たちに体当たりした。攻撃用アプリの仕掛けにしても、人間を傷付ける行為だと認識していれば、実行できなかったはずだ。ペアリングアミクスはRFモデルと同様の『外殻』を持っているが、神経模倣システムとは別物である。本来、あのような行動は取れない。

ユーヌスは張り詰めていたものが緩みつつあるのか、小さく鼻をすする。

「あれは、僕だからです」

「確かに、きみの分身だけれど」

「いえ、そうじゃなくて」少年はかぶりを振って、「あのアミクスは、僕自身が操作していました。僕はポッドの中で眠りながら、ペアリングアミクスとしても過ごしていたんです」

エチカはすぐに理解できなかった。どういう意味だ？

「ペアリングアミクスはあくまでも人格を再現するだけだ。ユーザー本人がアミクスを操っているわけじゃ……」

「普通はそうです。でも彼らは相互ネットワークに繋《つな》がっているので、一つの乗り物として操作することは可能で……皆は羽化を望んでいたから、そんなことをやろうなんて思わなかったでしょうが」ユーヌスの口調は徐々に毅然《きぜん》としてくる。「ハディラ・ピリオドに入る前、ペアリングアミクスのシステムをこっそり弄って、僕のユア・フォルマと直接繋《つな》がるようにしておいたんです。冷凍睡眠技術は完璧じゃないから、その穴をつけば、しばらくはアミクスとして外と関われると思って」

曰《いわ》く冷凍睡眠技術は、やはり未完成なのだという。ユーヌスが言うには、冷凍時に生じる血管や細胞へのダメージを抑制するすべが確立されておらず、血液を専用液に置き換える実験などをおこなっている最中だったらしい。何《いず》れも『Project EGO』の開始とともに、ハディラ・ピリオドの受け皿となり、ポッドで眠る人々をゆるやかに壊死《えし》させる棺桶《かんおけ》と化した——現在の技術では、脳の意識レベルこそ低下するものの、実際に生命活動が停止するまでは長いレム睡眠状態に置かれる。ユーヌスはそれを逆手に取り、医療開発部門で培った知識を応用して、自らのユア・フォルマに前頭葉を刺激するプログラムを組み込んだ。そうすることで、夢の中でも活動可能な状態——謂《い》わば明晰夢《めいせきむ》を見ているような状況を意図的に作り出していたそうだ。お陰でポッドに入ってからも、アミクスとして外界に干渉し続けることができた。

——まるで気付かなかった。

むしろ、そんなことが可能なのだということさえ、想像していなかった。

だが、ユア・フォルマは常にオンライン状態にある。もとより相互ネットワークを構築しているペアリングアミクスと繫《つな》ぎ合《あ》わさることは、確かに理論上可能だろう——ただよほどの状況に追い詰められていなければ、実際にそうしようとは思い立たない。

「ハディラ・ピリオドに入ったら、今度こそ死ぬしかなくなると思って……まだ生きたかったし、母さんやウルファを危ない目に遭わせたくなかったから、せめて意識が続く間はアミクスとして粘ろうと思ったんです」

ユーヌスは涙を吞《の》み込むように、何度も手の甲で目許《めもと》を擦る。

本当に、彼の機転と勇気には感服するしかなかった。

「話してくれてありがとう」エチカは短い言葉に、最大限の敬意を込める。「そうだ、ムルジャーナ開発部長……お母さんとはもう会えた？」

「はい。向こうは何も覚えていないみたいでしたが、でも無事で……」ユーヌスの頰はかすかに緩んだが、再び不安そうに引き締まる。「ウルファたちは、減刑されますか？」

「何もかも思考操作のせいだったんだ。悪いようにはならない」

彼は今度こそ心底安堵《あんど》したように、力を抜く。もし自分が器用な人間だったら、この少年を抱きしめて慰めたのかも知れないが、さすがに難しい——エチカは代わりに、その背中を一度だけさすった。瘦せ細っていて、浮き出た背骨が掌《てのひら》をごつごつと撫《な》でていく。

これで——最後のピースが埋まった。

「病室まで送るよ。立てる？」

「いえ、一人で戻れます。大丈夫……」

エチカとユーヌスは、どちらからともなく腰を上げる——ユーヌスが手を差し出してくるので、なるべく優しく握った。少年の力は思いのほか強く、ただそれだけの仕草では足りないと言わんばかりで。

「本当に、ありがとうございました」綺麗《きれい》に焦げた瞳が、真っ直《ま》ぐ《す》にこちらを見つめている。その瞳孔には、無数の光が浮かぶ。「やっぱり、あなたは……僕の憧れの人です」

ユーヌスの微笑《ほほえ》みはややあどけなく、わずかな陰も寄せつけない。

エチカは束《つか》の間《ま》、言葉に詰まる。

何せ——彼の純粋な気持ちに比べて、自分があの中央管理室で為《な》したことは、あまりにも。

「……わたしのほうこそ、ありがとう」

柔らかい表情のまま、どうにかそう返すことができたはずだ——握手をほどくと、ユーヌスは黙礼し、点滴台を引きずって歩き出す。ラウンジを出ていく背中を見送りながら、エチカは掌《てのひら》に残った淡いぬくもりを握り込んだ。

——『同盟』の同志たちにも、そう伝えておこう』

今回の事件は、トールボット一人によって引き起こされたものではない。彼が『同盟』と呼んだのは、思考操作システムに関与した共犯者の集団とみていいだろう——ファラーシャ・アイランドからシステムが消え去っても、必ず誰かがバックアップデータを持っているはずだ。今後、同じような事件が繰り返される可能性もある。またしてもユーヌスのような、無垢《むく》な被害者が出るかも知れない。

そうなる前に、『同盟』の素顔を明らかにしなくては。

ただ、

——『テイラーは恐らく、意図的な思考操作を実現しています』

もし父チカサトが、その一人だったら。

エチカはきつく瞼《まぶた》を下ろす。肺に鉛が詰まっているかのように、息苦しい。

そう遠くないうちに、もう一度——向き合わなくてはならなくなるのかも知れない。

再び目を開けた時、ラウンジには午後の淡い日射《ひざ》しが射《さ》し込むばかりだった。ユーヌスの姿はどこにもなく、熱帯魚はまたしても水槽の端で向きを変えたところだ。エチカは何だかひどく疲れて——ユア・フォルマが、いつの間にかメッセージを受信していたことに気付く。

展開。

〈ヒエダ、探しても見つからないからメッセを送るわ〉

トトキ課長だった。エチカは続けざまに並ぶ文字を、何気なく流し見ようとしたのだが——

次の瞬間、頭を殴られたかのように目が覚める。

〈例のポール・ロイドについて、詳しい情報が本部から送られてきた。資料を共有する〉

5

ドバイ郊外の修理工場に運び込まれて、ほぼ丸一日が過ぎる。

思考の処理速度が回復した途端、ハロルドは一層激しい絶望感に襲われた――組み込んだばかりの正規パーツが軋《きし》み、真新しい循環液がみるみるうちに濁っていくような錯覚を起こす。感情エンジンの負荷が極めて高いが、工場の技術者や駆け付けたノワエ社員たちが察した様子はない。

誰も彼も、上辺の『外殻』に刻まれた数値しか見ていないせいだ。

一体いつになれば、神経模倣システムの存在を悟るのだろう？

思えばこれこそが、全ての元凶なのだった。

「ハロルド。最終チェックの準備をするから、歩行テストも兼ねてポッドまで歩いてごらん」

第八メンテナンスルーム――技術者に命じられ、ハロルドは大人しく壁際《かべぎわ》に整列したポッドへ向かう。撃ち抜かれた左脚のアクチュエータは修復され、問題なく機能していた。だが、全身のフレームが重い。特に並んでいるポッドに腰掛けた『兄』を見ると、システム全体に強い負担がかかる。

技術者の声が聞こえた。「上出来だ。ポッドの中に入って待っていてくれ」

ハロルドは返事をしながらも、スティーブから目を逸《そ》らさない――循環液を補充した兄は、手首のパーツも含めて元通りに修理されていた。その瞳が、ようやくこちらを見る。

視線が交差した瞬間、今すぐ詰め寄りたい衝動に駆られた。

もちろん、くだらない責任転嫁《てんか》だと分かっている。

――『…………これで、わたしたちの「秘密」は守られるから』

あれは、エチカ自身の決断だ。

自分は、トールボットの機憶を工作する彼女を止めることができなかった。それもまた、ハロルド自身の決断だ――だからこそ、言い知れぬ絶望が輪を掛けて押し寄せてくる。

ソゾンを殺した犯人を見つけ出すまで、廃棄処分になるわけにはいかない。

だとしても、あんな真似《まね》を許すべきではなかった。あれからずっと、辛辣な自問が思考タスクの中を巡っている。本当に、犯人を暴き出すためだけなのか。エチカがみすみす罪を重ねるのを見過ごしてしまったのは、本当にそのためだけなのか？

取り出せない何かが、感情エンジンの隙間に挟まっている。

思えばこの『親愛』は、エチカと出会って間もない頃に生まれていた。

当時は、もっと小さな芽に過ぎなかったのに――いつしか肥大化している。取り除き方が分からないまま、ついに取り返しがつかないところまできた。根拠もなく、そんな実感ばかりが思考に膜を張っている。

あんなに、彼女を巻き込みたくないと願っていたのに。

何故《なぜ》、こうも矛盾する？

「――ハロルド。結局、私は何も終わらせることができなかった」

ハロルドがポッドに手をかけた時、スティーブがそう呟《つぶや》く。兄はどうやら、深く失望しているようだった――当然と言えばそうだ。そもそも彼は、イライアス・テイラーの置き土産を処分することで、自身の感情に蹴りをつけることを望んでいた。

だが現実には、思考操作システムは目の前で消失し、何もかもが宙に浮いただけだ。

「手を出すべきではなかったのかも知れない」スティーブの囁《ささや》きは、離れて作業している技術者には届かないほど小さい。「これでまた……私は悔いを残したまま、機能停止《シャットダウン》することになる。気兼ねなく眠れそうにない」

「捜査局は思考操作システムについて、兄さんの供述に期待している。機能停止はまだ先だ」

我ながら、冷淡な口ぶりだった。ハロルドは今度こそポッドに上がり込み、メンテ用ガウンを脱いで、頸椎《けいつい》と腰椎《ようつい》の診断用ポートを開く。スティーブの視線を頰に感じたが、受け流してケーブルを挿し込んだ。

そのわずかな沈黙で、兄は十二分に察したのだろう。

「ヒエダ電索官は後悔していないはずだ」

「分かっている。それが一番の問題だ」

「君もああなることをどこかで望んでいた、ハロルド」

思考の中枢を、抉《えぐ》り取《と》られた気がした。

ハロルドはそれ以上会話を続けようとせず、ポッドに横たわる。まもなく、技術者がこちらへやってきて——スティーブはもう、話しかけてこない。

自分自身の望みを取るのか、エチカを正しい道に押し戻すのか。

もう、感情には依《よ》らない。冷徹なシステムに委ねるべきだ。

既に、決断を遅らせることはできなくなった。

終章—反故

ファラーシャ・アイランド事件の幕引きから、三日が経過していた。

「それじゃ電索官。またペアリングアミクス解析のために、改めて人を寄越しますので」

「ありがとうございます。よろしくお願いします」

早朝のドバイ国際空港ターミナルは、思いのほか閑散としている。ラウンジの人影はまばらで、天井の一画に埋め込まれた鏡が、広々としたフロアを虚《むな》しく映し返していた——エチカは、アンガス室長と別れの握手を交わす。すっかり正気に戻った彼を見ると、ここ数日何度もそうしてきたように、やはりほっとしてしまう。

アンガス率いるノワエ社特別開発室の技術チームは、一旦ロンドンへ戻ることになった。これから本格的に捜査へ協力するに当たり、準備を整えるためでもある——エチカがアンガスの後方に目を移すと、少し離れた場所で技術者たちが雑談していた。彼らが大事そうに囲んでいるのは、アミクスの解析用ポッドだ。ドーリーに載せられたそれは、昼間であれば尚《なお》のこと人目を集めただろう。

「ああ」アンガスは気付いたように、ポッドを振り向く。「スティーブの供述ですが、ロンドン支局の捜査官が改めて本社に聞きにくるそうです。もしヒエダ電索官のほうでも必要でしたら、いつでもご連絡下さい」

結局、スティーブとは中央管理室で別れたきりになってしまった。

修理工場から戻ってきた時、彼は解析用ポッドに収まっていた。事件が一度幕引きを迎えた今、国際ＡＩ倫理委員会は運用法上、スティーブのノワエ本社外での起動状態を不適切と判断したらしい――暴走アミクスという汚名を背負っている以上致し方ないが、まさに事件の関係で捜査を受けている機関から指示されるのは、何とも皮肉だ。

スティーブにとっても、今回の結末は決して納得のいくものではなかっただろう。

今後の捜査に協力することで、少しでも彼の気持ちが晴れればいいのだが。

「その時はまたご連絡します」エチカは作り笑いを貼り付けた。「向こうでスティーブを再起動したら、わたしたちが感謝していたと伝えて下さい」

「ああその件も、本当にすみません。ウイルス感染で朦朧《もうろう》としていたからと言って、彼のお目付役を放棄してしまって……」

アンガスが心底申し訳なさそうに、額を押さえる。

思考操作システムの存在は現状、捜査関係者以外には伏せられている。電子犯罪捜査局は表向き、思考操作について知らされていないリグシティ側が公表した、『バックドアを経由したウイルス感染』とする説に乗っかることになった。もっと言えば捜査局上層部では、思考操作システムすらも『可能性の一つ』という扱いだ――証拠が不足していることに加え、これらが事実だと裏付けられれば、引き起こされる混乱はテイラーの思考誘導の比ではないからだろう。

無論トトキたちはエチカの証言を信用してくれているが、決定打が出るまで厄介事に蓋をする上の対応には、腹立たしさを感じる。

「むしろスティーブには、色々と手伝ってもらえて助かりました。ただ補助官のためとはいえ、彼の手首を壊してしまったことは申し訳なかったですが……」

「本人も了解していたんでしょう？」アンガスが鼻から息を抜く。「正直、電索官が監督してくれてほっとしています。万が一のことがあれば、僕らもスティーブを手放さなくてはいけなくなるかも知れませんから……彼自身に罪はないのに」

アンガスの言葉には、技術者としての情が滲《にじ》んでいた――あくまでも彼はスティーブを、暴走コードによって人間を襲わざるを得なかった『被害者』だと考えているのだ。

「ハロルド。ダリヤさんに連絡しておくから、君もなるべく早く本社へメンテにくるんだよ」

「迅速に手配していただいたお陰で、無事に正規パーツを組み込めたのです。今のところ、特に気になる点もありませんよ」

エチカの隣で、ハロルドが穏やかに答える――彼の傷はこれまで通り、何事もなかったかのように修繕された。頬の亀裂も消えて、今やいつもの完璧な微笑《ほほえ》みが浮かんでいる。

「そうは言っても、ぼく自身が直接君を見たわけじゃないんだ。色々と気になるから」

「分かりました。では、捜査局と相談して早めに都合をつけます」

「ヒエダ電索官も、後押ししてやって下さい。いかんせん彼はワーカホリックですから」

アンガスが軽口を叩《たた》くので、エチカはなるべく明るく頷《うなず》いておく――まもなく搭乗開始のアナウンスが響いた。アンガスは別れを惜しみながらも、技術チームの面々を引き連れて、チェックインエリアの扉へぞろぞろと消えていく。スティーブのポッドもまた、あっという間に吸い込まれて見えなくなってしまった。

静けさが戻る。

建物内を満たしている薄っぺらい喧噪《けんそう》が、ふわりと浮き上がった。

「……トトキ課長たちのところへ帰ろうか」

エチカは小さく言って、きびすを返す。ハロルドは黙ったまま、数歩遅れてついてきた。特に言い争ったわけでもないのに、妙に肩に力が入ってしまう——ラウンジのフレキシブルスクリーンを見やると、朝のローカルニュースが映し出されていた。地元の女性リポーターが、フアラーシャ・アイランドでの『事故』を大々的に取り上げているところだ。

『——このように約五千名を巻き込んだ今回の事故は、島を挙げておこなわれていた「Project EGO」のシステムの不具合が原因と見られていますが、電子犯罪捜査局は捜査中につき詳細を明らかにしていません。ユア・フォルマ開発元のリグシティは、SNSの公式アカウントを通じて「バックドアを経由したウイルス感染」との見方を示しており、週内にも脆弱《ぜいじゃく》性を修正するシステムアップデートを配信すると——』

思考操作システムの証拠さえあれば、こうはならなかったかも知れないのに。

エチカは悔しさを奥歯で磨り潰《すつぶ》す。

ラウンジを離れ、ロータリーを目指して歩く。雑踏が徐々に分厚くなっても、沈黙は気にならなくなるどころか、耐えがたさを増すばかりで――ハロルドの視線が、背中に縫いついているような気さえする。

「その」仕事の話が必要だった。「補助官。トスティのプログラミング言語を開発したポール・ロイドについてだけれど、トトキ課長から共有された資料を読んだ？」

「昨晩のうちに」ハロルドの淡々とした声が返ってくる。「彼が自宅にデータを保管していた形跡が見つからなかったことは残念ですが……それよりも、大変きな臭い死に方でしたね」

「何かの手違いで、ロイドのパーソナルデータへの記入が漏れていたらしい」

エチカは改めて、トトキから受け取った資料を展開してみる。

それは、ポール・サミュエル・ロイドの死にまつわる過去の電子新聞記事だった。イングランドで発行されている高級紙《タイムズ》で、発行日付は五年前――二〇一九年一月二十一日。

地域欄の片隅に、ある殺人事件が取り上げられている。

〈――二十日未明、南東部フリストンの民家で刺殺事件発生。被害者はこの家に住むドレイパー夫妻で、寝室で殺害されているところを訪問看護業者が発見した。凶器となったナイフの指紋から、犯人は同室で自殺していたポール・サミュエル・ロイド工学博士とみられる。鑑定の結果、ロイド容疑者の遺体からは多量のアルコールが検出された。地元警察は容疑者が酩酊《めいてい》して夫妻の家に上がり込み、犯行に及んだと推測。なお、夫妻と容疑者に面識はなく――〉

フリストンの地名は記憶に新しい。渦中《かちゅう》のアラン・ジャック・ラッセルズが居を構えている町であり、エチカたちも夏に一度訪れている——何より、電子新聞記事に添えられた被害者宅の画像は、当時検分したラッセルズの自宅と寸分たがわず同じだった。

「もともと、ラッセルズはあの家を中古で購入している。この事件のあとで、売りに出されたところを買い付けたんだろうけれど」エチカが思い出すのは、ラッセルズについて聞き込みをした際の、近隣住民のよそよそしい態度だ。「近所の人たちはこのことを知っていたはずなのに、何も喋《しゃべ》らなかった」

「さすがに同じ物件が二度も事件に巻き込まれたとなれば、不気味に感じるのも無理はありません。なるべく関わりたくなかったのでしょう」ハロルドはやはり淡泊に返し、「しかし、ラッセルズ本人ではなく家が曰《いわ》く付《つ》きだったとは……盲点でしたね」

思えばあの家の寝室の壁は、不自然に塗り替えられていた。当時は、子供の落書きか何かを消したのだと考えていたが——ドレイパー夫妻が殺害された際の痕跡を修復した上で、中古物件として販売していたのだろう。

ただ。

「トスティのプログラミング言語を開発したロイドが死んだ家を、のちにラッセルズが買い取ったというのは、どう考えても偶然とは思えない」

「ええ、出来過ぎています」

もちろん、具体的な関連性を絞り込むには、まだ圧倒的に情報が不足している。

だが——決して無視できない事実だった。

「ラッセルズは間違いなく、このポール・ロイドに関わっているはずだ。ロイドを追えば、何《いず》れ彼に繋《つな》がるかも知れない」

忘れてはならないのが、ポール・ロイドがファラーシャ・アイランドの創設に関与したという点だ。ユーヌスの話が確かなら、ロイドは様々な関係筋に都市開発の話を持っていき、出資者を集めるのに一役買っている——そして言わずもがな、ロイドが出資者を募ったファラーシャ・アイランドは、思考操作システムの実験場となった。

つまり。

「ロイドは、例の『同盟』にも関係している可能性がある」

輪が繋《つな》がり始めている。

捜査の方向性は、決して間違っていないはずだ。

やがて、ターミナルから建物の外へ出る——早朝にもかかわらず、早くも膨張したあたたかな風が、エチカの前髪を吹き上げた。ロータリーには既にタクシーがひしめき合い、まだ弱々しい日射《ひざ》しにルーフを輝かせている。

何となしに足を止めると、ハロルドが隣に立った。

「しかし『同盟』を追うにしても、トールボットがあ、の、状態では供述を取れません。虱《しらみ》潰《つぶ》しに出資者を調べている間に、肝心の共犯者たちに逃げられてしまわないといいのですが」

アミクスの眼差《まなざ》しがこちらを捉える。突き刺さるように感じるのは、きっと気のせいではない。

エチカは、さりげなく目を逸《そ》らす。

「そうなったとしても……地道に捜査を続けるしかない」

事件直後、トールボットは意識不明のままドバイ郊外の病院に搬送され、治療を受けた。頬骨のひびに加え脳震盪《のうしんとう》を起こしていたが、命に別状はなく翌日には意識を取り戻している。しかし——健康に何ら問題ないはずの彼は、所謂茫然自失《いわゆるぼうぜんじしつ》状態に陥っており、今は抜け殻のようで何も話さないのだそうだ。医師は、精神的な理由だと推測しているようだが。

原因は、もう分かっている。

トールボットの身に起きた症状は、あのエイダン・ファーマンと全く同じだ。RFモデルに外見《モデリング》を提供したファーマンもまた、レクシー博士に機憶工作用HSBを使われ、自我を喪失した。彼は取調室でも何一つ供述せず、法廷においても無言を貫き通し、関係者らが頭を抱えたことは言うまでもない。

確かに、ファーマンの状態が機憶工作用HSBによって引き起こされたかも知れないと、考えたことはあった——しかし、トールボットが同じ症状を呈することは想定外だ。状況が状況だけに、そこまで頭が回っていなかったというのもある。

単に機憶を抹消できればいいと考えていたが、より悪い結果に転がり落ちた。

ハロルドの言う通り、もはや彼から真実を得ることは難しい。これを幸いと言うべきかどうかは、エチカには判断できない。

ただ――一人の人間の人生を決定的に踏み砕いたことは、認めなくてはならなかった。

「あなたがレクシー博士に何と言われ、そのHSBを託されたのかは分かりません。ですが、あの人の道徳心が欠落していることは理解しておくべきでした」ハロルドの口調はあまりに冷たく、「これだけははっきりと言えます。あなたは、間違った選択をした」

ほとんど、吐き捨てるかのようだった。

エチカは息を詰めそうになったことを悟られないよう、深呼吸する――あの時、中央管理室でハロルドが見せた態度は、修理工場から戻ったあとも変わらなかった。これまでのように曖昧なよそよそしさとは違い、もっと鋭く、明確に冷たくなった。どこかでそう理解していたが、この数日間なるべく考えないようにしてきたのだ。

いい加減、向き合わなくてはならない。

どんなに恐ろしくても。

「……間違っていたのは分かってる」気丈に聞こえていて欲しい。「きみとわたしを守るためだった。あんなことになった以上は、他にもう」

「確かに、あなたの言いつけを破って銃を取った私にも責任がある」

「そうは言っていない、きみはああするしかなかった。わたしもどうしようもなかったんだ」

「ええそうでしょう、だからこそ――」ハロルドの言葉はそこで一度途切れたが、すぐさま堰《せき》を切ったように溢《あふ》れ出《だ》す。「先日も言いましたが、あなたの執着は普通ではない。何故《なぜ》そこまでなさるのです？」

「それは」乾いた下唇を舐《な》める。「前に、きみがわたしを助けてくれたから」

「しかし私はあなたを救うために、自分の潔白を犠牲にするような真似《まね》はしなかった」

「他にも理由はある、きみは友人で」

「これも二度目です、機械の友人のために罪を被《かぶ》る人間などいません」

「きみはただの機械じゃない」

「論点のすり替えを？」

「違う、そもそも……」重ねれば重ねるほど、遠ざかっていくかのようだ。「あれが最善策だったんだ。きみは、ちゃんと分かってくれていると思ってた」

「理解しています。あなたが仰《おつしや》ったように、ご自身の罪を隠すためにも必要なことだった」

「ならどうして、」

エチカはそこで口を噤《つぐ》んでしまう――ハロルドの眼差《まなざ》しを真正面から受け止めて、愕然《がくぜん》とした。湖の瞳はあまりに暗く、冬の気配を孕《はら》んだ大粒の雨に叩《たた》かれたかのように、くすんでいる。

地下室で取り戻したはずの穏やかさは、とうに押し流されたあとで。

どこにもない。

どこにも、ないのだった。

その事実が、エチカの胸の奥を食い破って、深い穴を空ける。

一体、いつからそうだったのだろう？　何故《なぜ》もっとよく見ていなかったのか。いいや見ていたはず。でも、自分は理解しなかった。互いの間に生じた亀裂の深さを、読み間違えたのだ。きっと考えている以上に、彼を苦悩させていた。

今更、そのことに気付く。

あまりに遅い。

ハロルドが、眦《まなじり》をはっきりと歪《ゆが》める。

「……エチカ。あなたの気持ちが、どうしても分かりません」

それは間違いなく、最も怖《おそ》れていたもので。

彼の言葉が零《こぼ》れ落《お》ちて砕ける前に、同じく言葉を繋《つな》がなくてはならない。拾わなくてはならない。けれどエチカの唇からは何も出てこなかった――これまで、必死で向き合うまいとしてきた感情を突きつけられた気がして、喉の奥が熱くなる。吸ったのか吐いたのか分からない呼吸を、呑《の》み込んで。

どうして彼に執着してしまうのか。

こうも守りたいと思ってしまうのか。

――駄目だ。

独りよがりで不気味な何かが、抑えようもなく湧き上がってくる。

——『人間とは少し感覚が違いますが、我々も恋をすることはできます』

その『感覚の違い』に、これまで何度直面してきただろう。彼は永遠に、扉のない小部屋にいる。そう思わせられることもあれば、時々、人間と似通った顔を覗《のぞ》かせてくる。いつも翻弄される。知らず知らずのうちに、彼を人の青年として扱ってしまう瞬間が、確かにある。

それこそ、自分が人間としてしか物事を捉えられない証《あかし》だ。

今だって、彼のことを少しも理解できずに、目の前の亀裂を軽んじた。

未《いま》だこの溝を越えられないのに、そんな感情を抱くことがあるとしたら。

何も分からないものを、分からないと知っていながら、それでもそう思うのだとしたら。

そんなものは全部——この世で一番薄汚い、孤独な妄想なのだ。

だから。

「……………分からなくて、いい」

呟《つぶや》きは、ぼろぼろと崩れる。

あたたまった地面へ叩《たた》きつけられるどころか、口にした傍《そば》から跡形もなく、失われる。

——『でも……それでも他人を理解したいと思ったのは、きみが初めてなんだ』

——『あなたに近づけるよう努力します、電索官』

あの日の約束が、失われる。

ハロルドの瞳は、じっとこちらへ刺さって動かない。眼差《まなざ》しがエチカの表情を、輪郭を、何かを探すようになぞっていくのを感じる——やがて、静かに逸《そ》れた。たったそれだけの仕草に、心臓が握り潰されるほど痛む。

「それなら……あなたとは、もうやっていけない」

最後に、こちらを見た湖が何色をしていたのか、覚えていない。

ハロルドが一人で歩き出し、離れていく。そのまま一度も振り返らずに、タクシーへ乗り込んで——ドアが閉まる音が響き、エチカはようやく首を動かした。車は緩やかに走り始め、何のためらいもなく遠ざかる。その車体が小さくなり、滲《にじ》んで、かき消える。

これまでの積み重ねを、たった一言で突き崩した。

こんなはずじゃなかった。

でもこれ以上、彼を苦しめられない。

何より、自分の気持ちを許せない。

だから、どう考えても最善の言葉だったはずだ。

なのに、

エチカは何だかめまいがして、ゆるゆるとその場に屈《かが》み込んだ。背中を丸めると、少しずつ膨らみ始めた雑踏が、散らばったキャンディの如《ごと》く降り注ぐ。やがて堪《こら》えきれなかったひとしずくが、ぼたりと靴先に滴《したた》り落《お》ちていって。
それは照りつける陽光の下で、失われた透明な湖のように、淡く光った。

了

あとがき

物語もエチカたちの関係性も、今巻から新たな局面に入りました。執筆中は『第二の一巻』という位置づけで書き進めておりましたが、結果的に一冊を通して序幕のような形となりましたことを何卒《なにとぞ》お許し下さい。また部分的に、これまでのエピソードとの対比を盛り込んでいます。どうか少しでもお楽しみいただけますように。

担当編集の由田様。今回も的確かつ素晴らしいご提案の数々をありがとうございます。いつまでもよちよち歩きで恐縮ですが、この先も何卒《なにとぞ》よろしくお願い致します。イラストレーターの野崎つばた様。四巻まで黒ずくめだったエチカをどうにかしようと、ここにきて衣装をあれこれ着せ替えるという暴挙に出まして誠に申し訳ございません。素敵なドレスを本当にありがとうございます。コミカライズを担当して下さっている漫画家の如月芳規様。毎回細部まで繊細に演出していただけて有難《ありがた》い気持ちでいっぱいです、心より感謝申し上げます。

何よりこうして順調に巻数を重ねられますのも、お付き合い下さる読者様方のお陰です。少し間が空いてしまうかも知れませんが、またこの場でお目にかかれましたら幸いでございます。

二〇二二年十月　菊石まれほ

◉菊石まれほ著作リスト

「ユア・フォルマ　電索官エチカと機械仕掛けの相棒」（電撃文庫）
「ユア・フォルマⅡ　電索官エチカと女王の三つ子」（同）
「ユア・フォルマⅢ　電索官エチカと群衆の見た夢」（同）
「ユア・フォルマⅣ　電索官エチカとペテルブルクの悪夢」（同）
「ユア・フォルマⅤ　電索官エチカと閉ざされた研究都市」（同）

本書に対するご意見、ご感想をお寄せください。

ファンレターあて先
〒102-8177　東京都千代田区富士見2-13-3
電撃文庫編集部
「菊石まれほ先生」係
「野崎つばた先生」係

本書は書き下ろしです。

電撃文庫

ユア・フォルマⅤ
電索官《でんさくかん》エチカと閉《と》ざされた研究都市《けんきゅうとし》

菊石《きくいし》まれほ

2022年12月10日　初版発行

発行者　山下直久
発行　株式会社KADOKAWA
〒102-8177　東京都千代田区富士見2-13-3
0570-002-301（ナビダイヤル）
装丁者　荻窪裕司（META＋MANIERA）
印刷　株式会社暁印刷
製本　株式会社暁印刷

●お問い合わせ
https://www.kadokawa.co.jp/（「お問い合わせ」へお進みください）
※内容によっては、お答えできない場合があります。
※サポートは日本国内のみとさせていただきます。
※ Japanese text only

※定価はカバーに表示してあります。

ISBN978-4-04-914678-3　C0193　Printed in Japan

電撃文庫　https://dengekibunko.jp/

電撃文庫創刊に際して

文庫は、我が国にとどまらず、世界の書籍の流れのなかで〝小さな巨人〟としての地位を築いてきた。古今東西の名著を、廉価で手に入りやすい形で提供してきたからこそ、人は文庫を自分の師として、また青春の想い出として、語りついできたのである。

その源を、文化的にはドイツのレクラム文庫に求めるにせよ、規模の上でイギリスのペンギンブックスに求めるにせよ、いま文庫は知識人の層の多様化に従って、ますますその意義を大きくしていると言ってよい。

文庫出版の意味するものは、激動の現代のみならず将来にわたって、大きくなることはあっても、小さくなることはないだろう。

「電撃文庫」は、そのように多様化した対象に応え、歴史に耐えうる作品を収録するのはもちろん、新しい世紀を迎えるにあたって、既成の枠をこえる新鮮で強烈なアイ・オープナーたりたい。

その特異さ故に、この存在は、かつて文庫がはじめて出版世界に登場したときと、同じ戸惑いを読書人に与えるかもしれない。

しかし、〈Changing Times,Changing Publishing〉時代は変わって、出版も変わる。時を重ねるなかで、精神の糧として、心の一隅を占めるものとして、次なる文化の担い手の若者たちに確かな評価を得られると信じて、ここに「電撃文庫」を出版する。

1993年6月10日
角川歴彦